SIGRID HUNOLD-REIME

Zweite Chance am Deich

VERLIEBT! VERLETZT! VERZIEHEN? Ein ungewöhnlich milder Oktober an der Nordseeküste. Anne, Tomkes Freundin, reist an, um sich in der Meeresbrise von ihrer Schreibblockade zu lösen. Für Tomke ein Geschenk des Himmels. Sie muss sich nämlich gerade von den Gedanken an ihren Ex-Geliebten Paul ablenken. Aber Anne und Tomke haben bald ganz andere Probleme. Die frisch geschiedene Sophie sucht bei ihnen Zuflucht. Ihre Jugendliebe ist im Restaurant »Leuchtfeuer« aufgetaucht und will sich mit ihr treffen. Aber kann man dem Mann, den man einmal so sehr liebte, der aber den Tod einer Freundin verschuldet hat, verzeihen? Tomke organisiert ein Treffen in ihrer Pension und bringt damit sich und Anne in Gefahr.

Sigrid Hunold-Reime, geboren 1954 in Hameln, lebt seit vielen Jahren in Hannover. 2000 schrieb sie ihren ersten Ostfriesland-Kurzkrimi. Ihre kriminelle Energie war geweckt. Sie konnte zwischenmenschliche Konflikte beschreiben und dabei Grenzen überschreiten. Es folgten Beiträge in diversen Anthologien. 2008 erschien »Frühstückspension«, ihr erster Kriminalroman im Gmeiner-Verlag. Die patente Protagonistin Tomke wuchs der Autorin so ans Herz, dass sie in den folgenden Kriminalromanen eine Gastrolle bekam und in »Die Pension am Deich« schließlich wieder eine Hauptrolle. Nach dem Roman »Hab' keine Angst mein Mädchen«, zog es die Autorin wieder an die Nordseeküste in »ihr« Wangerland und zu Tomke Heinrich. Nach »Liebesinsel am Deich« folgt nun »Zweite Chance am Deich«.

Bisherige Veröffentlichungen im Gmeiner-Verlag:
Liebesinsel am Deich (2014)
Hab' keine Angst mein Mädchen (2013)
Die Pension am Deich (2012)
Janssenhaus (2011)
Schattenmorellen (2009)
Frühstückspension (2008)

SIGRID HUNOLD-REIME

Zweite Chance am Deich

Roman

GMEINER SPANNUNG

Ausgewählt von
Claudia Senghaas

Besuchen Sie uns im Internet:
www.gmeiner-verlag.de

Im Ehnried 5, 88605 Meßkirch
Telefon 07575/2095-0
info@gmeiner-verlag.de

1. Auflage 2015

Lektorat: Claudia Senghaas, Kirchardt
Herstellung: Mirjam Hecht
Umschlaggestaltung: U.O.R.G. Lutz Eberle, Stuttgart
unter Verwendung eines Fotos von: © ischoenrock – Fotolia.com
Druck: GGP Media GmbH, Pößneck
Printed in Germany
ISBN 978-3-8392-1723-8

Personen und Handlung sind frei erfunden.
Ähnlichkeiten mit lebenden oder toten Personen
sind rein zufällig und nicht beabsichtigt.

PROLOG

Sie bleibt in der Haustür stehen und starrt auf den Schuhkarton, den er wie ein Schutzschild vor seine Brust gepresst hält. Zögernd wandert ihr Blick höher und landet in seinem verlegenen Lächeln.

»Ich habe das Haus verkauft«, sagt er.

Sie antwortet nicht. Warum erzählt er ihr das? Der Verkauf war eine abgesprochene Sache und ist keine Neuigkeit.

Er räuspert sich und überreicht ihr den Karton. Ihre Hände nehmen ihn in Empfang. Lassen ihn nicht fallen.

»Den habe ich im Keller gefunden. Er gehört dir, glaube ich«, erklärt er unbeholfen.

»Stimmt«, sagt sie mit rauer Stimme. Sie hält den Karton mit steifen Armen weit von sich gestreckt. Als wäre er versehentlich bei ihr gelandet und würde ihr gleich wieder abgenommen.

»Komm doch auf einen Tee herein«, bietet sie ihm mechanisch an.

»Heute nicht. Aber danke.«

Sie nickt und denkt, morgen auch nicht. Es ist vorbei. Fast zwanzig Jahre Ehe. Vergangenheit. Der Gedanke fühlt sich angenehm und federleicht an.

Wieder allein setzt sie sich mit dem Karton ins Wohnzimmer. Sie sollte ihn samt Inhalt durch den Reißwolf jagen und in den Papiermüll werfen. Dort gehört er hin, schon lange.

Aber sie kann nicht widerstehen und öffnet ihn. Der Geruch von altem Papier strömt ihr entgegen. Sie fährt mit einem Finger über die ordentlich gebündelten Briefe. Sie sind von einem roten Seidenband gehalten. Unter dem Bündel blitzt etwas Schwarz-Weiß-Kariertes hervor. Ihr Tagebuch. Sie schiebt die Briefe beiseite. Ein Foto kommt zum Vorschein, auf dem sie mit Heiner abgebildet ist. Sie stehen auf einer Segeljolle. Übermütig lachend und blutjung.

»Wer ist das?«

Vor Schreck rutscht ihr der Karton fast vom Schoß. Ihr Sohn ist unbemerkt hinter sie getreten.

»Das sind – das war – ein Jugendfreund.«

Ihr Sohn nimmt ihr das Foto aus der Hand und betrachtet seine jugendliche Mutter und den fremden, jungen Mann.

»Was macht er jetzt?«, fragt er.

»Heiner? Das weiß ich nicht, wir haben keinen Kontakt mehr.«

»Ruf ihn doch mal an.«

Hitze steigt ihr ins Gesicht. Sie muss lachen. Es klingt rostig. Ruf ihn doch mal an. Sie versucht, Haltung zu bewahren. Ihr Sohn kann nicht ahnen, zu welchem schmerzhaften Teil ihrer Vergangenheit der Mann auf dem Foto gehört.

»Ich kann ihn nicht mehr anrufen.«

»Ist er tot?«

»Nein. Glaube ich jedenfalls.«

Sie steht auf, streicht ihrem Sohn über die Schulter und geht auf den Balkon. Der frische Luftzug streift kühlend über ihre erhitzten Wangen. Von oben ertönt ein aufgeregtes Rufen und Schnattern. Sie schaut hoch zum Himmel. Wildgänse. Ihre ausgebreiteten Flügel werden von der tief liegenden Herbstsonne angestrahlt. Die Wildgänse fliegen dicht hintereinander. In dem Licht erscheinen sie wie eine schillernde Luftschlange. Sie erinnert an den Tanz chinesischer Drachen.

KAPITEL 1

Horumersiel
Tomke – nach dem Sommer

Mitte Oktober und die Temperaturen sind mild, fast sommerlich warm geblieben. Dazu ist es ist viel zu trocken. Herbstlaub und Spätblüher sind von einem milchigen Schleier überzogen. Als hätte ein Maler unter alle Farben ein wenig Deckweiß gemischt.

Die Badegäste behaupten, das seien die typischen Herbstfarben am Meer. Daran erkennt man, wo man ist. Tomke widerspricht ihnen nicht. Obwohl es nicht wahr ist. Auch an der Küste kleidet der Oktober die Gärten in eine prächtige Palette aus Rotgold. In diesem Jahr treiben sogar die Geranien und Rosen noch neue Blüten. Aber ihre Farben leuchten nicht mehr. Sie wirken blass und kraftlos. Genauso fühlt sich Tomke. Und vor allem ohne Plan, wie es weitergehen soll. Wie dieser Oktober, der nicht zu wissen scheint, in welche Jahreszeit er gehört. Dieses Strudeln ohne Orientierung erinnert Tomke vage an ihre Pubertät.

Zum Glück lockt der milde Herbst ungewöhnlich viele Urlauber an die Nordseeküste. Kurzentschlossene rufen in der Pension an und buchen ein Zimmer. Oft für ein verlängertes Wochenende. Tomke kann sich nicht auf die faule Haut legen. Das wäre in ihrer aktuellen Gefühlsverfassung der Untergang. Schließlich kann sie nicht ständig mit ihrer Enkeltochter Vanessa nach Jever ins Kino fahren. Die Kinderfilme und die erfrischende Lebensfreude der Achtjährigen lassen Tomke zur Ruhe kommen. Aber ihre Tochter Juliane würde Wind bekommen und Fragen stellen: »Was ist los mit dir Mama? Seit wann gehst du so gern in Kinderfilme? Muss ich mir Sorgen machen?« Tomke hat absolut keine Lust, ihrer Tochter Rede und Antwort zu stehen.

Deshalb ist sie doppelt froh, Gäste im Haus zu haben. Das Krabben-Zimmer und das Seestern-Zimmer sind belegt. Tomke muss Frühstück vorbereiten, einkaufen, putzen und immer wieder präsent sein. Sie kann sich nicht gehenlassen.

Meine Güte, so war sie nie. Sind das nun die Hormonschwankungen, die sie bislang nur vom Hörensagen kennt? Möglich. Immerhin ist sie Anfang fünfzig.

Tomke zerzaust sich mit einer für sie typischen Geste ihr rötlich getöntes Haar. Nein, denkt sie. Die fehlenden Hormone sind nicht allein schuld an ihrer Stimmungslage. Ob sie es nun wahrhaben will oder nicht, sie fühlt sich zum ersten Mal in ihrem Leben wirklich alleingelassen. Wie verwaist nach einem wunderbar geselligen Sommer. Sie ist mit Karl und seiner Terrierhündin Tina jeden Tag am Meer spazieren gegangen. Ein ungewöhnlicher Luxus während der Hauptsaison. Und es war Tomkes Rettung. Karl stand jeden Nachmittag pünktlich vor der Tür. Diese Zuverlässigkeit hat Tomke Stärke gegeben. So viel, dass sie sich eingebildet hat, das Kapitel Paul wäre endgültig abgeschlossen. Sie käme mit dem Singleleben bestens klar.

Tomke schnaubt verächtlich. Kein allzu großes Kunststück sich unabhängig zu fühlen, wenn man jeden Tag jemanden zum Reden und Gernhaben hat.

Karl war mit seinem Wohnwagen unterwegs. Er wollte nach Schottland in die Highlands und zu seinen geliebten Whiskeys. Der Campingplatz in Schillig sollte nur eine der Zwischenstationen sein. Er ist wegen Tomke hiergeblieben.

Sie lächelt bei dem Gedanken. Nein, er ist nicht für mich hiergeblieben. Aber das haben weder er noch ich ahnen können. Er ist hiergeblieben, weil er Dörte kennenlernen sollte. Die beiden haben sich auf den ersten Blick ineinander verliebt. Als hätten sie ihr Leben lang aufeinander gewartet. Mit der Wendung hätte Tomke nicht im Traum gerechnet. Sie kann sich an den verfahrenen Tag im September bestens erinnern.

Morgens war ein großes Foto von Paul in der lokalen Presse. Von ihm und seiner Frau. Das hat wehgetan. Und Tomkes verdrängte Gefühle brachen aus ihr heraus. Sie war neidisch, eifersüchtig, sehnsüchtig.

Der Absturz kam am Abend. Tomke ist mit Karl im Bett gelandet. Obwohl sie wusste, sie geben kein Liebespaar ab. Sie sollten Freunde bleiben. Aber an dem Abend wollte sie Nähe und nicht vernünftig sein. Der Rausch war kurz und ihre Begegnung im Bett für beide kein Feuerwerk.

Verwirrt und traurig wollte Tomke sang- und klanglos aus Karls Leben verschwinden. Aber Karl ließ sie nicht gehen. Er wollte reden. »Lass uns Freunde bleiben«, hatte er gesagt. Freundschaft. Das ist leicht gesagt und lebt sich verdammt schwer, wenn man Frau und Mann ist und der eine für den anderen mehr empfindet. Dieses Ungleichgewicht ist dünnes Eis, auf das Tomke im Leben nicht wieder gehen wollte.

Nun, es kam anders. An dem gleichen Abend hat als i-Tüpfelchen des Chaos Dörte angerufen. Völlig verzweifelt. Wohlgemerkt nach acht Jahren Sendepause. Und Tomke ist weich geworden. Sie ist über ihren Schatten gesprungen und hat Dörte zu sich eingeladen. Eine goldrichtige Entscheidung. Im Nachhinein betrachtet.

Tomke sieht auf die Küchenuhr. Es geht auf Mittag. Im Haus hat sie längst klar Schiff. Das Ehepaar Schöne ist mit beiden Kindern unterwegs. Tomke beschließt, ebenfalls frische Luft zu schnappen. Ein bisschen um den Pudding radeln. Das wird ihr guttun. Sie zieht sich den knallroten Poncho über. Der reicht bei den milden Temperaturen. Das leuchtende Rot beißt sich mit Tomkes kastanienrot getöntem Haar, aber sie liebt den luftigen Umhang. Er ist ein Dankeschöngeschenk von Dörte.

Tomke schiebt ihr Fahrrad aus der Garage und fährt die Deichstraße entlang Richtung Schillig. Als sie am Deichtor vorbeikommt, entscheidet sie sich weiter auf dem Weg hinter dem Deich zu bleiben. Der verwaiste Campingplatz würde ihre melancholische Stimmung nur verstärken. Der Platz ist schon größtenteils geräumt. Die Campingsaison geht dem Ende zu. Die Wohnwagen müssen vor Stürmen und Springfluten geschützt werden. Die meisten sind auf die umliegenden Höfe verteilt und warten auf den nächsten Frühling am Meer.

Karl hat seinen Wohnwagen auch längst weggeholt. Allerdings nur bis nach Hooksiel. Karl ist bei Dörte eingezogen. Die beiden laden Tomke immer wieder ein. Sie sind ihre Freunde. Das meinen sie ehrlich, das weiß Tomke. Aber sie sind nur im Doppelpack anzutreffen, als wären sie zusammengewachsen. Selbst wenn sie aus

Rücksicht auf ihren Gast nicht nebeneinander sitzen, die zärtlichen Bande zwischen ihnen sind spürbar. Tomke fühlt sich in Gesellschaft der Frischverliebten wie das fünfte Rad am Wagen und einsamer als wäre sie allein zu Hause geblieben.

Ja, und Dagmar. Dörtes attraktive, lebenslustige Mutter. Sie und Tomke sind sich während der turbulenten Tage im September nähergekommen. Mit Dagmar hätte sie das liebgewonnene Ritual der gemeinsamen Spaziergänge und Gespräche weiterführen können. Aber Dagmar hat überraschend einen Vertrag als Model angeboten bekommen. Konfektionen für die attraktive, reifere Frau von heute. Dagmar ist fast siebzig. Dass sie sich zwischen den jungen Schönen auf dem Laufsteg behauptet, imponiert Tomke mächtig. Sie ist stolz auf Dagmar. Die Kehrseite der späten Karriere: Dagmar ist schwer beschäftigt und hat für Spaziergänge kaum Zeit. Auch nicht zum Klönen. Und das funktioniert nur, wenn man sich regelmäßig trifft. Das hat Tomke im vergangenen Sommer durch Karl gelernt. Es sind die vielen kleinen Augenblicke, die man miteinander austauscht. Gesammelt über einen längeren Zeitraum schwindet ihre Bedeutung, sogar die Erinnerung an sie.

Tomke hat in Gedanken kräftig in die Pedalen getreten. Links geht der Weg bereits zum ›Deichgrafen‹ nach Förrien ab. Tomke hält an und steigt vom Rad. Die Bewegung hat sie ins Schwitzen gebracht. Sie reißt sich den Poncho über den Kopf, wirft ihn über den Sattel und bleibt mit ausgebreiteten Armen stehen. Der Wind streicht angenehm erfrischend um ihren Körper. Trocknet den Schweiß auf ihrer Stirn und das feuchte Haar.

»Nur auf eine Tasse Tee«, hat Paul gesagt. »Man kann doch zehn Jahre nicht einfach streichen.«

Tomke schließt die Augen. Exakt das waren ihre eigenen Worte im April gewesen. »Man kann doch zehn Jahre nicht einfach streichen.«

Und genau das hat Paul getan. Er hat sich für seine Frau entschieden. Nach einem Jahrzehnt intensiven Zusammenseins und nachdem sie schon von Hochzeit gesprochen hatten. Um bei der Wahrheit zu bleiben, nur Tomke hat davon gesprochen. Paul hat zustimmend geschwiegen.

Er hat sich den ganzen Sommer über nicht gemeldet. Ausgerechnet jetzt nimmt er wieder Kontakt zu ihr auf. Als hätte er telepathische Kräfte, die ihm einflüstern: ›Moin Paul, bei Tomke ist gerade Deichfraß. Du hast eventuell eine Chance.‹

In dem Augenblick, in dem Tomke seine Stimme am Telefon gehört hat, war ihr klar: Sie hat immer noch Sehnsucht nach ihm. Sie scheint sogar größer geworden zu sein. Als wäre sie im Geheimen gewachsen.

»Nur auf eine Tasse Tee beim ›Deichgrafen‹. Nein, keine Angst. Nicht in *unserem* Appartement in Wilhelmshaven. Ganz unverfänglich auf einen Tee in aller Öffentlichkeit.«

»Unverfänglich und öffentlich«, schimpft Tomke laut und stopft den Poncho in die Satteltasche. Unverfänglich ist zwischen uns nicht möglich. Wir haben uns über zehn Jahre lang geliebt. Du hast dich für deine Frau entschieden. Ende! Aus! Tomke dreht ihr Rad in Richtung Horumersiel. Bloß weg. Schlimm genug, dass sie bis hiergefahren ist und sich einredet, sie wollte nur frische Luft schnappen. Tomke Heinrich. Tomke Heinrich. Du befindest dich gerade in einer wackeligen Gefühlslage. Ganz bestimmt nicht der richtige Zeitpunkt, um dich unverfänglich mit Paul zu treffen. Wenn es diesen Zeitpunkt überhaupt gibt!

Sie tritt auf dem Rückweg noch heftiger in die Pedalen. Vor der Jugendherberge wird sie von einer Horde Kinder ausgebremst, die gerade über den Deich vom Strand zurückgetrabt kommt.

Tomke atmet zu schnell und Schweißperlen hängen schwer über den Augenbrauen. Sie wischt sie ärgerlich mit dem Handrücken weg. Aus ihrer Satteltasche ertönt das tiefe Signal eines Nebelhorns. Sie hat eine SMS erhalten.

Ein sommersprossiger Junge gafft Tomke ungeniert neugierig an. Sie hätte ihm am liebsten die Zunge herausgestreckt. Sie unterdrückt diese kindische Anwandlung und schiebt das Rad ungeduldig durch die zappelnden Kinder. Die SMS ist mit Sicherheit von Paul. Dann sitzt der tatsächlich beim ›Deichgrafen‹ und wartet auf sie. Der Gedanke besänftigt Tomke ein wenig. Soll er sich ganz unverfänglich zum Tee ein Stück Friesentorte bestellen. Die ist beim ›Deichgrafen‹ oberlecker.

Tomke will gerade auf ihr Rad steigen und weiterfahren, als ihr Handy die Tatortmelodie zu dudeln beginnt. Ein Anruf. Obwohl Tomke fest entschlossen ist, nicht mit Paul zu reden, fischt sie ihr Handy aus der Satteltasche. Aber es ist nicht Paul. Auf dem Display leuchtet: Anne-Linda Loretta. Tomkes Herz macht einen Freudenhopser. Sie nimmt das Gespräch schnell an.

»Moin, meine Liebe«, meldet sie sich herzlich.

»Grüß dich, Tomke. Das ist so schön, deine Stimme zu hören«, erwidert Anne erfreut.

»Das sehe ich ganz genauso«, bestätigt Tomke breit lächelnd. »Wann sehen wir uns endlich wieder?«

Anne lacht leise auf. »Die Nachfrage kommt passend. Mir ist nämlich – ganz spontan eine Idee gekommen. Hast du vielleicht ein Zimmer frei? Für – sagen wir mindestens eine Woche. Vielleicht länger. Ich will bei dir oben in Ruhe arbeiten.«

Tomke lauscht in ihr Handy und kann knapp einen Jubelschrei unterdrücken. Das ist ein Geschenk des Himmels. Das ist ihre ganz persönliche Rettung.

»Ja, die Wassernixe. Und wenn nicht, dich würde ich immer unterbringen.«

»Danke.«

Beide Frauen sind für einen Augenblick still.

»Ich kann immer noch nicht Auto fahren«, sagt Anne.

»Ich habe einen Abholservice, schon vergessen?«, lacht Tomke unbekümmert.

»Stimmt. Ich erinnere mich. Gut, dann melde ich mich, wenn ich die Zugverbindung rausgesucht habe. Bis gleich. Und ich würde gern heute Abend noch anreisen.«

»Das geht in Ordnung«, sagt Tomke atemlos vor Freude.

KAPITEL 2

Hameln
Anne – nach dem Aufwachen

Anne sitzt am Küchentisch vor ihrem Rechner. Die Bildschirmseite ist weiß. Und das schon seit einiger Zeit. Anne kann die fordernde Leere nicht mehr ertragen und gibt ihren Namen ein. Linda Loretta. Um ihn sofort wieder zu löschen. Sie braucht ein neues Pseudonym hat Charlotte, ihre Lektorin, gesagt. Nimm doch deinen realen Namen. Der klingt wunderschön und ist nicht zu lang. Anne pustet sich eine vorwitzige Locke aus der Stirn und tippt Anne Wilkens ein. Linda Loretta hat ihr besser gefallen. Aber Linda Loretta und ihre ans Herz gehenden Liebesgeschichten sind verbraucht, nicht mehr zeitnah. »Du kannst mehr«, hat Charlotte ihr Mut zugesprochen. »Fang einfach an. Ich freue mich darauf.«

»Ich habe keine gute Phase. Das wird dauern«, hat Anne ihr vorgejammert.

»Dann lass dir die Zeit, die du brauchst«, hat Charlotte in ihrer ruhigen Art geantwortet.

Lass dir Zeit, denkt Anne. Das ist lieb von Charlotte. Sie ist ihr wirklich sehr wohlgesonnen. Aber wie lange noch? Wann wird Charlotte die Geduld verlieren und viel schlimmer – das Interesse? Im letzten Verlagsprogramm sind fünf Debütantinnen auf Hochglanzseiten abgebildet gewesen. Fünf! Selbstbewusst, strahlend und unglaublich jung. Dazu ekelhaft produktiv. Sie sitzen garantiert schon über einem Nachfolgeroman.

Bedeutet Charlottes liebevolle Nachsicht im Grunde nur, sie hat längst genug andere Autorinnen an der Hand, die nicht so schwerfällig sind. Die sich sehr viel besser vermarkten lassen als die lichtscheue Anne. Die die Kunst des Small Talks beherrschen und liebend gerne auf Lesereisen gehen. Die sie wahrscheinlich selbst organisieren.

Anne schiebt die düsteren Visionen beiseite. Charlotte und sie, das ist mehr als eine berufliche Verbindung. Oder nicht?

Charlotte hat Anne vor zehn Jahren in den Verlag geholt und aus der Kolumnenschreiberin die Liebesromanautorin Linda Loretta gemacht. Warum einen neuen Weg einschlagen, von dem sie keinen Schimmer hat, wo er sie hinführen wird. Anne hasst Veränderungen.

Sie tippt lustlos zu ihrem Namen das Wort ›Arbeitstitel‹ in die Tastatur. Ausgeschrieben. Dann steht sie auf und geht an den Kühlschrank.

Das war immer Lisettes erster Weg, wenn sie aus der Schule kam. Die Überprüfung des Kühlschranksortiments. Das hat sie so intensiv getan, als wären die vorrätigen Lebensmittel für sie allesamt Neuerscheinungen. Anne hat sich jedes Mal über die Energieverschwendung geärgert. Jetzt steht sie selbst viel zu lange vor der offenen Tür, bis sie die herausfallende Kälte spürt. Fröstelnd klappt sie die Tür zu und schenkt sich einen heißen Kaffee ein. Beide Hände um den Becher gespannt, setzt sie sich wieder vor den Bildschirm und trinkt langsam das wärmende Getränk.

Dann legt sie ihre Finger in Schreibposition auf die Tastatur. Ohne, dass sie ihnen einen Befehl gegeben hat, klicken sie den E-Mail-Server an. Keine neue Nachricht. Lisette ist unglaublich schreibfaul. Aber auch Anne fehlen die richtigen Worte. Was schreibt man einer fast 16-jährigen Tochter, die sich entschlossen hat, ein Jahr bei ihrem Vater zu leben? Weit weg. In Amsterdam. Mir geht es gut. Wie geht es dir? Wir haben in Hameln herrliches, ungewöhnlich mildes Herbstwetter. Wie ist es in Amsterdam? Anne befürchtet, jede mit Nichtigkeiten gefüllte Zeile zieht ihr die Maske vom Gesicht und macht ihre Sehnsucht sichtbar. Und ihre Angst, Lisette zu verlieren. Lisette ist sensibel. Sie würde ihre Mutter durchschauen.

Anne klickt wieder die Manuskriptseite auf. Arbeitstitel. Wie könnte er lauten? Anne durchforstet ihr Gehirn. Nichts. Kein einziger Gedankenblitz für eine klingende Überschrift. Dabei kann sie normalerweise neue Titel wie am Schnürchen produzieren. Viel zu viele. Die Entscheidung für einen Einzigen fällt ihr immer schwer. Meistens wechselt sie den Arbeitstitel mehrmals während des Schreibens.

Vielleicht kann sie nicht mehr schreiben? Anne schaut aus dem Fenster. Sie verfolgt eine vorbeiziehende Wolke eine Scheibenlänge lang. Nicht mehr schreiben. Was wäre daran so schlimm? Die Erde würde sich ohne ihre Geschichten weiterdrehen. Ganz sicher. Die Frage lautet eher: Was fängt Anne ohne ihre Geschichten an?

Verhungern würde sie jedenfalls nicht. Das ist die gute Nachricht. Ihre Eltern haben ihr Haus am Ohrberg verkauft und sind in eine seniorengerechte, nette Wohnung umgezogen. Sie haben Anne das Erbe vorzeitig ausgezahlt. Sie wollen nicht, dass ihr Erspartes womöglich in ihre Pflege fließt. Die sie einkalkulieren. Ihre Eltern sind immer vernünftig und vorausschauend. Und sie haben eine so verträumte Tochter bekommen. Es muss eine herbe Enttäuschung für sie gewesen sein, als Anne nach dem Lehramtsstudium nicht ihr Referendariat angetreten hat. Stattdessen ist sie über beide Ohren verliebt einem windigen niederländischen Künstler auf sein Hausboot nach Amsterdam gefolgt. Nach drei Jahren ist sie mit der einjährigen Lisette nach Hameln zurückgekehrt. Sie hatte zwar ein abgeschlossenes Studium, aber im Grunde keinen Beruf. Ihr fehlte das Referendariat. Vorher konnte sie sich nicht auf eine Teilzeitstelle bewerben. Das bedeutete ein Jahr lang Vollberufstätigkeit. Dafür brauchte sie einen zuverlässigen Babysitter. Am besten einen Krippenplatz. Aber um den zu ergattern, hätte sie Lisette gleich nach ihrer Zeugung anmelden müssen.

Annes Mutter bot ihre Hilfe an. Sie war überglücklich, dass ihre Tochter nach Deutschland zurückgekehrt war. Und sie hatte wie immer vernünftige Argumente. »Du musst jetzt an die Zukunft denken. Du brauchst deinen Beruf. Das eine Jahr ist doch kein Problem. Weißt du was, ich werde Lisette nehmen. Keine Widerrede! Ich wollte sowieso reduzieren. Wenn sich mein Arbeitgeber nicht darauf einlässt, kündige ich. Mach dir keine Sorgen. Wir schaffen das zusammen!«

Das hatte sich verlockend angehört. Verlockend, aber leider nicht lebbar. Das merkte Anne schon innerhalb der wenigen Wochen, die sie mit Lisette in ihrem Elternhaus untergeschlüpft war.

Ihre Eltern hatten das Zimmer ihrer Tochter seit ihrem Auszug nicht verändert. Selbst die Bücher, die Anne zuletzt gelesen hatte, lagen liebevoll abgestaubt auf dem Schreibtisch. Alles sah aus, als wäre die Zeit in den vergangenen Jahren stehen geblieben. War sie aber nicht. Anne konnte nicht nahtlos an ihre Studentenjahre anknüpfen. Einfach untertauchen und sich vor Erinnerungen und gelebter Zeit verstecken. Sie trug Verantwortung. Anne war mittlerweile selbst Mutter.

Ihre Eltern gaben sich Mühe, die Veränderung zu respektieren. Sie achteten darauf, Grenzen einzuhalten. Eine Anstrengung, die sie nicht lange durchhielten. Besonders ihre Mutter verfiel in alte Verhaltensmuster. Sie übernahm still und leise in aller Liebe die Regie über das Leben ihrer Tochter und ihrer Enkelin. Sie brachte frisches Gemüse und Obst vom Einkaufen mit. »Lisette sollte nicht nur den Fertigpamps aus den Gläsern essen. Ich koche gerne, das weißt du.«

Ganz selbstverständlich sammelte sie, wenn sie eine Waschmaschine füllen wollte, auch die Kleidungsstücke von Anne und Lisette ein.

»Wäre doch dumm, wenn jeder für sich eine Maschine anwirft.«

Das klang alles vernünftig. Was sollte man dagegen setzen? Nichts, außer dass es Anne entgegen aller Vernunft ein mulmiges Gefühl bereitete. Das staute sich in ihrem Bauch und schoss unberechenbar aus ihr hervor. Sie argumentierte unsachlich, als wäre sie wieder ein Teenager und mitten in der Pubertät. Aber wenn sie sich aufbrausend wehrte, lächelte ihre Mutter nur verständnisvoll. »Ach Anne, du hast viel durchgemacht. Du musst erst einmal zur Ruhe kommen. Nimm dir doch einen Nachmittag Zeit. Nur für dich. Du siehst müde aus und sei mir nicht böse, aber du solltest nicht die halbe Nacht vor dem Fernseher sitzen. Übermüdung macht krank. Davon sieht man irgendwann Gespenster.«

Alle Ratschläge wurden leise und liebevoll geäußert. Anne sah keine Chance, sich gegen so viel guten Willen durchzusetzen. Vor allem sah sie keine Möglichkeit, sich neben ihrer strukturierten Mutter entwickeln zu können. Neben so viel Dynamik würde sich Anne immer als zu langsam und ungeschickt empfinden. Und sie wollte sich nicht ständig um Nichtigkeiten zanken. Ihr Vater verhielt sich wesentlich zurückhaltender. Er versuchte, nicht zwischen die Fronten zu geraten. Aber er litt unter der Disharmonie im Haus. Anne liebte ihre Eltern. Die Liebe wollte sie nicht verlieren. Die Entscheidung war eindeutig: Sie brauchten eine räumliche Trennung.

Abgesehen davon fehlte Anne die Motivation, um ein Anerkennungsjahr durchzuhalten. Was sollte danach kommen? Sie gestand sich ein, dass sie sich nicht mehr in dem Berufsbild einer Lehrerin wiederfinden konnte.

Anne suchte und fand für sich und Lisette eine winzige Wohnung in Hameln in der Deisterstraße. Dort hielt sie sich mit Heimarbeit über Wasser. Und dem Sozialamt. Der Ehrlichkeit halber auch von Kees-Jans Unterhaltszahlungen.

Nachdem ihre Eltern die Kränkung überwunden hatten, unterstützten sie ihre Tochter, wo sie nur konnten. Aber es blieb für Anne ein Leben der vorgeworfenen Brotkrumen. Wobei die des Sozialamtes und die ihrer Eltern ihr besonders sauer aufstießen.

Dann kam die Wende. Durch einen Zufall landete Anne in der Redaktion einer Frauenzeitschrift. Sie beantwortete Leserbriefe. Das war die Geburtsstunde von Linda Loretta, die Zeitungskummertante. Als plötzlich zu wenige Briefe in der Redaktion eintrudelten, sah Anne ihren Job in Gefahr. Sie ergriff die Initiative und schrieb die Fragen selbst. Das kam richtig gut an, und die Kolumne war recht erfolgreich. Die Chefredakteurin bot ihr an, einmal im Monat ›Die wahre Geschichte aus dem Leben‹ zu schreiben. Es sollten anrührende Liebesgeschichten sein. Die flossen Anne nur so aus der Feder. Und dann kam der Anruf von Charlotte. Sie ermunterte Anne, einen Roman im Stil ihrer Kurzgeschichten zu verfassen. Ihr Debüt ›Der neue Nachbar‹ erreichte das Verkaufszahllimit, und seitdem gab es die Liebesromanreihe Linda Loretta. Und nun soll alles vorbei sein?

»Nicht vorbei«, hat Charlotte über ihre Ängste gelacht. »Denk nicht so negativ. Schreib über Frauen, die aus Fleisch und Blut sind. Frauenfiguren, mit denen sich eine moderne Frau identifizieren kann.«

Charlotte hat gelacht, als sie das sagte. Aber Anne hat einen Unterton in ihrer Stimme gehört. Eine Warnung. »Sei nicht so stur und lass dich auf was Neues ein. Sonst kann ich bald nichts mehr für dich tun.«

Was dann? Soll sie mit 44 Jahren umsatteln? Würde eine Umschulung in ihrem Alter überhaupt noch finanziert? Lehrerin, nein, auch wenn sie dort eine Chance bekäme, der Zug ist für sie schon vor vielen Jahren abgefahren. Vielleicht sollte sie sich eine Putzstelle verschaffen. Möglichst mit Familienanschluss, um Mäuschen zu sein. Sie würde Geld verdienen, und mit ein wenig Glück würden ihr neue Geschichten in den Schoß fallen. Geschichten, die nach Charlottes Geschmack wären. Ganz dicht am Leben. Sozusagen von der Front.

Anne zuckt lakonisch mit den Schultern. Was soll das Gejammer? Charlotte hat recht. Linda Loretta ist tot. Allerdings sind nicht Marketinggründe schuld an ihrem Ableben. Linda Loretta hat sich in diesem Sommer in Amsterdam aufgelöst. Anne hat begriffen, es gibt keine gemeinsame Zukunft für sie und Kees-Jan. Diese Hoffnung war die eigentliche Triebfeder für ihre Liebesromane. In den romantischen Geschichten hat Anne sich geborgen gefühlt. Und wenn ihre Heldinnen auf allerlei Umwegen endlich in die Arme ihres Liebsten sinken konnten, spürte Anne die Nähe von Kees-Jan.

Diese erträumte Nähe hat sie bei ihm in der Wirklichkeit nicht mehr gefunden. Auch wenn ihre Körper mit verzweifeltem Trotz versucht haben, die unsichtbaren Barrieren zu überwinden. Es ist ihnen nicht gelungen.

Annes Mutter hatte sie vor einem Neuanfang mit Kees-Jan gewarnt. »Aufgewärmter Kaffee schmeckt nicht. Er hat sein ganz spezielles Aroma verloren.«

Verloren. Stimmt. Anne hat die Kunst verloren, Luftschlösser zu bauen. Sie kann keine Liebesgeschichten mehr schreiben. Sie erscheinen ihr nun kitschig und viel zu unrealistisch. Aber geht es nicht immer um Liebe? Selbst in einem Krimi. Da geht es um ihre Abgründe. Sie könnte in einem Krimi die Gefühle mit mehr Distanz betrachten. Sie könnte sich an dem Plot festhalten, der logisch sein muss. Vielleicht ist das Genre das Richtige für sie in ihrer derzeitigen Verfassung. Wie beginnt man einen Krimi? Mit einer Grenzsituation. Sie sollte Angst einflößen oder neugierig machen. Wovor hat Anne Angst? Vor den ungenutzten Tagen, in denen sie herumhängt und keinen Plan hat. Sie hat Angst, dass Lisette nicht wieder zu ihr zurückkommt und bei ihrem Künstlervater in Amsterdam bleiben will. Kees-Jan, der viel cooler ist als die vorsichtige Anne.

Anne legt ihre Finger wieder in die Grundposition, aber sie tippt keinen einzigen Buchstaben. Nein, Krimis zu schreiben ist keine gute Idee. Sie hat kürzlich gelesen, das Gehirn kann nicht unterscheiden, ob wir uns etwas ausdenken oder wirklich erleben. Deshalb halten uns am Morgen die Gefühle aus Träumen eine Zeit lang fest. Wie schlafen und träumen wohl Autoren von blutigen, schaurigen Thrillern?

Anne schüttelt sich. Vielleicht kommt für sie eher eine Komödie in Frage. Genau. Etwas Beschwingtes. Das würde sie aufmuntern. Anne grübelt, aber ihr fällt partout nichts Heiteres ein.

Sie steht auf und beginnt konfus in der Wohnung umherzulaufen. Ihr Weg führt sie abermals an den Kühlschrank. Das Angebot ist unverändert und gesund. Frisches Gemüse und Käse. Würziger Käse. Nicht die stereotypen, fast geschmacklosen Sorten, die Lisette bevorzugt.

»In Amsterdam gibt es ein internationales Gymnasium. Das ist eine super Chance, um besser Englisch und Französisch zu lernen. Und außerdem, ich kann meinen Dad endlich kennenlernen. Also echt kennenlernen. Nicht nur den Feriendaddy. Das kannst du doch verstehen, oder? Stell dir vor, du würdest von deinem Vater getrennt aufgewachsen sein und hättest so eine voll gute Gelegenheit, ihn kennenzulernen.«

Anne hat mit den Schultern gezuckt. »Ich kenne meinen Vater auch kaum«, war ihre lahme Antwort.

»Das ist schade für euch«, hat ihre Tochter ernsthaft geantwortet. »Er lebt ja noch. Du kannst ihn besuchen und mit ihm reden.«

Weise Ratschläge von einer fast 16-Jährigen. »Klugschiss!« Das wäre Tomke Heinrichs trockener Kommentar gewesen. Anne hat Tomke seit April nicht mehr gesehen. Sie haben sich nur geschrieben. Das heißt, Anne hat ihr meistens geschrieben. Als sie Tomke gestanden hat, sie würde nach vierzehn Jahren einen zweiten Versuch mit Kees-Jan wagen, hat Tomke geschwiegen. Dabei hat sie mit Sicherheit wie Annes Mutter über einen eventuellen Neubeginn gedacht. Mit dem einzigen Unterschied: Aufgewärmter Tee schmeckt nicht. Aber Tomke hat den Mund gehalten und Anne nach Amsterdam ziehen lassen. Das ist Tomke.

Anne ist in Lisettes Zimmer gelandet. Es ist nicht das übliche Jungmädchenzimmer. Keine Poster, keine Nippes. Es ist aufgeräumt, hell und klar. Das hat Anne immer verwundert. Ihre Tochter ist sonst eher chaotisch und sehr temperamentvoll. Was heißt chaotisch? Vielleicht ist sie einfach nur mutiger als ihre Mutter. Das wäre ihr zu wünschen, denkt Anne. Sie legt sich auf das Bett ihrer Tochter. Das Kopfkissen verströmt noch immer einen leichten Duft von Lisettes Shampoo. Ein Jahr. Lisette hat mich als Autorin nie ernst genommen. Hoffentlich als Mutter.

Anne gibt sich einen Ruck und steht auf. Aber sie geht nicht zurück an ihren Arbeitsplatz. Es hat keinen Sinn ihren Rechner zu umtanzen, durch die Zimmer zu streifen und sich einzubilden, sie würde heute noch zum

Schreiben kommen. Sie nimmt ihren Mantel und geht nach draußen.

Anne wohnt schon lange nicht mehr in der Deisterstraße. Sie hat mittlerweile eine schöne Wohnung in der Altstadt. Ganz in der Nähe des Weserwalls. Mit schnellen Schritten geht sie durch das bunte Herbstlaub. Eine Einsvierundachtzig große Frau. Lieblingsfarbe Schwarz. Eine Hosenfrau, die leichte Stoffe liebt, die angenehm weit die Beine umspielen. Legere dreiviertellange Jacken oder Mäntel. Die lange dunkelbraune Lockenpracht ungezügelt und offen. Eine schöne vierundvierzig Jahre alte Frau.

Seine nordische Elfe, seine bezaubernde Muse, so hat Kees-Jan sie genannt. In der ersten Zeit. Als Lisette geboren war und Anne sich nach ein wenig mehr Sicherheit gesehnt hat, wurde sie in seinen Augen zur Spießerin. Eine mit kleinbürgerlichen Ängsten, die den Fluss seiner Kreativität blockierte. Er wäre nicht für eine feste Bindung geschaffen. Und er würde sich nie verbiegen und einsperren lassen.

Anne schaut auf die andere Seite der Weser zum Klöt, der zum Weserbergland gehört. Die Herbstfarben der Baumkronen leuchten in allen Facetten von Rot und Braun in der Sonne. Anne wirft ihr Haar nach hinten und lacht trocken auf. Von wegen nicht verbiegen, sich niemals dem Kommerz unterwerfen. Kees-Jan ist schon lange etabliert, und seine Kreativität zieht er mehr aus der Lebendigkeit junger Kunststudentinnen, die ihn anhimmeln und als Meister verehren. Die in ihrer Faszination nicht merken, dass er sie melkt. Und nicht binden? Er hat geheiratet und noch eine Tochter bekommen. Das zu dem Thema niemals. Das einzige Gefühl, das Anne ihm abnimmt, ist die Liebe zu seinen Kindern.

Anne ist an der alten Weserbrücke angekommen und geht bis zu ihrer Mitte. Hier steht sie gern. Schon immer. Anne lehnt sich über die Brüstung und schaut dem fließendem Wasser hinterher. Das macht sie leicht schwindelig. Aber genau das leise Schaudern gefällt ihr. Rechts rauscht kraftvoll das fallende Wasser hinunter. Ein Wehr. Vor seinem Sog hat Anne sich schon immer gefürchtet. Auf der linken Seite ist der Anleger für die Ausflugsdampfer. Manchmal war Anne mit ihrer Mutter allein bis zum Ohrberg gefahren. Dort wartete ihr Vater mit dem Auto auf seine beiden Frauen. Anne hatte als Kind immer Angst, dass der Dampfer beim Wendemanöver vom Sog das Wehr hinuntergezogen werden könnte. Da halfen auch die Beschwichtigungen ihrer Mutter nicht, die sie über die Motorkraft des Dampfers aufklärte. Erst wenn er Fahrt in Richtung Ohrberg genommen hatte, konnte sie die Schifffahrt genießen.

Anne dreht sich um und lehnt sich mit dem Rücken an das Geländer. Ein Linienbus fährt vorbei. An seiner Flanke steht ein Werbespruch für eine Süßigkeit: »Und was ist mit Tee?«

Anne lächelt und muss an Tomke denken. Tomke, die jammert nicht lange über vergossene Milch. Die lässt sich nicht wie ein Blatt vom Wind weiterwehen. Tomke hat ihr Leben im Griff.

Und sie ist die Einzige, der Anne von ihrem gescheiterten Neuanfang erzählen kann. Ohne Gefahr, die üblichen Trostratschläge aufgehalst zu bekommen: »Schau nach vorn. Es ist deine Zeit, die an dir vorübergeht. Und ehrlich, was hast du nach vierzehn Jahren erwartet? Sei froh, dass du diesen eitlen Künstler los bist. Strich drunter. Du bist im besten Alter. Attraktiv. Wer weiß, wer dir noch begegnet. Und Lisette. Kopf hoch. Kinder gehen ihren Weg. Da müssen wir alle früher und später durch.«

Solche Allerweltsweisheiten würden von Tomke nicht kommen. Oben am Meer erscheint sowieso alles leichter. Oben am Meer. Genau! Sie würde sich bei Tomke einmieten. In ihrer Pension würde sie zur Ruhe kommen und wieder schlafen können. Und vielleicht könnte sie dort sogar schreiben.

Anne holt ihr Handy hervor. Hoffentlich ist die Pension nicht ausgebucht. Das wunderschöne Herbstwetter wird Nordseeurlauber anlocken. Warum ist sie nicht gleich auf diese naheliegende Idee gekommen? Anne drückt auf Kontakt Tomke. Zum Glück geht sie an ihr Handy.

»Moin, meine Liebe«, meldet sich Tomke in ihrer herzlichen Art.

Anne durchströmt augenblicklich ein warmes Gefühl.

»Grüß dich, Tomke. Das ist so schön, deine Stimme zu hören.«

»Das sehe ich ganz genauso«, antwortet Tomke. »Wann sehen wir uns endlich wieder?«

Anne lacht erleichtert. »Die Frage passt. Mir ist nämlich ganz spontan eine Idee gekommen. Hast du vielleicht ein Zimmer frei? Für – sagen wir mindestens eine Woche. Vielleicht länger. Ich will bei dir oben in Ruhe arbeiten.«

Anne lauscht in ihr Handy. Hoffentlich hat sie ein Zimmer frei.

»Ja, die Wassernixe. Und wenn nicht, dich würde ich immer unterbringen.«

»Danke«, sagt Anne heiser. Ihr schießen Tränen in die Augen. Das tut so gut. Nicht eine Frage: warum oder wieso. Tomke macht die Tür auf und gut.

»Ich kann noch immer kein Auto fahren«, sagt Anne, um ihre Rührung in den Griff zu bekommen.

Tomke lacht unbekümmert. »Ich habe einen Abholservice – schon vergessen?«

»Stimmt. Ich erinnere mich. Gut, dann melde ich mich, wenn ich die Zugverbindung rausgesucht habe. Bis gleich. Und ich würde gerne heute Abend noch anreisen.«

»Das geht in Ordnung«, sagt Tomke.

KAPITEL 3

Schillig
Sophie – nach mehr als zwanzig Jahren

Ein dicker Regentropfen landet auf Sophies Stirn. Das Rinnsal läuft ihr über das Gesicht in den Mund. Das Regenwasser schmeckt salzig. Sophie wischt sich mit dem Handrücken die Augen trocken. Ihr Blick streift das Ziffernblatt ihrer Armbanduhr. Das rüttelt sie wach. Es ist bereits kurz vor vier. Sie muss, ohne sich dessen bewusst zu sein, über eine Stunde auf dem Balkon gestanden haben.

Sophie schlingt fröstelnd ihre Arme um ihren Oberkörper. Trotz der milden Außentemperatur ist sie durchgefroren. Ihr Dienst beginnt erst in zwei Stunden. Die Zeit würde für ein heißes Bad ausreichen. Warmes Wasser und duftende Schaumberge zum Verkriechen. Nein, lieber nicht. Dieser Verlockung sollte sie widerstehen. Das Wärmebad würde sie nur schläfrig machen.

Sophie geht zurück ins Wohnzimmer. Dort wird ihre Aufmerksamkeit fast magisch auf den Schuhkarton gelenkt. Er steht noch immer auf dem Tisch. Sophie geht auf ihn zu. So langsam und vorsichtig, als könnte er samt Inhalt jeden Augenblick explodieren. Die Rosenaufkleber sind unverblasst und leuchten in zartem Rosa und dunklen Rottönen. Sophie hatte damals nur die schönsten Bilder ausgewählt, um den schmucklosen Karton in eine Schatzkiste zu verwandeln.

Von wegen Schatzkiste. Sophie schüttelt heftig den Kopf. Welcher Teufel hat Burkhard geritten, ihr ausgerechnet diesen Karton ins Haus zu schleppen? Mit der unschuldigen Aussage: »Ich glaube, der gehört dir.«

Natürlich gehört der ihr! Vielmehr: gehörte ihr. Und das weiß Burkhard. Ebenso wie er ganz genau weiß, dass sie mit diesem Teil ihrer Vergangenheit nichts mehr zu tun haben will. Ihm muss doch klar sein, dass er sie mit so einer Aktion aus dem Gleichgewicht bringt.

Sophie greift nach dem Karton, eilt mit ihm in die Küche und wirft ihn in den Papiermüll. Das hätte sie unverzüglich machen sollen, nachdem Burkhard ihn ihr in die Hand gedrückt hat. Oder viel besser: ihn gar nicht erst annehmen. Aber der Anblick hat sie in einen Trancezustand versetzt. Nur deshalb hat sie ihn in Empfang genommen. Nicht nur das. Sie hat ihn geöffnet und nach über zwanzig Jahren zum ersten Mal wieder in Heiners Augen geblickt. Mitten in sein lächelndes Gesicht. Die Erinnerung an sein Lächeln war in Sophie tief vergraben. So tief, dass Heiner nicht einmal mehr in ihren Träumen auftaucht.

Und nun? Sie spürt seinen liebevollen Blick auf ihrer Haut. Brennend, als wäre die letzte Umarmung gerade eben gewesen und nicht vor mehr als zwei Jahrzehnten.

Sophie gießt sich einen Becher mit Milch ein und stellt ihn in die Mikrowelle. Unter das erhitzte Getränk rührt sie Kakaopulver. Viel Kakaopulver. Sie braucht jetzt Süßes. Während sie trinkt, muss sie ununterbrochen auf den Karton starren. Der ragt wie ein Leuchtturm aus dem Korb mit Altpapier hervor. Wenn Ben in die Küche kommt, wird er ihn sofort entdecken und seiner Mutter neue Fragen stellen. Es war schon leichtsinnig genug, ihm eine zu beantworten. Sie hat ihm verraten, der Mann auf dem Foto heißt Heiner und war einmal ihr Freund. Ben würde nicht lockerlassen und mehr wissen wollen. Er ist beseelt von dem Wunsch, seine Mutter glücklich zu sehen. Wieder glücklich möchte Sophie auch liebend gern sein. Aber Heiner ist mit Sicherheit nicht der Schlüssel zum Glück.

Sophie stellt den leeren Becher ab. Der Karton darf nicht hier in der Küche bleiben. Sie holt ihn aus dem Korb, eilt in ihr Zimmer und schiebt ihn unter ihr Bett. Sie geht in die Hocke und gibt ihm einen abschließenden Schubs, so dass er ganz nach hinten bis an die Wand rutscht.

Als Sophie sich hochrappelt, muss sie sich am Bett festhalten. Das ist völlig unnötiger Stress, denkt sie verärgert. Warum stochert Burkhard in alten Wunden herum und bringt ihr Heiners Liebesbriefe ins Haus? Das ist gedankenlos und absolut unsensibel. Das Verhalten passt nicht zu Burkhard. Er hat all die Jahre nicht über Heiner gesprochen. Kein Sterbenswörtchen. Als hätte es ihn nie gegeben. Sophie hat ihm seine rücksichtsvolle Art hoch angerechnet.

Die erste Zeit nach der … der Feier in Heiners Elternhaus hat Sophie in einem Dämmerzustand verbracht. Über Wochen, vielleicht Monaten liegt ein Schleier. Sophie kann sich kaum erinnern.

Burkhard war an ihrer Seite. Das ist die einzige greifbare Erinnerung. Er war immer für sie da. Deshalb hat sie ihn geheiratet. Sophie hat erst spät, zu spät begriffen, wie sehr Burkhard sie geliebt hat.

Die Erkenntnis hat ihr wehgetan. Denn sie konnte seine Liebe nicht erwidern. Obwohl sie es von Herzen gerne getan hätte. Sie hat es ehrlich versucht. Doch zwischen ihnen blieb immer ein Rest Abstand. Eine Kluft, die eine völlige Verschmelzung nicht zuließ. Dieses Ineinanderfließen, wie sie es mit Heiner erlebt hat.

Burkhard hat sich nichts anmerken lassen, aber er hat die Distanz sehr wohl gespürt. Das ist Sophie auch erst mit erheblicher Verzögerung bewusst geworden. Sie hat sich jahrelang eingebildet, sie könnte ihre unzureichende Liebe mit Zuneigung und Aufmerksamkeit ausgleichen. Sie war Burkhard stets eine zugewandte Partnerin und hatte ein offenes Ohr für ihn, wenn er abends nach Hause kam. Sie ist eine erstklassige Köchin und hat sogar für soziale Kontakte gesorgt. Sie hat um sich und Burkhard einen Bekanntenkreis aufgebaut, der ihnen ein Gerüst geben sollte. Sophie war als Gastgeberin beliebt, und ihre Einladungen zu diversen Feiern wurden mit Kusshand angenommen.

Doch alle Bemühungen konnten nicht über Sophies unzureichende Liebesfähigkeit hinwegtäuschen. Burkhard muss sich einsam gefühlt haben. Irgendwann suchte er Trost in den Armen anderer Frauen. Nicht heimlich. Er gestand Sophie seine Untreue. Fast trotzig in der Hoffnung, sie könnte eifersüchtig reagieren. Auch das hat Sophie erst im Nachhinein erkannt. Aber zu dem Zeitpunkt hat sie Burkhard seine Frauengeschichten nicht übel genommen. Im Gegenteil. Sein Doppelleben machte ihr das Zusammensein mit ihm sogar leichter. Sie brauchte sich nicht mehr mit ein paar Glas Wein zu berauschen, um in großen Abständen mit Burkhard ins Bett zu gehen.

Dieses Arrangement – sie lassen sich gegenseitig respektvoll in Ruhe – würde wahrscheinlich immer noch funktionieren, wenn sich nicht eine Frau ernsthaft in Burkhard verliebt hätte. Mandy Base aus Wilhelmshaven. Sie hielt sich nicht an die Spielregeln. Sie wollte nicht die Geliebte im Hintergrund bleiben. Die nicht einmal einen Schatten wirft. Sie wollte mehr. Sie wollte Burkhard.

Sie begann systematisch, ihr Verhältnis in Horumersiel öffentlich zu machen. Sie ging im Ort zum Friseur und erzählte herzzerreißend und laut von ihrer unglücklichen Liebe zu Burkhard Regensdorf. Sie vertraute der Bäckereiverkäuferin vor einer Schlange anderer Kundinnen an, dass Burkhard nur aus Mitleid bei seiner Frau bliebe. Und sie setzte sich im ›Leuchtfeuer‹ an die Theke und heulte sich beim verständnisvollen Barmann Jens und manchem Stammgast aus.

Ihre Rechnung sollte nur teilweise aufgehen. Mandy erreichte, dass Sophie auf das Verhalten ihres Mannes angesprochen wurde. Der Bekanntenkreis reagierte empört. Sie hatten Sophie und Burkhard als harmonisches Ehepaar erlebt und fühlten sich von ihnen regelrecht hintergangen.

Ben war zu dem Zeitpunkt neunzehn Jahre alt und die Gerüchte, die in Horumersiel kursierten, gingen natürlich nicht an ihm vorbei. Er war wütend auf seinen untreuen Vater und stellte ihn zur Rede. Er war wütend auf seine still aushaltende Mutter und setzte sie unter Druck. Sophie musste Farbe bekennen. Sie gestand ihrem Sohn, dass schon lange zwischen ihr und Burkhard nur eine freundschaftliche Beziehung bestünde und sie die Frauengeschichten nicht als Betrug ansähe.

Ben war geschockt. Seine Eltern-Idylle war geplatzt und er schoss wild los. »Und warum lasst ihr euch dann nicht scheiden? Das ist doch total die Heuchelei! Wenn du dein Leben an dir vorbeiziehen lassen willst, das ist deine Sache. Aber dann vermassel Papa seins wenigstens nicht mit. Wie steht er denn da? Wie ein verlogener Fremdgeher. Nur weil du nicht allein klarkommst. Lasst euch scheiden. Das ist die einzig ehrliche Konsequenz.«

Seine Worte hatten Sophie hart getroffen. Sie hatte die Anschuldigungen von sich gewiesen. Doch je mehr sie über ihren Sinn nachdachte, desto mehr Wahrheit erkannte sie in ihnen.

Burkhard hatte ein Recht auf sein Leben. Sophie reichte die Scheidung ein. Von der Mandy Base nicht profitierte. Burkhard hatte umgehend die Affäre mit ihr beendet.

In dem Augenblick begriff Sophie, Burkhard liebte sie immer noch. Das tat ihr leid, und sie schämte sich. Sie hätte ihn nie als Rettungsanker benutzen dürfen. Sie hätte nach der Tragödie mit Heiner ihre Koffer packen und so weit wie möglich wegziehen sollen. Neu anfangen, dort wo sie niemand kannte. Stattdessen hat sie sich von Burkhard tragen lassen. Sie hat seine Ritterlichkeit als Geschenk angenommen. Gedankenlos. Das war unverzeihlich.

Sophie sieht aus dem Fenster. Die Sonne hat sich längst wieder durchgesetzt. Es ist bei den paar Regentropfen geblieben. Bestens. Auf Dauerregen oder sogar einen frühen Wintereinbruch legt sie keinen Wert. Sie muss mit dem Rad zum ›Leuchtfeuer‹ fahren. Das sind nur gute zwei Kilometer, aber die können bei Schietwetter mit Wind lang werden. Die Wetterlage kann von ihr aus bis

Dezember so mild und trocken bleiben. Dann bekommt sie Weihnachtsgeld und kann ihr Auto in die Werkstatt geben. Gut, dass Burkhard nichts davon weiß. Er hätte nicht lockergelassen, um ihr das nötige Geld für die Reparatur aufzuschwatzen.

Ihm ist es eh ein Dorn im Auge, dass sie als Kellnerin arbeitet. »Such dir einen Ausbildungsplatz. Und mach dir keine Sorgen über die Finanzierung. Du musst doch ein bisschen weiter denken. Du bist erst einundvierzig.«

Ausbildung. Sophie wüsste nicht welche. Und sie mag ihren Job als Kellnerin im ›Leuchtfeuer‹. Sie hat eine nette Chefin und nette Kollegen. Und sie ist ständig unter Menschen. Das ist gut, denn sonst würde sie sich womöglich völlig einigeln. Mit dem Gehalt kommt sie für ihre Ansprüche hin. Von Burkhard will sie kein Geld. Es reicht, dass er Bens Studium in Oldenburg finanziert.

Das Telefon klingelt.

»Regensdorf.«

»Auch«, kommt die Antwort. Es ist Burkhard.

Sophie sieht sich irritiert im Flurspiegel an. Was ist mit Burkhard los? Erst steht er heute nach Monaten vor der Tür – und nun ruft er am gleichen Tag auch noch an.

»Sag mal, ist alles in Ordnung bei dir?«, fragt Sophie vorsichtig.

»Ja, alles bestens«, antwortet Burkhard eine Spur zu gut gelaunt. »Wie kommst du darauf, dass etwas nicht stimmen könnte?«

Sophies braune Augen werden eine Nuance dunkler, als sie es von Natur aus schon sind. Burkhards Unbekümmertheit lässt ihren Unmut über sein Verhalten neu in ihr aufsteigen.

»Warum hast du mir die Briefe vorbeigebracht? Sollte ich mich darüber freuen?«, platzt es aus ihr heraus.

»Na ja, ich dachte …«

»Anscheinend nicht ganz viel«, unterbricht Sophie ihn aufgebracht. »Warum existieren die Briefe überhaupt noch? Ich hatte keine Ahnung, dass die bei uns im Keller gelegen haben. Oder wo hast du sie versteckt? Und warum?«

Stille am anderen Ende. Sophie hört nur, wie Burkhard schwer atmet, als ringe er um eine Antwort. Sie zwingt sich zu warten. Aber Burkhard sagt keinen Ton.

»Hast du mich verstanden?«, fragt sie schließlich.

»Ja, habe ich«, antwortet Burkhard heiser. »Was soll ich sagen? Ich weiß nicht warum. War so eine Idee. Eine sehr dumme Idee, nehme ich mal an.« Er schickt ein hilfloses Lachen hinterher.

»Ja, das war es«, sagt Sophie etwas sanfter. Dabei hat sie das unbestimmte Gefühl, Burkhard verheimlicht ihr etwas. Bevor sie nachhaken kann, erzählt er weiter.

»Ich werde für längere Zeit ins Ausland gehen. Ein oder zwei Jahre, vielleicht auch für immer, wer weiß.«

Sophie ist so verblüfft, dass alles andere für einen Augenblick in Vergessenheit gerät. Burkhard und ins Ausland gehen? Er ist der absolute Reisemuffel.

»Das nenn ich eine Überraschung. Wohin gehst du denn? In die Niederlande?«

Das Nachbarland ist das Extremste an Ausland, das sie sich als Ziel für Burkhard vorstellen kann.

»Nein, nach Toronto«, antwortet er knapp.

»Nach Kanada?«, ruft Sophie. Sie schüttelt fassungslos den Kopf.

»Da staunst du, nicht wahr?«

»Das kann man so sagen«, gibt Sophie vorsichtig zu. Burkhard soll nicht das Gefühl bekommen, die Entfernung würde ihr etwas ausmachen. Sie wollte ihn womöglich zurückhalten. Sie befürchtet viel mehr, Burkhards Ortswechsel ist eine Verzweiflungstat. Er will einen möglichst großen Abstand zu ihr haben. Er würde sonst niemals so weit …

»Das ist ein Angebot, das man in meinem Alter nur einmal bekommt«, unterbricht Burkhard Sophies Gedanken. »Ich konnte nicht widerstehen. Ein Topangebot und genau meine Fachrichtung. Windkrafträder. Ich gehe nicht allein. Kalle wird auch mitkommen. Das wird auf jeden Fall eine spannende Angelegenheit.«

Sophie horcht seinen Worten hinterher. Sie klingen überzeugend. Burkhard scheint sich wirklich auf das Projekt zu freuen. Das hätte er nie getan, wenn sie noch verheiratet gewesen wären. Sophie atmet erleichtert auf. Die Scheidung war das einzig Richtige.

»Weiß Ben davon?«

»Nein, ich rede mit ihm nachher, wenn du im ›Leuchtfeuer‹ bist.«

»Das ist gut«, sagt Sophie leichthin. Dabei spürt sie, wie die Beklemmung in ihr wächst. Wieso weiß Burkhard, dass sie heute Spätschicht hat? Beobachtet er sie?

»Viel Erfolg und alles Gute für dich«, wünscht sie ihm so herzlich, wie es ihr möglich ist.

»Das Gleiche für dich«, sagt Burkhard leise und sehr ernst.

KAPITEL 4

Sophie packt gedankenverloren ihre Tasche. Das Telefongespräch geht ihr nicht aus dem Sinn. Burkhard und ein anderer Kontinent. Das passt nicht, auch wenn er die Argumente für diese Entscheidung plausibel rübergebracht hat. Das ist ein völlig anderer Burkhard. Wie anders, das kann Sophie kaum greifen. Burkhard wirkt – schon als er vor ihrer Wohnungstür stand – und nun am Telefon, ungewohnt verletzlich. Und diese Verletzlichkeit empfindet Sophie irritierend anziehend.

Burkhard wird in Kanada arbeiten. Vielleicht für immer drüben bleiben. Sie sollten sich voneinander verabschieden. Richtig verabschieden. Zusammen essen gehen. Immerhin waren sie zwei Jahrzehnte lang verheiratet.

Sophie zieht mit einer heftigen Bewegung den Reißverschluss ihrer Tasche zu. Benimm dich nicht wie ein Kind, denkt sie ärgerlich. Abschiede machen melancholisch. Sie haben von Natur aus einen wehmütigen Beigeschmack, und man möchte etwas nachholen. Ein versöhnendes Wort, eine unterlassene Umarmung. Zwanzig Jahre Zusammenleben legt man nicht ab wie ein altes Kleid. Das sind gelebte Augenblicke. Zu denen durchaus auch schöne zählen. Vor allem in der Zeit, als Ben klein war. Das gemeinsam erlebte Glück seiner Entwicklung. Sie haben sich beide von seiner kindlichen Unbekümmertheit anstecken lassen. Da waren sie dem Glück sehr nah.

Bevor Sophie ihr Zimmer verlässt, dreht sie sich noch einmal um. Ihr Blick wandert zum Bett. Darunter, hinten an der Wand, steht der elende Karton. Und er ist der wahre Grund für ihr Gefühlschaos. Sophie hat in Heiners Augen gesehen. In diese warmen, braunen Seen aus Zärtlichkeit. Sie haben noch immer eine berauschende Wirkung auf sie. Und – obwohl sie es beschämend findet – sie haben Sehnsucht in ihr geweckt. Nach dem Heiner, den sie geliebt hat, bevor er in einer Nacht ihre Zukunft zerstört hat.

Sophie atmet durch. Die Sehnsucht wird sich wieder zurückziehen und schlafen legen. Sie gehört in ein abgeschlossenes Kapitel ihres Lebens. Aber sie sollte sich hüten, diese Gefühle mit Burkhard zu verbinden. Es hat nichts mit ihm zu tun. Sie darf ihm auf keinen Fall ihre Verwirrung zeigen. Mit ihm essen gehen! Was für eine naive Anwandlung. Burkhard würde ihr Verhalten falsch interpretieren. Er würde womöglich Hoffnung schöpfen. Und das wäre der nächste Betrug.

Es ist gut so, wie es ist. Sophie braucht sich nur zu erinnern, wie schwer Burkhard von der Scheidung zu überzeugen war. Das reicht, um vernünftig zu bleiben und Burkhard ohne Abschiedszeremonie ziehen zu lassen.

Er war am Boden zerstört und wollte den Sinn und Zweck einer Scheidung nicht einsehen. Er hat Sophie alle möglichen Kompromisse für ein weiteres Zusammenleben vorgeschlagen. Er wollte ihr unbegrenzte Bedenkzeit geben, sogar von ihr getrennt leben, aber keine Scheidung. Seine Unterwürfigkeit hat sie erschreckt und in ihrem Handeln bestärkt. Sie konnte und durfte sich nicht mehr verstecken. Sie musste sich scheiden lassen. Burkhard würde es nie tun. Er würde ausharren, um das Pflänzchen Hoffnung am Leben zu erhalten. Um den Traum nicht hergeben zu müssen, dass Sophie ihn eines Tages doch noch lieben könnte. Er müsste nur lange genug warten.

Das wäre vertane Zeit. Mehr als freundschaftliche Gefühle würde sie für Burkhard niemals aufbringen. Und nun will Burkhard nach Kanada. Sophie lächelt leise. Sie sollte sich für ihn freuen. Burkhard geht endlich seinen Weg. Einen, der nichts mehr mit ihr zu tun hat. Und genau das empfindet sie als attraktiv. Das ist alles.

Sophie zieht ihre Jacke über und klopft an Bens Zimmertür. Er antwortet erst nach dem zweiten Klopfen.

Als Sophie die Tür öffnet, wendet sich Ben vom PC ab und verschränkt seine Hände hinter dem Nacken. Er dehnt stöhnend seinen Oberkörper und streckt seine langen Beine aus.

»Ich muss los«, sagt Sophie.

»Schon so spät?«, fragt Ben und gähnt.

Sophie nickt. Sie reißt sich zusammen, um ihm nicht über das krause dunkle Haar zu streichen. »Willst du noch lange arbeiten?«, fragt sie liebevoll.

»Nee, da geht nichts mehr in die Birne. Ich mache gleich Feierabend.«

»Papa wollte sich noch bei dir melden. Er will …«

»Jep, er hat sich schon gemeldet. Wir treffen uns nachher in der ›Galerie‹. Finde ich super, dass er nach Kanada geht. Da wollte ich immer schon mal hin.«

Sophie lächelt. »Na dann bis dahin.«

»Bis dahin.«

Sophie holt ihr Fahrrad aus dem Kellerraum, der zu ihrer Wohnung gehört. Zum Glück braucht sie es nur sechs Stufen hochhieven.

Für Ende Oktober sind ungewöhnlich viele Touristen unterwegs. Nicht weiter erstaunlich bei der warmen und trockenen Witterung. Sophie bahnt sich slalomfahrend zwischen ihnen den Weg. Sie ist wie immer ein wenig zu früh losgefahren. Aber sie mag kein Gehetze vor Dienstbeginn und nimmt gern den kleinen Umweg am Deich entlang.

Heute wird im ›Leuchtfeuer‹ gut zu tun sein. Neben dem normalen Betrieb haben sie eine Veranstaltung im Muschelraum. Eine Dinnerlesung. Regine Kölpin stellt ihren Roman ›Vergangen ist nicht vorbei‹ vor. Natascha aus der ›Bücherinsel‹ hat Sophie das Buch ausgeliehen. Aber sie hatte bislang keine Zeit zum Lesen. Was heißt keine Zeit? Sie konnte sich nicht konzentrieren. Der Titel des Romans ist daran nicht ganz unschuldig. Vergangen ist nicht vorbei. Bis zum heutigen Nachmittag hätte Sophie mit Leidenschaft das Gegenteil behauptet. Man kann nicht ewig alten Geschichten nachhängen. Vorbei ist vorbei. Ist es auch, denkt Sophie trotzig. Vorbei ist vorbei, auch wenn sie gerade die Gespenster der Vergangenheit gestreift haben.

Von der Lesung wird Sophie nicht viel mitbekommen. Sie ist für das Servieren des Essens verantwortlich. Zum Glück ist Regine Kölpin eine Autorin, die sich superkorrekt an die vorgegebene Lesezeit hält. Das machen längst nicht alle Autoren. Manche lesen wie im Rausch weiter und weiter. Und in der Küche platzt Thorsten vor Ungeduld, weil seine Filets auf die Minute gebraten werden müssen. Sonst werden sie zu trocken. Oder Desserts aus Eis, Früchten und Gelatine. Sie fallen in sich zusammen und erinnern mehr an eine verlaufene Farbpalette als an das ursprünglich liebevoll arrangierte Kunstwerk.

Sophie muss anhalten, um zwei Autos mit Wohnwagen vorbeizulassen. Die Straße führt über den Deich zum Campingplatz. Der wird trotz des schönen Herbstwetters geräumt. Jahreszeit bleibt Jahreszeit. Ein Herbststurm kann vor dem Deich das Meer ungemütlich weit hochpeitschen.

Sophie steigt wieder aufs Rad. Aber sie tritt nur einmal in die Pedale, als es Puff macht. Das Rad gerät ins Schlingern und Sophie springt ab. Sie kneift die Augen zusammen und hofft inständig, wenn sie sie wieder aufmacht, ist nichts passiert. Dabei weiß sie genau: Sie hat einen Platten!

Sie öffnet die Augen und ein Blick auf den Hinterreifen bestätigt ihre Vermutung. Er ist platt wie eine Flunder. Komplett. Das Gummi liegt breit und luftleer unter den Felgen.

»Mist!«, flucht Sophie laut. Wie kann das so plötzlich angehen? Mit dem Schaden kann sie das Rad nicht einmal richtig schieben. Abschließen und bei Ella drüben stehen lassen? Nein, sie braucht das Rad in den nächsten Wochen. Nach Hause bringen hat auch keinen Sinn. Weder sie noch Ben können anständig einen platten Reifen reparieren. Sie muss es irgendwie weiterschaffen. Dann kann sie es gleich zu Uschis Fahrradverleih bringen und vielleicht schon wieder nach Feierabend benutzen. Sophie hebt den Hinterreifen leicht an und beginnt zu schieben.

Da erst wird ihr die Veränderung bewusst. Es ist das Licht, von dem die Häusergiebel angestrahlt werden. Es wirkt wie eine Studiobeleuchtung und lässt die Farben so intensiv erscheinen, als wären sie künstlich. Dieses Licht gehört in den Sommer und zu einer aufkommenden Gewitterfront. Sophie schaut nach links zum Meer und erschrickt. Ein dunkel aufgebautes Wolkenungetüm ragt über den Deich. Davor fallen letzte Sonnenstrahlen wie gebündeltes Licht, als könnte es das Unwetter aufhalten. Vergebens. Gleich werden sie von dem Schwarz geschluckt sein. Ein Blitz jagt im Zickzack vom Himmel über den Deich. Im nächsten Augenblick rollt ein mächtiger Donner hinterher. Sophie beschleunigt ihre Schritte. Dabei gibt es kein Entrinnen. Das Gewitter ist ganz nah. Sie wird bei Ella klingeln und das Unwetter abwarten müssen.

Erste Tropfen klatschen groß und schwer in großen Abständen auf den Asphalt. Sie werden es nicht wie die Vorhut am Nachmittag damit belassen. Die Wolken sind randvoll mit Wasser. Es wird gleich schütten.

Sophie hält ihren Kopf gesenkt. Sie konzentriert sich, mit dem Rad schnell vorwärtszukommen. Als es dicht neben ihr hupt, schreit sie vor Schreck auf. Sophie sieht zur Seite und in Tomke Heinrichs lächelndes Gesicht. Sie hat ihren Wagen dicht neben Sophie am Bürgersteig zu halten gebracht und steigt eilig aus. »Moin Sophie. Nun man schnell!«

Ohne eine Reaktion abzuwarten, schnappt Tomke sich Sophies Fahrrad und verfrachtet es kurzerhand in den geräumigen Kofferraum ihres Kombis.

Die Frauen sitzen just im geschützten Raum des

Wagens, als donnernder Platzregen einsetzt. Heftige Windböen peitschen Regen und Hagelkörner gegen die Autoscheiben.

»Das nenn ich ein perfektes Timing«, sagt Tomke zufrieden.

»Und jetzt?«, fragt Sophie.

»Jetzt warten wir ab. Ich kann ja nicht die Hand vor Augen sehen. Und dann fahr ich dich zum ›Leuchtfeuer‹. Da willst du doch hin, oder?«

Sophie nickt. »Ja, will ich. Aber du wolltest in die andere Richtung.«

»Ja, aber egal. Ich bin sowieso viel zu früh dran.«

Tomke lehnt sich auf dem Sitz zurück und zieht eine Tüte mit Bonbons aus dem Seitenfach der Autotür.

»Auch einen Pfefferminz?«, fragt sie.

»Gerne.«

Tomke hält ihr die Tüte hin und Sophie nimmt sich vorsichtig ein Bonbon heraus. Was für feingliedrige Finger sie hat, denkt Tomke. Ihr Blick verfolgt fasziniert Sophies Hand, bis sie sich das Bonbon in den Mund gesteckt hat. Selbst diese kleine Handbewegung wirkt bei ihr anmutig und grazil. Und sie sieht verdammt jung aus. Dabei – Tomke überschlägt in Gedanken – Ben ist über zwanzig Jahre alt. Sophie muss mindestens vierzig sein.

Es ist ihre knabenhafte Figur und ihr feingeschnittenes Gesicht, das sie jünger aussehen lässt. Das raspelkurz geschnittene dunkle Haar unterstreicht ihr mädchenhaftes Aussehen. Manche können Glatze tragen und sehen immer noch hinreißend aus, überlegt Tomke. Wenn sie daran denkt, wie sie in diesem April mit dem Kurzhaarschnitt ausgesehen hat. Zum Weglaufen. Genau aus dem

Grund hat sie sich das Haar abschneiden lassen. Das sollte für ihre Liebe zu Paul den Schlussakkord setzen.

Tomke fährt sich durch ihr nachgewachsenes Haar. Von wegen Schlussakkord. Vor ein paar Stunden hätte sie sich beinahe mit ihm getroffen.

Sophie lächelt sie von der Seite an. Tomke erwidert es. Niemand könnte diesem Lächeln widerstehen. Sophies Augen sind dunkelbraun und wirken in dem schmalen Gesicht riesig. Sie sind leicht schräg gestellt und geben Sophie einen mediterranen Touch.

Tomke schaut den herunterfließenden Wassermassen auf der Windschutzscheibe zu. Dabei drehen sich ihre Gedanken weiterhin um Sophie. Tomke wird nie verstehen, warum Burkhard eine reizende Frau wie Sophie aufgegeben hat. Dazu haben sie einen Sohn, auf den sie stolz sein können. Manche Dinge muss man nicht nachvollziehen können.

Eine besonders heftige Windböe bringt die Karosserie des Kombis leicht zum Schwingen. Aber vom Meer wird der Himmel schon wieder heller. Lange kann das Unwetter nicht mehr dauern.

Tomke hat die Gerüchte vor zwei Jahren kaum glauben wollen. Aber Gisa hatte ihr beim Friseurbesuch vertraulich zugeflüstert, Burkhard Regensdorf ginge fremd. Mit einer Mandy Base aus Wilhelmshaven. Eine ernste Geschichte. Nicht nur mal so. Diese Mandy hätte es ihr selbst anvertraut. Sie wäre Burkhards große Liebe. Er würde sich für sie scheiden lassen. Tomke hatte dem Getratsche keinen Glauben geschenkt.

Aber ihr Sohn Torben hatte die Mandy-Geschichte kurze Zeit später bestätigt. Torben und Ben singen gemeinsam im Shantychor. Obwohl Torben neun Jahre älter ist, verstehen sich die jungen Männer prächtig.

»Und ist Ben in Oldenburg?«, fragt Tomke aus ihren Überlegungen heraus.

»Nein, er ist bis zum Wochenende in Schillig. Er muss eine Klausur schreiben, und für die Vorbereitung hat er hier mehr Ruhe, sagt er.« Sophie lächelt. »Dabei fällt ihm das Lernen leicht. Ich habe den Verdacht, er kommt nur, um mir einen Gefallen zu tun. Er glaubt, ich kann nicht gut allein sein.«

Sophie schweigt und sieht zur Seite.

»Ist doch schön, wenn sich die Kinder ein wenig Gedanken machen. Als Gerold gestorben ist, war Torben drauf und dran wieder bei mir einzuziehen. Ich denke mal, er war erleichtert, als ich das abgelehnt habe.«

»Genau. Ben fühlt sich für mich auch verantwortlich. Dabei signalisiere ich das nicht, und ich will das auch nicht. Am liebsten würde er mir einen neuen Mann backen, damit ich wieder in festen Händen bin.«

Sophie sieht Tomke in die Augen und lacht verlegen.

Das Unwetter ist genauso schnell vorbei, wie es gekommen ist. Erste Sonnenstrahlen fallen über den Deich und lassen das Gras in einem Postkartengrün aufleuchten.

»Wir können los«, sagt Tomke. Sie startet den Wagen und wendet ihn, um nach Horumersiel in den Ort zurückzufahren.

»Ist das wirklich für dich in Ordnung?«, vergewissert sich Sophie.

»Ja, der kleine Umweg wird mich nicht umbringen. Ich will einen Gast in Jever vom Bahnhof abholen. Und ich bin wie gesagt viel zu früh.«

Tomke zögert, aber sie kann sich nicht bergen, ein wenig anzugeben.

»Kennst du die Autorin Linda Loretta?«

»Die diese Liebesromane schreibt?«

»Du kennst sie?«, strahlt Tomke begeistert.

»Ja, eine Schwäche muss jeder haben. Ich kann mich mit ihren Geschichten so wunderbar wegträumen.«

»Dafür brauchst du dich nicht zu entschuldigen. Ich liebe ihre Romane auch. Schon bevor ich sie kennengelernt habe. Sie heißt in Wirklichkeit Anne Wilkens und ist eine sehr nette Frau. Wir haben uns ein wenig angefreundet. Sie kommt, weil sie bei mir am Deich besser schreiben kann.«

Tomke muss sich auf den Verkehr konzentrieren. Radfahrer, die sich untergestellt haben, strömen von allen Seiten zurück auf die Straße. Überall befreit man die Marquisen von den Wassermassen. An der Eisdiele wischen sie eilig Tische und Stühle trocken. Aber es wird bald dunkel werden, auch wenn die Sonne nach dem Gewitter mit Kraft noch einmal durchkommt.

Direkt vor der ›Bücherinsel‹ neben dem Fahrradverleih kann Tomke eine Lücke ergattern und kurz anhalten. Ein Glücksfall zu dieser Uhrzeit. Sie hebt mit Sophie das Rad aus dem Kofferraum. Sophie stellt das Rad ab, geht auf Tomke zu und umarmt sie. Einen verwirrenden Augenblick zu lange.

»Ganz lieben Dank. Nicht nur fürs Fahren. Deine Gesellschaft hat mir gutgetan. Bis dahin.«

»Alles Tutti. Bis dahin und nicht zu viel Stress«, erwidert Tomke betont forsch. Sophies feste Umarmung hat sie durcheinandergebracht. Das ist sie von der zurückhaltenden Frau nicht gewohnt. Tomke sieht ihr nachdenklich hinterher. Sophie hat in ihr Beschützerinstinkte ausgelöst. Mehr als gewöhnlich. Irgendetwas ist heute anders. Es scheint, als bräuchte Sophie jemanden zum Reden.

Tomke zuckt mit den Schultern. Wahrscheinlich bildet sie sich das nur ein, weil sie selbst nicht im Gleichgewicht ist. Und wenn, Sophie wird sicher eine Freundin zum Ausquatschen haben.

Tomke setzt sich hinter das Steuer und fährt los. Der Zug kommt erst in eineinhalb Stunden in Jever an. Verrückt so früh loszufahren. Aber sie hatte Hummeln im Hintern und konnte nicht mehr warten. Immerhin hat ihre frühzeitige Hausflucht schon einen Sinn gehabt. Sie konnte Sophie helfen.

Tomke fährt im Schneckentempo die Deichstraße herunter. Im Innenspiegel sieht sie einen Lieferwagen dicht hinter sich. Tomke zögert. Sie kann es nicht ausstehen, wenn sie von drängelnden Hintermännern fast angeschoben wird. Das löst in ihr eher das Gegenteil aus. Aber sie fährt eindeutig zu langsam und kann den ungeduldigen Fahrer verstehen. Also gut. Sie beschleunigt den Wagen. Sie wird in Jever durch die Fußgängerzone bummeln. Vielleicht einen Tee trinken und Leute beobachten, und dann kommt Anne.

KAPITEL 5

Das war knapp. Anne muss auf dem Hauptbahnhof Hannover einen unfreiwilligen Sprint einlegen, um den Zug nach Oldenburg zu erwischen. Sie hasst so eine Hetzerei. Aber sie muss diesen Zug erreichen, um den Anschluss über Sande nach Jever zu bekommen. Keine Geduld mehr, um sich günstigere Bahnverbindungen rauszusuchen. Oder sogar bis morgen zu warten. Nachdem sie Tomkes Stimme am Telefon gehört hat, gab es für Anne kein Halten mehr. Sie wollte ins Wangerland ans Meer und in *ihre* Pension am Deich. Und zwar so schnell wie möglich.

Koffer brauchte Anne nicht zu packen. Sie hat ihn, als sie vor drei Tagen aus Amsterdam zurückgekommen ist, unter die Flurgarderobe gestellt und nicht mehr angerührt. Dabei war die Kleidung sauber und brauchte nur in den Schrank gehängt zu werden. Sie hat das Auspacken immer wieder verschoben. Nun hat sich ihre Unentschlossenheit als hilfreich entpuppt. Anne brauchte nur ihre Kulturtasche einzupacken und die Schreibutensilien samt Laptop.

Der Zug rollt langsam aus dem weitläufigen Bahnhofsgelände. Anne schiebt ihren Koffer in ein Gepäckfach und hält nach einem freien Platz Ausschau. Das sieht mau aus. Alles ist rappelvoll. Zum Glück trügt der erste Anschein. Beim Durchgehen entdeckt Anne einen freien Platz. Sogar einen Doppelplatz gegenüber von zwei älteren Damen. Die nicken ihr höflich grüßend zu und Anne setzt sich.

Die Frauen sind stadtfein gekleidet. Stoffhosen mit Bügelfalte und adrette Pullover mit kleinem Krägelchen.

»Bin ich froh, dass wir aus der Stadt raus sind«, sagte die Rechtssitzende und lehnt ihren Kopf mit den akkurat gelegten Dauerwellen vorsichtig zurück. »Diese vielen Menschen und die Lauferei. Ich bin völlig pflastermüde. Gott sei Dank habe ich alle Weihnachtsgeschenke beisammen. Hannover sieht mich dieses Jahr nicht wieder.«

»Mich auch nicht«, sagt die Linkssitzende und öffnet einen kleinen Plastikbehälter. Es kommen fein geschnittene Apfelspalten zum Vorschein.

»Das ist aber auch ein selten warmer Oktober. Ich habe mich viel zu dick angezogen.«

»Ich auch.«

Die beiden kauen einträchtig Apfelspalten.

»Bei der Trockenheit müsste ich wenigstens jeden zweiten Tag zum Friedhof. Das schaffe ich nicht«, sagt die Rechtssitzende bedauernd.

»Mach dir darüber keine Sorgen. Ich war jeden Tag dort und habe deinem Mann auch immer eine Kanne Wasser gegeben.«

Anne schaut konzentriert aus dem Fenster, um sich ein Lachen zu verkneifen. Die beiden sind so herrlich unbekümmert. Das möchte Anne nicht verderben.

Der nächste Halt ist in Nienburg. Die Frauen ziehen sich ihre Jacken an und stellen sich viel zu früh an den Ausgang. Sie kommen aus einem Dorf im Kreis Nienburg, das hat Anne herausgehört, und werden am Bahnhof abgeholt.

Anne streckt ihre langen Beine aus. Zwei Witwen. Sie kommen aus dem gleichen Dorf. Vielleicht sind sie Nachbarinnen. Sie meistern ihr Leben. Ein Leben ohne ihre Männer.

Ob eine Trennung besser anzunehmen ist, wenn der Mann gestorben ist? Anne kuschelt sich an ihre aufgehängte Jacke. Tomke ist auch Witwe. Aber sie redet kaum von ihrem Mann. Sie wirkt auf Anne wie eine Junggesellin. Eine Junggesellin mit zwei erwachsenen Kindern und einer Enkeltochter. Und Erfahrung, was Männerbekanntschaften angeht.

Anne kann sich gut erinnern, wie fassungslos Tomke sie angesehen hat, als sie ihr von Kees-Jan erzählt hat. Ihrer großen Liebe. Auf die Anne gehofft und gewartet hat. Obwohl sie schon 14 Jahre getrennt leben. Nun kann Anne berichten: Endlich liebe ich ihn nicht mehr!

Kees-Jan hat Anne im April angerufen. Da war sie gerade bei Tomke in ihrer Pension. Ein Anruf von ihm war an sich nichts Ungewöhnliches. Das hat er in unregelmäßigen Abständen gemacht. Meistens mit zielgenauer Treffsicherheit in dem Augenblick, in dem Anne anfing, mehr Abstand von ihm zu gewinnen.

Die Anrufe verliefen immer nach dem gleichen Ritual. Erst erkundigte er sich nach Lisette, um dann endlos aus seinem Leben zu berichten. Vor allem, wenn er mit einem seiner Bilder haderte. Er weihte Anne auch ungeniert in Beziehungsprobleme ein. Er bemerkte nicht, wie sehr es Anne verletzte, und sie wehrte sich nicht gegen seine Grenzüberschreitungen.

Der Anruf an dem Morgen im April war anders. Kees-Jan sagte ohne Umschweife: »Ich möchte dich wiedersehen, Anne.«

Anne kann sich gut an den Satz erinnern. Sie hat ihn

gehört und war verwundert. Vor allem über ihre eigene Reaktion. Seine Worte fanden kein Echo in ihrem Herzen. Dabei hatte er die wichtigen, die lang ersehnten Worte ausgesprochen: »Ich möchte dich wiedersehen.«

Anne war zu keiner Antwort fähig.

»Ich befürchte, ich war ein Idiot«, hörte sie ihn weiterreden. »Du warst schon immer die Klügere von uns beiden. Oder gibt es inzwischen einen anderen Mann in deinem Leben?«

Das Nein rutschte Anne viel zu schnell heraus und sie hätte sich am liebsten nachträglich auf die Zunge gebissen.

»Lass dir Zeit, Anne. Du sollst nur wissen, ich warte auf dich auf unserem Hausboot«, sagte er mit seinem einschmeichelnden niederländischen Akzent.

Anne hat lange nach diesem Telefonat am Fenster der Pension gestanden und über dem Deich den vorbeiziehenden Wolken hinterhergeschaut. Sie war verwirrt. Sie wollte die Freude in sich spüren. Die Freude, die sie gespürt hat, wenn sie sich genau diese Szene ausgemalt hatte. Kees-Jan wollte wieder mit ihr zusammen sein. Aber die Freude stellte sich nicht ein. Dafür leise Angst und die diffuse Gewissheit: Für ein Happyend war es zu spät.

Er wartete. Und Anne wusste genau, ihr Zögern reizte seine Begierde. Was würde geschehen, wenn sie ihre Zurückhaltung aufgab? Sie hatte Angst sich wieder an ihn zu verlieren. Und sie hatte Zweifel. Meinte er wirklich sie? Oder trieb ihn nur alte Sentimentalität um? Seine Ehe war gescheitert. Er brauchte Trost, weil er sich einsam fühlte. Kees-Jan konnte nicht gut allein sein, auch wenn er immer vollmundig betonte, seine Unabhängigkeit bedeute ihm alles.

Ihre zwiespältigen Gefühle haben sie nicht abgehalten. Sie ist zu ihm gefahren und zwei Monate in Amsterdam geblieben. Diese Entscheidung bereut sie nicht. Sonst wäre für immer ein letzter Zweifel bestehen geblieben, nicht alles versucht zu haben. Nun hat sie Gewissheit: Es ist vorbei.

Der Wermutstropfen gilt Lisette. Ohne den langen Aufenthalt in Amsterdam wäre sie nie auf die Idee gekommen, für ein Jahr dort zu bleiben.

Der Zug läuft in Oldenburg ein. Anne hat Glück. Ihr Anschlusszug wartet auf dem gleichen Bahnsteig am Gleis gegenüber. Der Zug ist rappelvoll. Ein buntes Gemisch aus Pendlern. Schlipsträger, Bürofrauen, Handwerker, Jugendliche. Sie verkriechen sich hinter Büchern oder haben die Augen geschlossen, in den Ohren Stöpsel mit der Pipeline zum Smartphone. Ein Grüppchen junger Frauen unterhält sich aufgebracht. Wortfetzen wie »Das ist das letzte Mal – mache ich krank – wenigstens gefragt werden« wehen zu Anne herüber. Anne bleibt im Eingangsbereich stehen. Die Fahrt wird nicht lange dauern. Ihr Blick fällt auf den Routenplan der Nord-West-Bahn. Der Zug fährt bis Wilhelmshaven. Um nach Jever zu kommen, muss sie in Sande umsteigen. Anne seufzt. Sie hat sich eine Verbindung über Oldenburg rausgesucht und übereilig Tomke nach Jever bestellt. Anne dreht dem Plan den Rücken zu und lehnt sich an. Was soll's. Wegen einmal mehr Umsteigen wird sie sich nicht die Vorfreude nehmen lassen.

In Sande braucht sie nicht lange zu warten. Und sie erwischt sogar einen Platz am Fenster. Der Sitz neben ihr und die ihr gegenüber werden von drei Frauen belegt. Sie sind ungefähr in ihrem Alter, vielleicht ein wenig älter.

Der Zug beginnt gerade zu rollen, als eine von ihnen Piccolos aus ihrem Handgepäck zaubert. Eine andere hat Pappbecher dabei. Die einschenkende Frau zögert und sieht Anne lächelnd an. »Möchten Sie vielleicht auch einen Schluck Sekt?«

»Nein, danke. Aber wirklich nett.«

Puh, wie steif du bist, denkt Anne ärgerlich. Und nicht ehrlich. Du hättest gern einen Sekt angenommen. Aber in solchen Momenten steht ihr oft eine dumme Schüchternheit im Weg.

»Auf uns und unser Wochenende«, sagt die Einschenkerin, und sie prosten sich zu.

»Wisst ihr, welches Buch ich gestern wiedergefunden habe?«, fragt eine der Frauen und beantwortet die Frage postwendend selbst. »Der Tod des Märchenprinzen.«

»Svende Merian!«, prusten die beiden anderen wie aus einem Mund.

»Genau. Das Buch habe ich vor einer Ewigkeit gelesen. Was heißt gelesen. Verschlungen. Gestern habe ich ein paar Seiten gelesen und nur den Kopf geschüttelt.«

»Das war ein Kultbuch. Und wir waren jung. Ich habe Svende Merian auch angehimmelt. Ich weiß noch, wie ich mich aufgeregt habe, als der Typ dann das Gegenbuch geschrieben hat. Wie hieß das noch mal?«

»Ich war der Märchenprinz.«

»Stimmt.«

Die Frauen lachen und stoßen an.

»Damals wollte ich auch unbedingt einen Roman schreiben.«

»Etwa autobiografisch über den schönen Lars?«, witzelt eine.

»Vielleicht.«

»Ich glaube, dass die meisten Romane autobiografische Anteile haben. Oder was meint ihr?«

»Auf jeden Fall stelle ich mir Schreiben romantisch vor. Irgendwo in einem Haus am See.«

»Ach du mit deinen Filmszenen.«

Anne hätte sich am liebsten in das Gespräch eingebracht und mit den Frauen über das Schreiben philosophiert. Das hat sie noch nie getan. Sie ist Autorenvernetzungen immer aus dem Weg gegangen.

Aber wie sollte sie bei den Frauen den Anfang machen? Sie kann sich unmöglich als Autorin vorstellen, die Insiderwissen hat. Vielleicht wären sie sogar erst begeistert und würden fragen: Oh, wie spannend. Sie sind Schriftstellerin. Wie ist Ihr Name? Was schreiben Sie? Linda Loretta würde sie antworten. Ach. Ich schreibe Liebesromane. Das heißt, ich habe welche geschrieben. Ach. Dann würden sie höflich lächeln und Anne würde in ihr betretenes Schweigen fallen.

Nein, sie wird auf jeden Fall den Mund halten und den Anschein erwecken, dass sie in Gedanken weit entfernt ist, und weiter nur zuhören.

»Ich kann mir gut vorstellen, später einmal einen Roman zu schreiben. Eine Geschichte, die es zu erzählen lohnt, trägt doch jeder mit sich herum.«

»Ja, das kann ich mir auch vorstellen. Ich hätte nicht nur eine Geschichte, sondern viele Ideen. Mir fehlt nur die Zeit.«

Zu viele Ideen, denkt Anne. Genau das ist das Problem. Man muss sich für eine entscheiden, um sie schreiben zu können. Alle anderen ausblenden. Und man darf nicht in Frage stellen, ob man sich für die richtige entschieden hat. Sonst bringt man sie nicht zu Ende. Zurzeit fehlt Anne eher der Anfang. Dabei schwimmen ihre Einfälle ganz nahe unter der Oberfläche. Aber wenn sie nach einem greifen will, entgleitet er ihren Händen wie ein glitschiger Fisch.

Anne schaut aus dem Fenster über die flache Landschaft, die von immer mehr schmalen Wassergräben durchbrochen wird. Sie ist bald am Meer.

Jever wird als nächste Station durchgesagt. Anne steht auf. Sie spürt die Vorfreude im Bauch kribbeln. Gleich wird sie Tomke gegenüberstehen. Hoffentlich. Im April hat Tomke sie auch abgeholt. Viel zu spät und Anne hat allein auf dem Bahnsteig gestanden. Hilflos wartend. Zu dem Zeitpunkt besaß sie noch kein Handy. Heute braucht Anne nicht zu warten. Als sie aussteigt, sieht sie Tomke strahlend auf sich zulaufen.

KAPITEL 6

Sophie steht vor dem Restaurant und atmet die klare Nachtluft ein. Imke hat sie früher nach Hause geschickt. Sophie ist das mehr als unangenehm. Es ist noch viel zu viel los im ›Leuchtfeuer‹, um Feierabend zu machen. Aber Jörg hat ihr auch gut zugeredet: »Geh und schlaf dich aus, Sophie. Ist heute nicht dein Tag, und du stehst mir nur im Weg.«

Womit er recht hat. Deshalb hat Sophie beschämt eingewilligt und ihre Klamotten geschnappt. Nun ist sie froh, an der frischen Luft zu sein. Und endlich allein. Sie braucht sich nicht mehr zusammenreißen, um den verwunderten Blicken zu entkommen und der Frage: Was ist mit dir heute los, Sophie?

Arne hat ihren Reifen sofort repariert und vors ›Leuchtfeuer‹ gestellt. Er ist auf ein Bier reingekommen und hat ihr den Schlüssel vorbeigebracht. Sophie schließt ihr Rad auf und montiert ihre Satteltasche an. Aber sie radelt nicht los. Sie hat es nicht eilig. Anstatt die Deichstraße herunterzufahren, schiebt sie das Rad weiter nach oben. Am Kurmittelhaus vorbei, den Deich hoch zum Meer.

Sie kann nicht gleich nach Hause. Dort würde sie womöglich Ben in die Arme laufen und müsste die nächsten Fragen beantworten. Heute reicht es. Sie wird einen kleinen Umweg unten am Meer entlangmachen. Dann wird sich ihre Verwirrung legen. Sophie schiebt das Rad am Kartenhäuschen und dem Schild ›Fahrräder verboten‹ vorbei bis zum asphaltierten Deichsaum.

Es ist Flut. Sophie genießt den Ausblick auf das nächtliche, dunkle Meer. Sie schließt die Augen und atmet tief das herbe Aroma von Salz und frischem Tank ein. Das Meer lässt sie immer zur Ruhe kommen. Sogar jetzt nach diesem aufwühlenden Tag. Sophie ist ein Kind der Küste. Sie ist in Dorumersiel aufgewachsen und wäre vielleicht nie von dort weggegangen, wenn sie einen Ausbildungsplatz gefunden hätte. Aber in der näheren Umgebung hat sie keinen gefunden. Nicht in ihrem Wunschberuf. Sie wollte tierärztliche Helferin werden. Schon immer. Ihr Teddy und alle Plüschtiere waren bei ihr in tierärztlicher Behandlung. Die Kuscheltiere bekamen Bandagen, Bauchwickel und mussten viel das Bett hüten.

Sophie bekam schließlich bei Dr. Buddensieg einen Ausbildungsplatz. Er praktizierte in Jever. Sophie war noch keine Siebzehn, und das Hin- und Herfahren mit dem Bus hätte täglich vier Stunden gekostet. Deshalb schlief sie über die Woche in Jever. Frau Buddensieg hatte ihr ein Quartier angeboten. In einem kleinen Gartenbungalow, der zum Grundstück der Praxis gehörte.

In der ersten Zeit hatte Sophie heftiges Heimweh gehabt. Jever erschien ihr zu laut, und sie konnte das Meer nicht riechen. Obwohl ihr die Arbeit von Anfang an große Freude machte, sehnte sie den Freitag herbei. Sie konnte wieder nach Hause fahren.

Die Wende in Sophies Leben kam mit Betty. Sie hatte ebenfalls ein Zimmer in dem Bungalow. Die jungen Mädchen wurden Freundinnen, und Sophie fühlte sich nicht mehr allein. Kurze Zeit später verliebte sie sich in

Heiner. Jever konnte seinen ganzen Charme entfalten und sie verzaubern. Das war die Stadt, in der Sophie bleiben und leben wollte. Und Heiner war der Mann, mit dem sie zusammen sein wollte. Das war eine berauschend glückliche Zeit in Sophies Leben. Aber dann – Sophie zieht fröstelnd ihre Schultern zusammen – kam alles anders. Ihre Zukunftsträume wurden zerstört. Die innigen Augenblicke mit Heiner hatten nur noch einen schalen Nachgeschmack und wurden in den Schmutz gezogen. Burkhard hat als Einziger zu Sophie gehalten. Er hat sich um sie gekümmert. Sie weiß nicht, was sie ohne ihn angefangen hätte. Sophies Eltern waren selbst viel zu sehr schockiert. Sie konnten das Verbrechen nicht fassen und hatten Angst vor dem Gerede in der Nachbarschaft. Sie waren für Sophie kein Halt. Dabei wussten sie längst nicht alles. Das hätten sie erst erfahren, wenn Sophie wieder zu ihnen gezogen wäre. Was sie zum Glück nicht musste. Sie hatte Burkhard. Er nahm sie an die Hand und kaufte ein Haus hier im Wangerland. Und er heiratete Sophie.

Sie hat sich in dem Haus in der Nähe vom Schöpfwerk am Wangertief heimisch gefühlt. Der Innendeich und das Wasser haben ihr Geborgenheit gegeben. Hier ist Ben aufgewachsen. Mit ihm konnte sie wieder lachen, und sie begann, die Zeit in Jever hinter sich zu lassen. Sie hat sogar, soweit es möglich war, Frieden mit der Vergangenheit geschlossen.

Ein trügerischer Frieden und schon gar kein Abschluss. Sonst würde sie nicht ein harmloser Karton mit ein paar Briefen und einem Foto dermaßen aus dem Gleichgewicht bringen. Sie spürt den Schmerz und die Enttäuschung von damals so intensiv, als hätte es die Zeit dazwischen niemals gegeben.

Sophie dreht sich um, steigt auf ihr Rad und radelt langsam am Deichsaum entlang. Am Tag ist das verboten. Aber nun ist sie hier allein. Sophie streckt ihr Gesicht dem Wind entgegen. Das tut gut. Auf Höhe des Campingplatzes hält sie an. Es stehen nur noch wenige Wohnwagen vor dem Deich. Die meisten Stellplätze sind geräumt. Die verwaisten Kästen der Stromanschlüsse erinnern an Grabsteine.

Sophie wendet dem Platz den Rücken zu. Sie holt ihre Regenhose aus der Satteltasche, breitet sie auf einer Bank aus und setzt sich. Auch wenn der Oktober ungewöhnlich mild ist, für eine spätabendliche Pause am Meer ist es zu kühl. Aber Sophie spürt die Kälte nicht. Sie würde am liebsten die ganze Nacht hier verbringen.

Die Dinnerlesung war ein Erfolg. Sowohl für die Autorin als auch für Thorsten und sein Team in der Küche. Die Gäste waren begeistert und Imke, Sophies Chefin, versprach bald wieder ein Event mit Dinner anzubieten. Das hat Sophie mitgekriegt. Ansonsten kann sie sich nur in Sequenzen an den Abend erinnern. Dabei hatte sie sich auf die Veranstaltung gefreut. Der Abend erforderte Einsatz und Konzentration. Sophie hat gehofft, die Arbeit würde sie ablenken. Vielleicht konnte sie sogar den blöden Karton vergessen, der zu Hause unter ihrem Bett lauerte.

Aber Sophie schaffte es nicht, in ihren gewohnten Arbeitsrhythmus zu kommen. Sie war ungewöhnlich langsam und zerstreut. Den Löwenanteil der Arbeit haben Imke und Jörg geleistet.

Es war wie verhext, seit sie den Karton geöffnet hat. Als wäre ein Geist freigelassen worden. Einer, der nur die Aufgabe hat, Sophie mit Erinnerungen zu quälen und durcheinanderzubringen.

Bevor die Lesung begann, hat Sophie im grünen Salon geholfen. Dort saßen Gäste, die wie immer à la carte essen wollten. Ein junges Paar konnte sich nicht entscheiden. Sie waren sehr jung. Wirkten fast kindlich. Als spielten sie Erwachsensein und schick Essen gehen.

»Was ist das für eine Veranstaltung?«, fragte sie der junge Mann.

»Das ist eine Dinnerlesung. Aber ausverkauft«, gab Sophie Auskunft.

»Dinner? Kann man die Gerichte auch hier bestellen?«, erkundigte sich seine Freundin.

»Ich werde nachfragen«, versprach Sophie. »Kann ich schon etwas zum Trinken bringen?«

Jörg, der Oberkellner, hätte gefragt: Bier oder Jever? Aber das kann nur er mit seinem trockenen Humor. Wenn Sophie den Spruch aufsagt, kommt das nicht halb so gut an.

»Können die anderen Gäste auch das Menü vom Dinner bestellen?«

Sophie musste schreien, um in dem hektischen Treiben der Küche zu Thorsten durchzudringen.

»Nur den Snirtjebraten. Hab ich genug von«, antwortete er, ohne von seiner Arbeit aufzusehen.

Sophie holte das bestellte Pils und die Weinschorle von der Bar und ging zurück an den Tisch zu dem Pärchen. Die beiden hingen über den Bildschirm eines iPads. Eine Melodie wurde abgespielt. Ganz leise. Aber diesen

Soundtrack würde Sophie unter Hunderten herauserkennen. Mit zitternden Händen stellte sie die Getränke ab. Wie ferngesteuert wurde ihr Blick auf den kleinen Bildschirm gelenkt. Meryl Streep und Robert Redford in ›Jenseits von Afrika‹. Ausgerechnet heute Abend musste ihr dieser Film begegnen. Das war unheimlich. Sophie wäre am liebsten weggelaufen. Aber sie blieb wie angewurzelt am Tisch stehen.

›Jenseits von Afrika‹ war Ende der Achtziger in den Kinos gelaufen und Sophie hatte ihn in Jever in dem alten Kultkino in der Bahnhofsstraße gesehen. Da konnte man während der Vorführung Getränke bestellen. Sie hat keine Ahnung, ob das Kino noch existiert. Sophie war nie wieder in Jever.

Den Film hat sie mit Heiner geguckt. Da waren sie noch nicht richtig zusammen. Sophie war siebzehn und Heiner dreiundzwanzig. Heiner Buddensieg, der Sohn ihres Chefs. Er hatte Semesterferien und in der Praxis geholfen. An dem Tag hatten sie einen ganz besonderen Notfall gemeistert. Einen Kaiserschnitt bei einer Labradorhündin. Als Sophie und Heiner die gesunden Welpen in den Armen hielten und sie sich erleichtert ansahen, passierte zwischen ihnen etwas. Das war mehr als der berühmte Funke, wenn man sich verliebt. Sie hatten das Gefühl einer Verbundenheit, als würden sie sich ewig kennen.

An dem Abend sind sie ins Kino gegangen. Betty hatte darüber liebevoll gelästert, weil Heiner mit in diesen Schmachtschinken gehen wollte.

»Wow, ein richtiger Frauenversteher, der Heiner. Robert Redford auf Ostfriesisch.«

Gerade das hatte Sophie an Heiner attraktiv gefunden. Er war nicht der typische Mann. Er war einfühlsam und ehrlich. War er wohl doch nicht, denkt Sophie bitter. Betty, wir haben uns beide in ihm geirrt.

Sophie hatte die Welt um sich vergessen. Sie merkte nicht, dass sie immer noch am Tisch des Pärchens stand. Auch nicht ihre irritierten Blicke, die sie miteinander wechselten. Jörg rettete die Situation. Plötzlich stand er neben Sophie und stellte frisches Brot und Kräuterquark auf den Tisch.

»Hier erst mal was zum Anfüttern«, sagte er augenzwinkernd und zog die verwirrte Sophie mit sich fort.

»Alles klar bei dir?«

»Ja. Ich habe nur entsetzliche Kopfschmerzen.«

Die Dinnerlesung hatte begonnen. Die Vorspeise musste serviert werden. Friesische Krabbensuppe. Imke half wie immer, und sie verteilten die Terrinen.

»Alles in Ordnung?«, fragte nun auch Imke und warf Sophie einen prüfenden Blick zu.

»Ja«, antwortete Sophie hastig. »Ich habe nur Kopfweh. Vielleicht kommt ein Wetterumschwung.«

»Nimm nach dem Rausbringen eine Aspirin«, sagte Imke. »Ich leg dir eine Brausetablette raus.«

»Danke«, sagte Sophie, obwohl sie wusste, eine Aspirin würde ihr nicht helfen. Aber sie konnte sich Imkes Aufmerksamkeit entziehen. Für sie war der Fall erledigt. Sie musste sich um den reibungslosen Ablauf des Abends kümmern.

Sophie war ärgerlich auf sich selbst. ›Jenseits von Afrika‹ war ihr nicht das erste Mal wieder begegnet. Der Film wurde alle naselang im Fernsehen wiederholt. Wenn eine Vorschau gezeigt wurde, konnte Sophie das geflissentlich ausblenden. Warum brachte sie heute nur der Soundtrack dermaßen aus dem Gleichgewicht?

Sie nahm die Aspirin und versuchte sich zusammenzureißen. Die Arbeit im ›Leuchtfeuer‹ war ihr wichtig. Imke hatte ihr spontan, als sie von der Scheidung hörte, eine Anstellung angeboten. Dabei hat Sophies Ausbildung nichts mit der Gastronomie zu tun. Sie hatte Glück, weil sie Imke kannte. Was heißt kennen? Sie kannten sich vom Sehen und waren sich sympathisch. Imke joggt regelmäßig. Immer bis zum Schöpfwerk und zurück. Direkt an Sophies damaligem Haus vorbei. Wenn Sophie im Garten war, haben sie sich zugewinkt und beim Einkaufen manchmal miteinander ein paar Worte geklönt. Das war alles.

Der Wille sich zusammenzureißen hatte nicht gereicht. Sophie ist weiter wie ein kopfloses Huhn um die Tische gelaufen. Deshalb hat Imke sie schließlich nach Hause geschickt.

Die Kälte der Nacht erreicht Sophies Körper. Fröstelnd steht sie auf und packt ihre Hose ein. Zeit, um nach Hause zu gehen. Und morgen wird sie den Karton entsorgen.

Bei dem Gedanken steigt erneut Ärger in ihr hoch. Warum hat Burkhard das bloß getan? Sie kann es beim besten Willen nicht begreifen. Er war stets darauf bedacht, keine Namen zu nennen, die eine Verbindung mit der Jeverschen Zeit hatten. Heiners Name war völlig tabu. Und nun schleppt er ihr einen ganzen Karton mit Altlast ins Haus, den sie längst im Müll vermutet hat. Das macht keinen Sinn. Sie würde Burkhard gern mit guten Wünschen ziehen lassen. Nun ist sie wütend auf ihn.

»Moin Sophie. Na, noch ein bisschen Feierabend genießen?«

Die Frauenstimme ist ganz nah, und Sophie fällt vor Schreck fast über ihr Rad. Im nächsten Moment erkennt sie Tomke Heinrich. Neben ihr steht noch eine Frau. Und die – Sophie erstarrt. Das kann nicht wahr sein. Geht der Spuk endlos weiter?

Die Frau ist über einen Kopf größer als Tomke. Schlank und in Schwarz gekleidet. Sie hat wunderschönes lockiges Haar. Es weht wie ein Schleier im Wind. Hellbraun, das kann Sophie bei den Sichtverhältnissen erkennen. Und sie sieht aus wie Betty. Wie Betty ausgesehen hätte, wenn sie so alt geworden und nicht mit zwanzig gestorben wäre.

»Ich bin es«, sagt Tomke munter. »Und das ist Anne, von der ich dir erzählt habe. Wir sind keine Seegeister.«

Sophie lacht. Sie hört selbst, wie hysterisch es klingt.

»Ich bin wohl übermüdet«, sagt sie und fährt sich mit einer fahrigen Handbewegung über das Gesicht. Dann steigt sie so hastig auf ihr Rad, dass sie ins Schlingern kommt. Sie umkrampft den Lenker und konzentriert sich, um das Gleichgewicht wieder zu erlangen.

»Dann komm gut zu liegen!«, ruft Tomke ihr hinterher.

»Danke!« Sophie dreht sich nicht noch einmal um. Aber sie spürt die verwunderten Blicke der Frauen auf ihren Rücken.

KAPITEL 7

Tomke ist ohne nachzudenken vor Minsen von der Bundesstraße abgebogen. Die Macht der Gewohnheit. Sie nimmt den vertrauten Weg am Norderaltendeich lang. Tomke ist hier aufgewachsen. Ganz in der Nähe, wo nun die Statue mit dem Seewifken ihren Platz gefunden hat. Das Elternhaus hat ihr Bruder Jan übernommen. Er ist fünf Jahre jünger als Tomke. Als Kind hat er sie oft verpetzt, und sie hatten nicht das innigste Verhältnis. Nun ist er schon lange Familienvater und sogar Opa und ein wirklich netter Kerl. Aber Tomke und er sehen sich nur auf besonderen Familiengeburtstagen. Irgendwie fehlt ihnen der Gesprächsstoff. Tomke war sehr jung, als sie das Elternhaus verlassen hat. Es verbindet sie keine gemeinsame Geschichte, obwohl sie Geschwister sind und sich mittlerweile sehr mögen.

»Da hinten, das Haus am Deich. Da bin ich aufgewachsen«, sagt Tomke zu Anne. Sie weist mit der Hand in die Dunkelheit auf die Konturen eines großen Gebäudes. Hinter einigen Fenstern brennt Licht.

»Das sieht aus wie ein Bauernhof«, sagt Anne.

»Das ist ein Bauernhof. Das heißt, er war es einmal. Meine Großeltern haben von der Landwirtschaft gelebt. Meine Eltern nicht mehr. Wir hatten nicht genug Land, um mithalten zu können. Wollte mein Vater auch gar nicht. Er hat sich durchgesetzt und einen Beruf erlernt. Er war Malermeister. Meine Mutter stammte auch von einem

Bauernhof. Sie hat an Ackerbau und Viehzucht gehangen. Wir hatten Kühe und Schweine mit allem Drum und Dran. Wir Kinder mussten unter der Woche immer mithelfen. Mein Vater war ja tagsüber unterwegs.«

Tomke zeigt mit der Hand auf ein anderes Gebäude.

»Und sieh mal das Haus dort mit dem vielen Nippes im Garten, in dem hat meine Schulfreundin Dörte gewohnt. Wir haben zusammengehalten wie Pech und Schwefel.«

Das Haus ist deutlich kleiner als Tomkes Elternhaus. Im Garten sind unzählige Solarlichter aufgestellt. Blumengebilde, Rehe und Eulen leuchten um die Wette.

»Wer wohnt da jetzt?«, fragt Anne.

»Eine Familie aus Nordrhein-Westfalen.«

»Ich meine in deinem Elternhaus. Leben deine Eltern noch?»

Tomke schüttelt den Kopf. Ihre Mutter ist vor sechs Jahren gestorben und ein halbes Jahr später ihr Vater. Er hatte keine Lust mehr, ohne sie weiterzuleben. Diese innige Verbundenheit zwischen den beiden hätte Tomke nie vermutet. Das hat sie tief berührt.

»Und deine Schulfreundin? Habt ihr Kontakt?«, fragt Anne, um ein leichteres Thema aufzunehmen.

Tomke lacht leise. »Ja, haben wir. Genauer gesagt: Wir haben seit einem Monat wieder Kontakt. Das ist eine verrückte Geschichte für sich. Erzähle ich dir irgendwann mal die Tage.«

Anne lehnt ihren Kopf an die Nackenstütze. Schulfreundinnen hatte sie auch. Aber sie hat keinen Kontakt mehr. Sie gehörten nur in die Phase ihrer Kindheit und Jugend. Und Anne vermisst sie auch nicht. Schule und Teenagerzeit erscheinen ihr wie Bilder aus einem anderen Leben. Es sind keine unangenehmen Erinnerungen, aber weit entfernt. Anne wüsste nicht, worüber sie mit den ehemaligen Klassenkameraden reden sollte. Diesen Sommer hat sie eine Einladung zum 25-jährigen Abi-Treffen bekommen. Anne ist nicht hingegangen. Das Wiedersehen mit Kees-Jan hat ihr voll und ganz gereicht. Für weitere Zeitsprünge hat sie keine Nerven gehabt.

Anne lässt ihren Blick durch die Dunkelheit bis zum Deich schweifen. Dahinter ist das Meer, und über ihm scheint der Himmel immer ein wenig hell zu bleiben. Der Anblick löst in Anne ein vertrautes Gefühl aus. Dabei ist sie erst einmal im Wangerland gewesen. Vor einem halben Jahr im April. Sie schaut Tomke kurz von der Seite an und muss lächeln. Diese warmherzige Frau ist nicht unschuldig daran, dass Anne sich ausgerechnet zu diesem Küstenabschnitt hingezogen fühlt.

Sie halten vor der Pension am Deich. Das Haus ist einstöckig und weiß verputzt. Die Fensterrahmen hellblau. Ringsherum blühen Astern und Herbstzeitlose. Ungezügelt und nicht in akkurate Reihen gesetzt. Anne betrachtet die Pension. Es verstärkt ihr Empfinden, zu Hause angekommen zu sein. Vor drei Tagen hat ihr dieses warme Gefühl vor der eigenen Wohnungstür gefehlt. Alles Vertraute erschien ihr fremd.

Sicher, diese Reise an die Nordsee hat etwas mit Unterkriechen zu tun. Aber nur für kurze Zeit. Anne will hier nicht einziehen. Sie braucht eine Verschnaufpause zum Durchatmen und Sich-Ordnen. Dann wird sie schauen, wie es weitergeht.

Anne folgt Tomke durch die Garage ins Haus. Im Flur brennt die orange Lampe. Genau wie im April. Aber es riecht heute anders. Es duftet köstlich nach überbackenem Käse.

»Pizza?«, schnuppert Anne begierig. Sie hat augenblicklich einen Bärenhunger. »Wie hast du das hingekriegt? Oder kannst du zaubern?«

»Keine Zauberei, nur eine Zeitschaltuhr im Backofen. Und keine Pizza. Es gibt eine *schöne Melusine*.«

»Bitte eine was?«

»Eine *schöne Melusine*.«

Anne lacht laut auf. Ein wohlklingendes, kehliges Lachen.

»Warum lachst du?«, fragt Tomke verwundert. Sie hängt ihre Jacke an die Garderobe und eilt in die Küche.

»Kennst du nicht den Film von Loriot? Papa ante portas?«, ruft ihr Anne hinterher.

»Doch! Kenne ich!«, antwortet Tomke aus der Küche. »Was hat der Film mit meinem Essen zu tun?«

Anne baut sich vor dem Garderobenspiegel auf, macht ein todernstes Gesicht und rezitiert: »Melusine. Taubtrüber Ginst am Musenhain! Trübtauber Hain am Musenginst! Kraweel! Kraweel!«

Danach macht Anne einen Hicks, als hätte sie einen Schluckauf.

Tomke steht längst im Türrahmen und hält sich den Bauch vor Lachen.

»Stimmt. Klar kenn ich das. Das ist die Szene von der Lesung mit dem verhuschten Künstler, der ein Gedicht vorgetragen hat. Das hieß Melusine? Ist an mir vorbeigegangen. Meine schöne Melusine ist auch ein Gedicht.«

Tomke stellt sich ebenfalls in Rednerpositur und trägt vor:

»Blumenkohl, umbettet von einem pikanten Hackfleischteig, umrahmt von Tomatenscheiben mit Petersilie und übergossen mit einer cremigen Béchamelsoße. Überbacken mit einer Haube aus würzigem Käse. Anbei werden kleine Salzkartoffeln gereicht.«

»Hm, mir läuft schon das Wasser im Mund zusammen.«

In der ersten Etage klappt eine Tür. Schritte. Jemand kommt die Treppe herunter. Eine Frau, in Leggins und langem Schlabbershirt. Das Haar zu einem Pferdeschwanz gebunden.

»Moin Frau Schöne«, grüßt Tomke.

»Hallo Frau Heinrich, ich will nicht stören. Nur wo ich Sie gerade höre. Ich habe nur eine Frage.«

Tomke nickt ihr ermutigend zu.

»Wir wollen morgen nach Wangerooge. Haben Sie ein Informationsblatt mit den Abfahrtszeiten? Wir haben vorhin nicht daran gedacht, als wir am Kurmittelhaus vorbeigefahren sind.«

»Ja, habe ich. Moment. Ich hole Ihnen eins.«

Tomke verschwindet im Frühstücksraum. Die Frau tänzelt ihr erfreut hinterher.

»Wunderbar. Die Fähre startet in Bensersiel, nicht wahr?«

»Ja, dort startet eine. Aber die bringt Sie nach Langeoog. Sie brauchen nur bis nach Harlesiel. Von dort geht es nach Wangerooge«, sagt Tomke. Sie überreicht ihrem Feriengast das kleine Faltblatt.

»Bensersiel gehört schon zu Ostfriesland«, fügt Tomke bedeutungsschwer hinzu, als handele es sich um einen anderen Kontinent. Sie zwinkert Frau Schöne zu.

»Meine Güte, Ostfriesland!«, ruft die mit gespieltem Entsetzen. »Gut, dass wir im Wangerland bleiben können. Wir haben nämlich unsere Reisepässe nicht dabei.«

Sie wedelt lachend mit dem Flyer und dreht sich um. Mit dem nächsten Schritt stolpert sie über den abgestellten Koffer. Anne greift geistesgegenwärtig zu und fängt sie auf.

»Danke«, stammelt Frau Schöne erschrocken und hält sich am Treppengeländer fest.

»Alles in Ordnung?«, fragt Tomke besorgt.

»Ja, nichts getan. War nur der Schreck. Schönen Abend noch«, lächelt Frau Schöne verlegen. Sie geht mit konzentriertem Blick auf ihre Füße die Stufen hoch.

»Den Koffer bringe ich gleich nach oben«, sagt Anne. »Bevor der Nächste darüber fällt. Wassernixe hast du gesagt, oder?«

»Ja, aber komm gleich wieder. Das Essen ist fertig.«

»Das brauchst du mir nicht zweimal zu sagen. Mir knurrt schon der Magen.«

Anne schnappt den Koffer und eilt in die erste Etage. An den Zimmertüren hat Tomke kleine Figuren angeklebt. Eine Wassernixe, einen Seestern und eine freche Krabbe. Aus dem Krabbenzimmer erklingt Lachen. Ein Mann und Kinder. Ein Würfelbecher wird geschüttelt und auf den Tisch geknallt.

Anne will nur den Koffer im Zimmer abstellen. Aber als sie das breite bequeme Bett sieht, kann sie nicht widerstehen. Sie will es einmal fühlen und lässt sich der Länge nach auf die Matratze fallen. Herrlich! Diese Nacht wird sie sich keine Knoten ins Hirn grübeln. Sie wird wie ein Baby schlafen. Eine goldrichtige Entscheidung hier hochzufahren.

Anne rappelt sich hoch. Die schöne Melusine wartet. Sie wäscht sich die Hände, plinkert ihrem Spiegelbild zu und geht nach unten.

Tomke hat in der kleinen Küche gedeckt. Dort sind die beiden Frauen für sich. Wie bei ihrer ersten gemeinsamen Mahlzeit ist Tomke fasziniert, in welcher atemberaubenden Geschwindigkeit Anne essen kann. Ohne dass es bei ihr wie ein In-sich-hinein-Schlingen wirkt.

»Deine Melusine schmeckt hervorragend«, lobt Anne sie.

»Nachschlag?«

»Gerne.«

Tomke steht auf und füllt Anne aus der Auflaufform die nächste Portion auf den Teller.

»Das Rezept stammt aus meinem Hauswirtschaftsunterricht. Achte Klasse. Nur für die Mädchen. Die Jungen hatten parallel Werkunterricht. Weder Mädchen noch Jungen wurden gefragt, was sie lieber wollten. Kennst du das noch?«

Anne schüttelt kauend den Kopf.

Tomke setzt sich ihr wieder gegenüber.

»Ich habe den Hauswirtschaftsunterricht geliebt«, lächelt sie versonnen. »Vor allem wegen Frau Ackermann. Sie war unsere Lehrerin und hatte einen Narren an mir gefressen. Das war ein ungewohntes Gefühl für mich. Meistens war Dörte der Liebling der Lehrer. Einmal habe ich eine Soße total versalzen. Das war kurz vor den Zeugnissen. Ich habe Wasser nachgeschüttet und die Soße wieder mit Mehl angedickt. Alle dachten, ich hätte nicht nur die Soße, sondern auch meine Zensur versaut. Aber Frau Ackermann sagte: Man kann Fehler machen.

Die macht jeder mal. Aber man muss sich zu helfen wissen. Und das hätte ich getan. Ich war stolz wie Oskar.«

Tomke atmet tief durch. »Frau Ackermann wollte so gerne, dass ich Hauswirtschaftslehrerin werde.«

Anne lächelt. »Und nun bist du eine wunderbare Pensionswirtin geworden.«

»Nicht nur, ich habe bei der Kurverwaltung Bürokauffrau gelernt. Aber nach der Ausbildung nie gearbeitet. Ich habe geheiratet und Gerold hat dieses Haus geerbt. Dann hatte er die Idee, ich könnte Zimmer vermieten. Dann wäre ich mein eigener Herr. Außerdem haben wir uns Kinder gewünscht.«

»Die ihr ja bekommen habt«, ergänzt Anne munter.

»Ja, das haben wir«, sagt Tomke, und ihr Gesicht verschließt sich von einem Moment zum anderen. Anne sieht irritiert auf ihren Teller und konzentriert sich auf ihr Essen. Hat sie bei Tomke irgendeinen wunden Punkt getroffen? Unsinn, wieso sollten das ihre Kinder sein?

»Was willst du trinken?«, hört sie Tomke fragen. Anne schaut hoch. Der nachdenkliche Schatten hat sich aus Tomkes Gesicht verflüchtigt. Es ist wieder freundlich und offen.

»Am liebsten würde ich ein großes Bier trinken«, sagt Anne. »Aber ich bin zu vollgefuttert. Hast du ein Glas Wein im Haus?«

»Habe ich. Karl hat oft eine Flasche mitgebracht. Dabei trinkt er lieber Whiskey und ich Bier. So kommt man an Vorräte. Was willst du? Weiß- oder Rotwein? Aber als Warnung: Ich habe keine Ahnung, ob der schmeckt.«

»Ich nehme Weißwein und biete mich gerne als Verkosterin an«, lächelt Anne.

KAPITEL 8

Sie bleiben in der Küche. Teelichter brennen. Anne sitzt vor einem Glas Wein, und Tomke hat sich ein Bier eingeschenkt. Sie stoßen mit den ungleichen Gläsern an.

»Auf uns. Ich freue mich so sehr, dass du gekommen bist«, sagt Tomke herzlich. Sie zögert und schweigt. Dabei möchte sie sagen: Dein Besuch ist für mich ein Geschenk des Himmels. Ich bin gerade ein bisschen melodramatisch und am Straucheln. Da kann ich eine Freundin an meiner Seite gebrauchen.

»Auf uns«, erwidert Anne. »Du glaubst nicht, wie sehr ich mich freue, dass ich so spontan kommen konnte. Zu Hause ist mir die Decke auf den Kopf gefallen. Ach was sage ich: Du bist meine Rettung.«
Bei ihren letzten Worten schrickt Anne zusammen. Was hat sie da gesagt? »Das mit der Rettung verstehst du hoffentlich richtig. Ich sehe dich nicht als Rettungsanker oder Notnagel oder sogar Therapeutin. Eher als Freundin. In Hameln habe ich nicht viele. Eigentlich keine, mit der ich offen reden könnte. Ich habe mich nie darum gekümmert, Freundinnen zu bekommen.«

Tomke sieht Anne gerührt an und stößt noch einmal an ihr Glas.

»Danke für deine ehrlichen Worte. Ich habe mich das nicht getraut zu sagen. Ich brauche auch gerade eine Freundin. Wahrscheinlich braucht man die immer, aber manchmal eben mehr. Und ich habe hier oben ebenfalls keine. Jedenfalls keine richtige.«

Tomke denkt an Dörte und fügt hinzu: »Außer Dörte, meine alte Schulfreundin. Aber die ist gerade frisch verliebt und man kann mit ihr nicht wirklich was anfangen.«

Sie lächeln sich zu und trinken ein paar Schlucke. Tomke lehnt sich an die Wand und betrachtet Anne. »Wie war dein Sommer? Du hast mir länger nichts geschrieben.«

»Mein Sommer«, wiederholt Anne und dreht ihr Weinglas in den Händen. »Mein Sommer hat die unendliche Geschichte beendet. Das Kapitel Kees-Jan ist abgeschlossen. Endgültig.«

Tomke nickt kaum wahrnehmbar. Das hat sie insgeheim gehofft. Der eitle Künstler und die sensible Anne passen nicht zusammen. Aber Verstand und Gefühl sind oft zwei Paar Schuhe, und Anne hat ihn geliebt.

»Wie geht es dir damit?«, fragt Tomke.

Anne setzt sich gerade hin. »Gut. Glaube ich. Es war auf jeden Fall die richtige Entscheidung, es noch einmal mit ihm zu versuchen. Sonst hätte ich womöglich noch als Uroma auf ihn gewartet und mir eingeredet: Eines Tages wird das Märchen wahr, und wir sind ein glückliches Paar. Ich finde, vierzehn Jahre Warten reichen, oder?«

Tomke lächelt in sich hinein.

»Ja, kann man so sagen. Ich weiß noch, als du mir von ihm erzählt hast und mir die Spucke wegblieb. Ich konnte nur denken: vierzehn Jahre! Hilfe!«

»Den Schock hast du dir nicht anmerken lassen. Darüber habe ich mich gewundert. Und es hat mir gutgetan. Du warst die Erste, der ich das anvertraut habe.«

»Schock ist nicht der richtige Ausdruck«, sagt Tomke. »Es hat mir Angst gemacht. Für meine eigene Situation. Ich wollte gerade von Paul loskommen, und da erzählst du mir, es gibt die große Liebe, der man ein Leben lang hinterherheult. Das wollte ich nicht glauben.«

Tomke sieht Anne prüfend an. »Was macht dich so sicher, dass es zu Ende ist? Also für immer und dich nicht wieder erwischt, wenn du am wenigsten damit rechnest.«

»Ganz schlicht und einfach: zwei Monate gelebte Wirklichkeit.«

Anne stellt ihr Glas ab und schaut in das Licht der Kerzen.

»Im Grunde war es nur ein Traum. Ich meine das Gefühl, Kees-Jan wäre meine große Liebe. Ich wollte diesen Rausch nicht hergeben. Ich habe ihn gehegt und gepflegt. Ein Leben ohne meine Fantasiebegegnungen, ohne Kees-Jan. Unvorstellbar. Manchmal habe ich einen gewissen Abstand bekommen. Meistens kam dann von ihm ein Anruf, und meine mühsam aufgebaute Distanz stürzte in sich zusammen. Wenn ich seine dunkle Stimme mit dem niederländischen Akzent gehört habe, dann hätte ich ihn durch das Telefon ziehen können. Auf der Stelle. Seine Anziehungskraft wirkte auf mich wie am ersten Tag. Völlig elektrisierend.«

»Und in Amsterdam ist der Funke nicht mehr übergesprungen?«, fragt Tomke vorsichtig. Sie muss unweigerlich an Paul denken. Wenn sie von ihm träumt, wenn sie Sehnsucht nach ihm hat, ist das nicht nur eine Herzensangelegenheit. Sie vermisst ihn als Mann. Sie vermisst es, ganz Frau zu sein. So wie sie es in Pauls Armen sein konnte.

Tomke konzentriert sich wieder auf Anne. Die hat ihren Kopf gesenkt. Die braunen Locken glänzen im Kerzenschein.

»Nein. Wir haben ...« Anne setzt sich gerade auf und stellt ihr Glas ab. »Wir haben miteinander geschlafen und doch nicht miteinander geschlafen. Das waren keine Liebesakte, das waren Turnübungen. Es war, als hätten wir uns dabei nicht berührt. Als wäre zwischen uns eine Schicht aus Zellophan. Wir haben uns Leidenschaft vorgeheuchelt. Beide. Das war anstrengend und traurig. Nach zwei Monaten haben wir es nicht mehr ausgehalten. Wir mussten uns eingestehen, es ist zu Ende. Unsere Liebe wird nicht wieder lebendig, auch wenn wir noch so oft miteinander schlafen. Die Wahrheit war für uns beide schmerzhaft. Auf sehr unterschiedliche Weise. Kees-Jan hat sich die ganzen Jahre in der Vorstellung gesonnt, ich liebe ihn und werde immer für ihn da sein. War ich auch, wann immer er angerufen hat. Ich war so etwas wie eine Basisstation für ihn. Er hat sich lieben lassen und sein Leben gelebt. Ich habe geliebt und die Jahre an mir vorbeiziehen lassen. Ich habe diese Liebe glorifiziert und sie in den Linda-Loretta-Geschichten ausgelebt.«

Einen Augenblick ist es sehr still in der Küche.

»Und nun?«, fragt Tomke und hat das Gefühl die Antwort zu kennen.

»Nun muss ich ohne das Luftschloss ›Einmal bin ich wieder mit Kees-Jan vereint‹ leben.«

»Schwer?«

»Ja und nein. Ich fühle ich mich befreit. Aber es ist ein bisschen viel Freiheit auf ein Mal. Meine Gedanken hatten halt immer ein Ziel. Das hat mir Halt und Sicherheit gegeben. Und ich konnte über meine Sehnsucht schreiben. Jetzt erscheinen mir alle Liebesgeschichten irgendwie lächerlich und naiv.«

Sie trinkt einen Schluck Wein und sieht Tomke ernst an.

»Aber am meisten belastet mich, dass Lisette für ein Jahr bei Kees-Jan geblieben ist. Sie will ihren Dad richtig kennenlernen.«

Tomke sieht sie mitleidig an. »Puh, ein Jahr. Das kann ich verstehen. Ist eine lange Zeit in dem Alter. Aber andere Kinder machen auch Auslandsjahre.«

»Stimmt, aber die leben in einer fremden Familie und nicht bei ihrem Vater. Der ein erfolgreicher Maler ist. Er schleppt Lisette in seine Künstlerkreise, die alle hip sind. Ich bin dagegen langweilig. Eine zurückgezogen lebende Autorin, deren Geschichten nicht im Kulturteil besprochen werden.«

Tomke schenkt ihr Wein nach.

»Wer weiß, was du noch schreibst.«

Anne streicht sich verlegen eine Locke aus der Stirn. Tomke hat genau ihre Hoffnung ausgesprochen. Und wie sie das sagt, hört sich das gut an. Sie würde Tomke gern glauben.

»Ja, wer weiß«, sagt Anne. »Aber in erster Linie möchte ich Lisette nicht verlieren.«

»Na ja, behalten in dem Sinne wirst du sie eh nicht. Kinder werden erwachsen. Das weiß jeder, und doch wundert sich jeder, wenn es so weit ist.«

»Stimmt. Aber du bist mit deinen erwachsenen Kindern befreundet. Das würde ich mir auch wünschen.«

»Den Wunsch kannst du auch gleich unter Traumwünsche einsortieren und streichen.«

Anne sieht Tomke irritiert an. »Aber du verstehst dich richtig gut mit Juliane und Torben.«

»Ja. Wir lieben uns. Aber – und hier kommt der entscheidende Unterschied: Eltern bleiben Eltern und Kinder bleiben Kinder. Ich höre Juliane zu, wenn sie ein Problem hat. Sie mir manchmal auch. Aber ich erzähle ihr längst nicht alles. Ich bin und bleibe ihre Mutter. Sie zankt sich mit mir, wenn ich ihr die Meinung sage. Dann rutschen wir innerhalb von wenigen Sätzen in die Pubertätsphase. Es gibt Augenblicke, da bin ich Juliane oder Torben ganz nah. Dann bilde ich mir ein, wir könnten sogar zusammenleben. Funktioniert aber nicht in Wirklichkeit.«

Tomke unterbricht sich und sieht Anne warm an. »Lisette ist ein gescheites Mädchen. Sie wird dahinterkommen, dass ihr Vater fürs alltägliche Zusammenleben nicht geschaffen ist.«

»Hoffentlich.«

Anne trinkt einen Schluck Wein. Es hat gut getan, unzensiert über ihre Gefühle zu sprechen. Genau das hat sie erhofft. Aber für heute möchte sie das Thema beenden. Sonst drehen sich ihre Gedanken wie in Hameln nur im Kreis. Anne sieht Tomke auffordernd an. »Wir haben nur über mich gesprochen. Genug für heute. Erzähl du. Wie war dein Sommer?«

»Der Sommer war wunderschön.«

Tomke horcht ihren Worten hinterher. Ja, der Sommer war schön.

»Na hör mal«, sagt Anne gespielt entrüstet. »Du willst mich doch wohl nicht mit ›der Sommer war schön‹ abspeisen. Ein bisschen mehr möchte ich schon hören. Schönes

Wetter, gute Saison, nette Begegnungen oder was meinst du mit schön?«

Tomke hebt ergeben beide Arme.

»Schönes Wetter hatten wir auch. Die Pension war meistens ausgebucht. Und ich habe eine nette Bekanntschaft gemacht. Der Hit für mich waren die Spaziergänge am Meer. Ob du es glaubst oder nicht, das habe ich mir im Sommer noch nie gegönnt. Spaziergänge am Meer und dabei gute Gespräche. Mit Karl. Erinnerst du dich an den Mann, der im April jeden Tag an der Pension vorbeigegangen ist?«

Anne nickt, und in ihren Augen blitzen kleine Feuer auf.

»Was höre ich da heraus? Ein schöner Sommer und ein neuer Mann in deinem Leben?«

»Ja, ein neuer Mann. Ein Freund. Keine neue Liebe.«

Tomke hält den intensiven Blick von Anne stand. Zwischen ihr und Karl ist klar Schiff. Und ihr Ausrutscher, der sie mit Karl im Bett landen ließ, geht niemanden etwas an. Außer Karl. Selbst Anne braucht es nicht zu wissen, weil es längst keine Bedeutung mehr hat.

»Ja, Karl ist ein Freund geworden. Er ist jetzt mit Dörte zusammen. Das war meine Schulfreundin, habe ich dir ja schon erzählt. Und Karl und Dörte benehmen sich wie alle Frischverliebten. Sie haben nur Augen für sich und blenden den Rest der Welt aus. Dumm gelaufen für mich. Zwei Freunde sind auf einem Streich im siebten Himmel der Liebe entschwunden. Jedenfalls für die nächste Zeit.«

»Und du bist nicht eifersüchtig? Immerhin warst du den Sommer über mit Karl zusammen.«

»Wir waren nicht zusammen«, stellt Tomke ernsthaft

klar. »Wir haben uns langsam angefreundet. Nein, ich bin nicht eifersüchtig. Die beiden haben sich gesucht und gefunden. Aber ich fühle mich im Moment eben überflüssig.« Tomke wirft Anne einen abschätzenden Blick zu. »Und ziemlich allein.«

»Dann haben wir uns jetzt gesucht und gefunden. Wir passen bestens zusammen«, sagt Anne.

Sie stoßen an.

»Und der Mann, mit dem du so lange zusammen warst. Meldet der sich gar nicht mehr?«

»Paul«, sagt Tomke. Ihre Stimme klingt wie zerbrochenes Geschirr. Anne ärgert sich über ihre gedankenlose Nachfrage.

»Er hat sich den ganzen Sommer über nicht gemeldet. Und ich dachte, ich bin ihn los.«

Tomke schlägt sich wütend mit der flachen Hand auf die Brust.

»Aber er ist noch da. Ich war nur abgelenkt. Karl hat mich jeden Tag abgeholt. Das war so ein schöner Rhythmus. Außerdem waren die Zimmer die Sommermonate ausgebucht. Fast ohne Lücke. Im Sommer habe ich wenig an Paul gedacht. Aber ausgerechnet jetzt, wo es in der Nachsaison ruhiger wird und Karl und Dörte anderweitig beschäftigt sind, meldet er sich. Als hätte er einen siebten Sinn für meine Gefühlslage.«

Tomke holt tief Luft. »Heute hätte ich mich um ein Haar mit ihm getroffen.«

»Heute?«, wiederholt Anne.

»Ja, als du mich angerufen hast, war ich auf dem Weg. Zwar zurück, aber ganz schön wackelig. Das zum Thema wer rettet wen.«

Anne lacht. »In Ordnung. Dann retten wir uns beide!« Tomke stimmt in ihr Lachen ein.

Anne betrachtet Tomke liebevoll. Dieser Frau würde sie alles zutrauen, aber keinen Wankelmut.

»Warum quälst du dich unnötig?«, fragt sie aus ihren Gedanken heraus. »Vielleicht solltest du das ruhig tun.«

»Was sollte ich tun?«

»Dich mit Paul treffen. Ich habe auch viel zu lange gewartet. Zwei Monate mit Kees-Jan zusammenzuleben war eine heilsame Entzauberung.«

»Das freut mich für dich. Ehrlich. Aber bei Paul und mir ist das etwas anderes.«

Anne verzichtet darauf, einen Kommentar abzugeben. Anders. Ja, sicher. Jeder glaubt, seine Liebesgeschichte sei eine ganz besondere und verteidigt ihre Einzigartigkeit. Wer möchte schon hören, genau diese Gefühle habe ich auch gehabt. Das Gleiche wie du habe ich auch durchlitten. Keine Sorge, man überlebt es. Das will man nicht hören. Anne war nicht besser. Sie hat ihre vermeintliche große Liebe wie einen Schatz gehütet.

»Weißt du, wo Paul sich mit mir treffen wollte? Beim ›Deichgrafen‹ in Förrien. Auf einen Tee. Pah! Auf Tee und unverfänglich. Als ob wir uns jemals unverfänglich getroffen hätten.«

Tomke tippt sich mit dem Finger an die Stirn.

»Wir würden im Bett landen. Und genau das ist Pauls Absicht. Von wegen Teetrinken.«

»Und glaubst du, es wäre so schön, wie du es in Erinnerung hast?«

»Ja, leider. Das glaube ich ganz sicher. Auf der Bewertungsskala ganz oben«, sagt Tomke und trinkt ihr Glas leer.

»Na dann.« Anne zögert. »Genieß es doch. Guter Sex fällt nicht vom Himmel. Und wenn, dann äußerst selten.«

Tomkes grüne Augen mustern Anne erstaunt – und die wird prompt rot.

»Und das von dir. Ich befürchte, ich habe keinen guten Einfluss auf dich.«

Ein Teelicht ist ausgebrannt. Tomke steht auf und wechselt es mit einer neuen Kerze aus. Als der Docht brennt, sieht sie Anne ernst an.

»Ich würde liebend gerne genießen und nicht weiter nachdenken. Aber diese Phase haben Paul und ich hinter uns.« Tomke fährt sich durch ihr Haar. »Uns verbindet zu viel Vergangenheit. Und – ich liebe ihn noch immer. Aber er hat sich nicht für mich entschieden. Verstehst du. Er ist zu seiner Frau zurückgegangen, und ich werde nicht mehr seine Geliebte sein.«

Wieder ist es eine Zeitlang still in der Küche. Anne sucht nach einem anderen Thema. Über Lieben und Nicht-Lieben haben sie nun genug geredet. »Deine Schulfreundin, die Dörte. Du wolltest mir doch erzählen, warum sie sich nach Jahren bei dir gemeldet hat. Das wäre eine verrückte Geschichte. Solche Geschichten interessieren mich. Ich bin nämlich auf der Suche nach einem neuen Plot.«

Anne lächelt Tomke aufmunternd an. Die kippelt mit ihrem Stuhl und lehnt ihren Kopf an die Wand.

»Ja, das war eine Story für sich. Es hat mit einem harmlosen Freundschaftsdienst angefangen. Dagmar, das ist Dörtes Mutter, wollte den toten Kater ihrer Freundin Hilla auf der Liebesinsel im Hookser Meer begraben und …«

Tomke sieht nach den ersten Sätzen schon mehrere Fragezeichen in Annes Gesicht. »Nee du, das Fass mache ich heute nicht mehr auf. Da muss ich zu weit ausholen, bis du die Zusammenhänge verstehst. Wir haben noch genug Zeit zum Quatschen. Was hältst du von einem Abendspaziergang am Meer?«

Anne streicht sich über ihren geblähten Bauch.

»Ein famoser Vorschlag. Lass uns gehen.«

Sie steigen gleich auf Höhe der Pension auf die Deichkrone und nehmen den nächsten Durchgang runter zum Meer. Sie reden nicht. Das tut beiden gut. Auf Höhe des Campingplatzes begegnen sie dem ersten Menschen. Einer Frau. Tomke sieht genauer hin und erkennt Sophie Regensdorf. Als sie näher bei ihr sind, ruft Tomke: »Moin Sophie, na noch ein bisschen Feierabend genießen?«

Die zierliche Frau schießt vor Schreck nach vorn und stolpert fast über ihr Fahrrad. Sie schaut auf und erkennt Tomke. Ihre Gesichtszüge entspannen sich. Ihr Blick wandert zu Anne und wird starr, bleibt fassungslos an ihr hängen. Was ist denn mit Sophie los? Hat sie etwa Angst vor Anne? Das kann nicht angehen.

»Ich bin es«, sagt Tomke betont munter, als müsste sie jemanden aus einem Albtraum wecken. »Und das ist Anne, von der ich dir erzählt habe. Wir sind keine Seegeister.«

Sophie hat ihren Blick von Anne gelöst. Sie lacht über Tomkes Bemerkung. Es klingt hysterisch.

»Ich bin wohl übermüdet«, stammelt Sophie und streicht sich mit einer fahrigen Handbewegung über das Gesicht. »Bis dahin, Tomke.«

Sophie dreht sich um und steigt auf das Rad. Für einen Augenblick kommt sie damit ins Schlingern. Aber sie tritt heftig in die Pedalen und erlangt ihr Gleichgewicht.

»Dann komm gut zu liegen«, ruft Tomke ihr hinterher.

»Danke«, sagt Sophie, ohne sich umzudrehen.

»Die ist aber durch den Wind«, murmelt Tomke, als Sophie außer Hörweite ist. »Und reichlich früh dran für Feierabend. Ich dachte, im ›Leuchtfeuer‹ ist eine Dinnerlesung.«

»Das Ganze noch mal für Nichteingeweihte«, sagt Anne.

»Das war Sophie Regensdorf. Sie arbeitet seit ihrer Scheidung im ›Leuchtfeuer‹ in Horumersiel. Da war heute eine Veranstaltung, deshalb wundere ich mich, dass sie schon Feierabend hat. Und überhaupt, was macht sie hier unten am Meer? Das ist für Sophie ein Umweg. Sie wohnt in Schillig. Auch erst seit der Scheidung. Vorher hatten sie in St. Joostergroden ein schönes Haus. Alles nicht so einfach. Versteht irgendwie keiner so richtig, das mit der Scheidung. Sophie ist so eine Hübsche und Liebe.«

»Ja, und eine sehr Schreckhafte«, ergänzt Anne.

KAPITEL 9

Sophie radelt, so schnell sie kann. Sie will nach Hause. Eine Tür hinter sich schließen und niemanden sehen und hören. Sie nimmt den kürzesten Weg durch das Deichtor. Hoffentlich läuft ihr Frau Kreinsen im Hausflur nicht über den Weg. Rein zufällig, wie immer. Egal zu welcher Uhrzeit. Und hoffentlich ist Ben noch unterwegs.

Anscheinend hat sie Glück. Ihr erster Wunsch geht in Erfüllung. Sophie trägt ihr Rad die Kellerstufen runter. Schweißtropfen hängen an ihren Augenbrauen. Sie wischt sie mit dem Handrücken weg. Sie sollte sich vor dem Schlafen unter die Dusche stellen. Vielleicht kann sie etwas von der angestauten Verwirrung in den Abfluss spülen.

Sophie schließt die Wohnungstür auf. Im Flur brennt Licht. Die Tür zu Bens Zimmer steht offen. Sophie seufzt kaum hörbar. Ben wartet auf sie. Sophie stellt ihre Tasche im Flur ab und wischt sich über das verschwitzte Gesicht. Sie wappnet sich. Ein paar belanglose Worte. Dann wird sie ins Bad gehen und gut. Aber Ben ist nicht in seinem Zimmer. Seine Joggingklamotten sind über einen Stuhl geworfen. Das Treffen mit Burkhard scheint kurz ausgefallen zu sein, wenn Ben noch joggen war.

Ein geräuschvolles Scheppern klingt durch die nächtlich stille Wohnung. Sophie unterdrückt einen Schreckensschrei. Ben ist weniger zurückhaltend. Sie hört ihn laut im Badezimmer fluchen. »Verdammter Mist!«

Sophie eilt an die Tür.

»Hallo, Ben! Alles in Ordnung bei dir?«

»Ja, der blöde Föhn ist nur runtergefallen und hat sich zerlegt. Die Halterung ist echt für die Tonne. Ich bau da morgen eine andere dran.«

Sophie nickt zustimmend, obwohl er sie nicht sehen kann, und geht in die Küche. Wie ferngesteuert dreht sie den Wasserhahn auf, lässt ihn laufen, schenkt sich ein Glas ein und setzt sich an den schmalen Tisch.

Die Geisterstunde ist noch nicht beendet. Sie scheint sogar erst richtig angefangen zu haben.

Sophie wohnte mit zwei anderen Mädchen in dem kleinen Bungalow der Buddensiegs. Laura und Betty. Laura war bei einem Internisten in Ausbildung und Betty in der Brauerei in Jever. Frau Buddensieg vermietete ihnen nicht nur die Zimmer. Sie kümmerte sich um die Mädchen und hatte für Fragen immer ein offenes Ohr. Einmal in der Woche bot sie eine Art Hausaufgabenhilfe an. Immerhin war sie vom Fach. Betty blieb für sich. Zum einen, da sie sich für einen ungewöhnlichen Beruf entschieden hatte und Frau Buddensieg ihr nicht helfen konnte. Zum anderen war sie selbstständiger als Sophie und Laura. Sophie hätte nicht im Traum damit gerechnet, dass Betty einmal ihre allerbeste Freundin sein würde. Sie hatten kaum Kontakt, obwohl sie in einem Haus zusammenwohnten.

Das änderte sich an dem Abend, als Sophie spät von einem Spaziergang zurückkam. Laura hatte frei und war nach Hause gefahren. Sophie schloss leise die Tür auf, weil sie Betty nicht stören oder womöglich wecken wollte. Aber im Flur brannte Licht. Bettys Zimmertür stand weit offen. Im Badezimmer rasselten mehrere Gegenstände auf den Fußboden. Auch damals hat Sophie nicht aufgeschrien, obwohl sie sich zu Tode erschrocken hatte. Und aus dem Bad kam ein ähnlich ungebremst wütender Fluch wie eben von Ben. »Verdammter Mist! Verdammter! Aua!«

»Alles in Ordnung?«, fragte Sophie zaghaft.

Statt einer Antwort wurde die Badezimmertür aufgestoßen. Betty bot ein Bild des Jammers. In ihrem wunderschönen langen Haar hing eine elektrische Rundbürste. Die Schnur baumelte ohne Netzanschluss herunter. Auf dem Fußboden lagen wild verstreut Haarbürste, Kamm, Shampoo und Duschflaschen. »Ich habe den Korb mit dem Gedöns in die Ecke gepfeffert«, schimpfte Betty.

Sie hatte Tränen in den Augen.

»Warum weinst du?«, fragte Sophie ganz weich vor Mitleid.

»Weil ich Schmerzen habe. Die blöde Bürste steckt fest. Total. Ich habe schon alles versucht. Das tut saumäßig weh. Kannst du mir eine Schere bringen?«

»Nein!«, entschied Sophie. »Du schneidest dein Haar nicht ab. Ich helfe dir. Jemand anders kann das besser. Komm, wir gehen in die Küche. Da kannst du dich auf einen Stuhl setzen.«

Betty fühlte sich von der ungewohnt entschiedenen Sophie überrumpelt und gehorchte. In der Küche begann Sophie, vorsichtig den Haarwust aus dem Lockenstab zu befreien. Das erforderte Fingerspitzengefühl und viel Geduld. Das Haar konnte gerettet werden. Und die Zeit der Verbundenheit in der Küche reichte für den Anfang einer Freundschaft.

Von dem Abend an waren die beiden Mädchen viel zusammen. Betty war bei Weitem nicht so gern allein, wie es den Anschein gemacht hatte. Sie schleppte Sophie mit ins ›Studio Selznick‹. Dort saß man zwischen den Fotografien von Filmstars wie Grace Kelly, James Dean und Elisabeth Taylor. Auch die Silhouette des alten Hitchcocks ragte übergroß hinter alten Filmrollen hervor.

Dort hat Sophie ihren ersten Southern Cross getrunken, den speziellen Hausdrink im ›Selznick‹. Die beiden Mädchen gingen schwimmen, lagen in der Sonne oder hockten abends in Schlafanzügen auf einem ihrer Betten.

Ohne Betty hätte Sophie weiterhin Heimweh gehabt und Jever keine Chance gegeben. Und ohne Sophie würde Betty noch leben.

»Bei dir alles in Ordnung?«

Sophie schreckt zusammen. Ben ist von ihr unbemerkt in die Küche gekommen.

»Geht so«, antwortet Sophie ausweichend.

»Was gegen Kerzenlicht einzuwenden?«

Sophie realisiert jetzt erst, dass sie im Dunkeln sitzt.

»Nein, mach ruhig eine Kerze an, nur kein Deckenlicht bitte.«

»Und wie wär's mit einem Gläschen Rotwein?«

»Für mich nicht. Ich habe ein bisschen Kopfweh.«

Dabei würde sie gern ein Glas Rotwein trinken. Aber sie befürchtet, dass Alkohol ihrer Fantasie noch mehr Flügel verleihen könnte.

»Hat das was mit Papa zu tun?«, fragt Ben vorsichtig. Er hat sich seiner Mutter gegenübergesetzt.

»Was?« Sophie sieht ihn befremdet an.

»Na was wohl. Dein Geht-so-Gefühl. Oder hast du wirklich nur Kopfweh?«

Sophie windet sich.

»Ja und nein. Das liegt mehr an …« Sophie stockt. Sie war drauf und dran Ben zu erzählen, dass der Karton schuld ist. In dem stecken Erinnerungen an eine Zeit, die Ben nicht kennt. Und dabei muss es bleiben.

»Ist einfach ein blöder Tag gewesen«, sagt sie und trinkt einen Schluck Wasser.

»Solche Tage soll es geben.«

Sophie hört deutlich, dass Ben ihr nicht glaubt.

»Scheint heute in der Luft zu liegen. Papa hat sich auch eigenartig verhalten.«

Sophie antwortet nicht und Ben beugt sich leicht zu ihr über den Tisch.

»Ist Papa vielleicht krank?«

Sophie schaut alarmiert hoch. Den gleichen Gedanken hatte sie schon selbst. Trotzdem fragt sie möglichst arglos: »Wie kommst du darauf?«

»Wie komme ich darauf? Er verhält sich anders als sonst. Papa ist nicht gerade der emotionale Typ. Und heute hat er mir zweimal gesagt, er würde mich lieben. War schon komisch.«

»Das glaube ich. Aber ich denke, er ist in Aufbruchstimmung«, beschwichtigt Sophie ihn und sich selbst. »Er geht nicht nur in ein anderes Land, sondern er wechselt den Kontinent. Das hätte ich Burkhard nie zugetraut. Er reist nicht gern. Kann sein, dass er deshalb sentimentaler ist als gewöhnlich. Er wird lange fortbleiben. Das weiß er. Natürlich liebt er dich. Er ist nur wirklich nicht der Typ, der das gut über die Zunge bekommt.

Aber krank? Nein. Das würde nicht zu seinen beruflichen Plänen passen.«

Ben nickt und trinkt einen Schluck Wein. Er scheint zufrieden mit der Antwort zu sein. Für Sophie bleiben Fragen offen.

Wenn Burkhard in Abschiedsstimmung Ben liebevolle Worte sagt, ist das eine Sache und verständlich. Aber warum bringt er ihr diesen elenden Karton vorbei? Das ist nicht gerade das richtige Abschiedsgeschenk, um Burkhard in guter Erinnerung zu behalten. Da hätte er genauso gut vor dem Wegfahren ein Feuer legen können.

Warum hat er sie nicht zum Essen eingeladen? In Hinsicht auf seine Reise hätte sie sich darauf eingelassen. Vielleicht hätte er ihr gesagt, sie bräuchte kein schlechtes Gewissen zu haben, weil sie ihn nicht lieben konnte. Nicht so lieben, wie er es sich gewünscht hat. Er hätte ihr sagen können, die Jahre mit ihr wären keine verlorenen für ihn gewesen. Sie hätten sich beide alles Gute für die Zukunft wünschen können und wären mit freundschaftlichen Gefühlen auseinandergegangen.

Aber was macht er? Er katapultiert sie zurück in die Vergangenheit. In eine Zeit, in der Burkhard nicht den Ansatz einer Chance bei ihr gehabt hat. In der sie einen anderen Mann geliebt hat.

Ben sieht seine Mutter nachdenklich an. »Ich finde Papa sehr mutig, ganz neu anzufangen. Und du?«

»Wie und du? Ja, ich finde das auch großartig. Es ist nicht leicht, über seinen Schatten zu springen. Ein Neustart in seinem Alter ist bewundernswert.«

»Warum willst du das nicht auch versuchen? Du bist noch jung.«

Sophies Gesicht wird abweisend.

»Danke für das Kompliment: Jung. Aber ansonsten, ich brauche keinen Mann, um glücklich zu sein. Mir geht es allein besser.«

»Ich habe nicht von einem neuen Partner geredet. Ich meine beruflich.«

Warum mischt sich Ben dermaßen ein? Er hat keine Ahnung und soll seine Weisheiten für sich behalten. Sophie spürt, wie sie wütend wird. Zum wiederholten Mal an diesem Abend. Ein ungewohntes Gefühl für sie.

»Ben, wenn ich eine Berufsberatung brauche, gehe ich zum Arbeitsamt. Ist das klar?«

Sie ist unbeabsichtigt lauter geworden.

Ben sieht sie verwundert an. »Du bist ja wütend. Das wirst du selten. Viel zu selten.«

»Danke, Herr Professor, für die Einschätzung meiner Gefühlswelt.«

Sophie trinkt bedächtig ein paar Schlucke Wasser. Dann sieht sie ihrem Sohn ins Gesicht. »Außerdem habe ich eine abgeschlossene Ausbildung.«

Ben wollte gerade trinken. Er setzt das Glas ab und mustert seine Mutter erstaunt.

»Ja, da staunst du, nicht wahr? Ich habe einen Beruf. Tierärztliche Helferin.«

»Echt?«

»Ja echt. Das war mein Berufswunsch, solange ich denken kann.«

Sophie vergisst sich für einen Augenblick und erzählt weiter. »Meine Eltern waren gegen diesen Beruf. Sie sagten, da hätte ich zu wenig Möglichkeiten. Tierärzte gäbe es nicht genug, um hinterher eine Anstellung zu bekommen. Ich sollte lieber bei einem Allgemeinmediziner in die Lehre gehen. Ganz davon abgesehen war meine Entscheidung für eine Ausbildung grundsätzlich für sie eine Enttäuschung. Sie hatten gehofft, ich würde weiter zur Schule gehen und Abitur machen. Heute kann ich sie verstehen. Ich kann auch nachempfinden, warum sie nicht begeistert waren, dass ich in der Woche in Jever geblieben bin. Immerhin wurde ich gerade Siebzehn.«

»Das hast du mir nie erzählt. Auch Oma und Opa haben kein Sterbenswörtchen darüber verloren. Ich wusste nicht einmal, dass du in Jever gelebt hast. Warum wird das wie ein Staatsgeheimnis behandelt?«

Sophie schreckt auf. Was ist mit ihr los? Wie kann sie so leichtsinnig sein und mit Ben über ihre Zeit in Jever reden. Als wären es harmlos nette Jugenderinnerungen.

»Da gibt es auch nichts zu erzählen. Es war nicht mehr wichtig, nachdem ich, nachdem du da warst und ich verheiratet war.«

Bens Augen ruhen auf ihrem Gesicht. Er schüttelt den Kopf.

»So einfach kannst du mir das nicht weismachen. Gerade sagst du, das war dein Traumberuf. Du wolltest mit Tieren arbeiten. Mit Tieren! Das ist echt krass. Da wäre ich im Leben nicht drauf gekommen. Im Gegenteil. Du warst gegen einen Hund. Viel mehr als Papa. Dabei habe ich mir immer einen gewünscht. Kann man sich durch die Geburt eines Kindes so verändern?«

»Anscheinend.«

Mehr bekommt Sophie nicht über die Lippen. Sie trinkt einen Schluck Wasser. Ihre Zunge klebt unter dem Gaumen. Sie wirft ihrem Sohn einen scheuen Blick zu.

Er hat seine Stirn in grüblerische Falten gelegt. Der Anblick löst wieder eine Erinnerung, die in den Karton gehört. Hört das heute denn überhaupt nicht auf?

»Dein Kind ist erwachsen. Warum versuchst du es nicht in der Umgebung bei einem Tierarzt?«, versucht Ben auf sie einzuwirken.

»Ich arbeite nicht mehr in dem Beruf. Hör auf mich zu bedrängen, Ben. Ich will in keiner Tierarztpraxis mehr arbeiten. Aus. Ich fühle mich im ›Leuchtfeuer‹ wohl. Wenn überhaupt, kann ich mir eine Ausbildung bei Thorsten in der Küche vorstellen.«

Ben sieht nach unten. Er wirkt plötzlich nachdenklich, fast traurig.

»Du hast deinen Traumberuf gegen den Willen deiner Eltern gelernt. Und du hast mich kein bisschen unterstützt, als ich mich gegen Papa nicht durchsetzen konnte. Dabei wusstest du genau, mein Herz hängt nicht an der Technik, sondern der Archäologie.«

Sophie bleibt ihm eine Antwort schuldig. Archäologie. Ja, das hat sie gewusst. Und sie war froh, als Ben sich abfand und in Burkhards Fußstapfen trat.

»Ich dachte, Archäologie könnte ein Hobby werden. Und du hättest an der Elektrotechnik wirklich Interesse. Jedenfalls kam das in den vergangenen Semestern so rüber.«

»Weil ich es mir eingeredet habe. Meine Eltern sind zufrieden und ich würde es auch sein. Irgendwann. Bin ich aber nicht.«

Er sieht Sophie an, und nun sind seine dunklen Augen ganz weich. Er lächelt.

»Das ist die Neuigkeit, die ich dir erzählen wollte. Ich hatte so einen Schiss mit Papa darüber zu sprechen. Er ist immer so gerade. Ich war sicher, er würde sagen, was man angefangen hat, sollte man zu Ende bringen. Erst mal einen Abschluss in der Tasche, dann sieht man weiter. Du kennst ihn ja. Aber er hat ganz anders reagiert. Er war total verständnisvoll. Richtig erschüttert, dass ich mich so gequält habe. Das wäre doch Unsinn, nur weil er Elektroingenieur ist, bräuchte ich doch keiner zu werden. Aber genau das Gefühl hat er immer rübergebracht. Einmal, ich erinnere mich genau, habe ich ihm gestanden, dass ich gerne die Kulturen anderer Länder erkunden würde. Am meisten interessiert mich Afrika. Da ist er regelrecht ausgerastet. Afrika und Archäologie! Ob ich mir einbilde, das hätte was mit Indiana Jones zu tun. Und heute war er plötzlich verständnisvoll. Wirklich. Er hat gesagt, einmal den Studiengang wechseln wäre legitim. Das würde er auch finanzieren. Ich war so baff, erst konnte ich gar nichts sagen. Aber ich bin superglücklich, dass ich es nicht gegen seinen Willen tun muss. Ich werde mich zum nächsten Semester für Archäologie einschreiben.«

Ben trinkt einen Schluck Wein und strahlt Sophie beifallhaschend an.

Sie kann seine Freude nicht teilen. Etwas wütet in ihr. Etwas, das sich nicht gut anfühlt.

»Das ist ja wunderbar. Papa hat dir die Absolution erteilt, und alles ist fein. Du fragst nicht einmal, ob ich mit deiner Entscheidung einverstanden bin. Es scheint dir völlig unwichtig zu sein, was ich will.«

Ben sieht sie betroffen an.

»Mama, aber was willst du denn? Du hast kein Wort dazu gesagt, als ich mit Papa gestritten habe. Wie meistens. Oder eigentlich immer.«

Sie schweigen beide. Sophie kämpft gegen die aufsteigenden Tränen an. Die will sie ihm auf keinen Fall zeigen.

Da steht Ben auf, kommt um den Tisch herum und zieht seine Mutter zu sich hoch. Er ist zwei Köpfe größer als sie, Sophies Füße schweben über dem Fußboden.

»Nun sei nicht beleidigt«, sagt Ben einschmeichelnd. »Natürlich bist du wichtig für mich. Sehr sogar. Und das weißt du auch.«

Er setzt sie wieder auf die Erde ab und lächelt sie spitzbübisch an.

»Noch bist du das. Bis ich meine Superwoman gefunden habe.«

Sophie muss lächeln.

Ben drückt ihr einen Kuss ins Haar und verschwindet in seinem Zimmer. Sophie trinkt langsam ein Glas Wasser, dann geht sie ins Badezimmer. Sie meidet beim Zähneputzen den Blick in den Spiegel. Genauso versucht sie, alle Gedanken auszublenden. Sie will schlafen können.

In ihrem Zimmer hält sie die Verdrängung nicht mehr durch. Der Karton, der unter ihrem Bett steht, lässt sich gedanklich nicht zur Seite schieben. Sollte sie ihn über Nacht auf den Balkon stellen? Ein dummer Einfall. Ben geht gerne vor dem Schlafen nach draußen. Die Gefahr, dass er darin schnüffelt, ist zu groß.

Sie wird sich zusammenreißen und ihn dort lassen, wo er ist. Immerhin ist es nur ein Haufen beschriebenes Papier. Ohne Magie. Alles nur Einbildung. Sophie liegt im Bett und hört ihren eigenen Herzschlag.

Ich dachte, du magst keine Tiere. Kann man sich so durch die Geburt eines Kindes verändern? Nein, Ben. Das hat nichts mit dir zu tun. Meine große Liebe war nur eine Illusion. Ja, keine außergewöhnliche Erfahrung. Aber meine große Liebe hat meine Freundin auf dem Gewissen.

KAPITEL 10

Als Anne aufwacht, scheint längst die Sonne durch das Fenster. Sie hat sich nach Schlaf gesehnt. Hier oben hat sie immer gut geschlafen. Deshalb hat sie sich entspannt ins Bett gelegt, eingekuschelt und auf den Sandmann gewartet. Aber sie hat nicht zu hoffen gewagt, bis zum Morgen durchzuschlafen. Anne räkelt sich. Wie spät mag es sein? Immerhin ist es schon hell. Ihre Armbanduhr liegt auf dem Nachttisch. Anne rollt sich auf die Seite und hält sich das Ziffernblatt vor die Nase. Sie muss ihre Augen zusammenkneifen, um die zierlichen Zahlen zu erkennen. Im nächsten Augenblick sitzt sie kerzengerade im Bett. Kurz vor neun! Das ist für eine Lerche wie Anne fast Mittagszeit.

Sie schwingt ihre Beine aus dem Bett. Neun Uhr! Nicht zu fassen. Aber anscheinend hat sie den Schlaf dringend nötig gehabt. Anne gähnt herzhaft und tapst barfuß zum Fenster. Es präsentiert sich ein strahlend blauer Himmel mit vereinzelten Schönwetterwolken. Sie sehen künstlich aus. Als hätte oben jemand Wattebäuschchen an Fäden gehängt. Was für ein ungewöhnlicher Oktober.

Für Anne im doppelten Sinne. Für sie ist er ein neuer Anfang. Überrascht lauscht Anne diesem Gedanken hinterher. Sie hat Anfang gedacht. Und nicht mehr Ende.

Anne lächelt zufrieden. Sie denkt langsam in die richtige Richtung. Und das herrliche Wetter ist ein Geschenk dazu. Die Sommermonate hat sie unbeachtet an sich vorbeiziehen lassen. Sie war nicht offen für die Schönheiten der Natur und hat die Sonne auf ihrer Haut kaum gespürt. Nun hat sie eine Chance, die Herbstsonne zu genießen.

Anne öffnet das Fenster und sagt feierlich: »Guten Morgen, du neuer Tag!«

Die Antwort ist ihr laut knurrender Magen. Anne nimmt sich nicht mehr die Zeit zum Duschen. Katzenwäsche muss reichen.

Im Treppenhaus duftet es nach Kaffee. Tomke wird sich schon gefragt haben, wo sie bleibt. Sie weiß, dass Anne keine Langschläferin ist. Beschwingt nimmt sie die ersten Stufen ins Erdgeschoss. Im gleichen Augenblick stürmen von unten zwei Kinder die Treppe hoch. Sie jagen sich. Das Mädchen mit hochrotem Kopf und wehendem dünnen Blondhaar voran, der Junge rundlich und kleiner hinterher. Anne sortiert sie im Grundschulalter ein. Aber sie ist sich nicht sicher. Sie hat nicht mehr viel Beziehung zu Kindern in dem Alter.

»Moin! Moin!«, »Moin! Moin!«, rufen die beiden abwechselnd im Vorbeirennen Anne zu. Es macht ihnen augenscheinlich Spaß, den Gruß der Friesen anzuwenden.

»Moin«, antwortet Anne lächelnd. Kaum zu glauben, dass sie von den kleinen Rabauken nicht wach geworden ist. Die beiden sind ihr auf Anhieb sympathisch, obwohl sie laute Kinder eigentlich nicht mag. Gut, dass ich keine Lehrerin geworden bin. Ich wäre nicht objektiv gewesen. Bewundernswert, wie es manche Lehrer schaffen, sich über ihre Gefühle hinwegzusetzen. Aber eben nur manche. Anne muss nur an Lisettes Deutschlehrer denken. Er ist mit Lisettes direkter Art absolut nicht klargekommen und hat diese Abneigung besonders in der Benotung ihrer Aufsätze ausgelebt.

Im Frühstücksraum sitzen die Eltern der beiden Kinder. Als Anne hereinkommt, stehen sie auf. Aber sie haben es nicht eilig, den gemütlichen Raum zu verlassen und ihre kurzfristige Kinderlosigkeit aufzugeben. Das kann Anne gut nachvollziehen, wenn sie an das Temperament der Sprösslinge denkt.

Zum ersten Mal fühlt Anne sich ohne Lisette bevorteilt. Sie braucht sich nicht mit ihr abzusprechen und keine Rücksicht zu nehmen. Sie kann ihren Tagesablauf selbst bestimmen. Anfangen wird der mit einem leckeren Frühstück und einem kleinen Plausch mit Tomke. Wo steckt sie überhaupt?

»Tomke?«

Eine Tür klappt. Die Schlafzimmertür. Nackte Füße tapsen über die Flurkacheln. Tomke ist wie meistens barfuß. Das ist allerdings das einzig Vertraute an ihrem Aussehen. Sie trägt eine enganliegende schwarze Hose und ein langes, giftgrünes Oberteil. Es hat einen gewagten Ausschnitt und zeigt viel Dekolleté. Das braucht Tomke auch nicht zu verstecken. Außerdem hat sie sich geschminkt. Anne hat an ihr noch nie Make-up gesehen. Sie scheint etwas Wichtiges vorzuhaben. Schade.

»Moin, du Schlafmaus«, begrüßt Tomke sie. »Ich dachte schon, ich muss dich wecken. Ich muss um zehn los. Ein Termin.«

Ihr lässiger Tonfall kann nicht über ihre mühsam unterdrückte Ungeduld wegtäuschen. Ebenfalls ungewöhnlich. Tomke nimmt sich selten vor Mittag etwas vor und neigt nicht zur Hektik.

»Ja, ich musste zweimal auf die Uhr sehen. Ich habe Schlaf nachgeholt.« Anne hebt ergeben beide Arme.

»Na denn«, sagt Tomke. »Kaffee ist ganz frisch aufgebrüht, und ein Ei isst du morgens nicht. Oder wolltest du eins?«

»Nein, nein. Alles gut. Ich komme zurecht.«

Tomke schaut um die Ecke, um sich zu vergewissern, dass Schönes in der ersten Etage verschwunden sind. Dann stellt sie sich vor den Garderobenspiegel und zupft an ihrem Oberteil herum. Eine unnötige Korrektur. Es sitzt perfekt. Der Grünton des Stoffes lässt Tomkes Augenfarbe intensiver leuchten. Sie erinnern an die einer Katze.

»Du siehst toll aus«, sagt Anne ehrlich beeindruckt.

»Findest du echt?«

»Ja, du siehst umwerfend aus.«

»Danke«, sagt Tomke. Sie klingt erleichtert wie ein Teenager, der für sein Aussehen Zuspruch nötig hat. »Einen Augenblick habe ich noch. So lange setze ich mich zu dir.«

Anne nickt. Ihre Aufmerksamkeit gilt dem Frühstücksangebot. Sie bestreicht sich ein Brötchen mit Butter und belegt es mit Käse. Dann greift sie zum Honig. Sie mag das Süße auf dem würzigen Käse.

»Nette Menschen, die Familie da oben«, sagt Anne, um irgendwas zu sagen.

»Ja, sind sie«, stimmt Tomke ihr zu. »Dieses Mal wirklich.«

Anne lächelt. Sie weiß, worauf Tomke anspielt. Im April hatte Anne ähnlich über Monika und Frank geurteilt. Ein sehr sympathisches Ehepaar. Vom Aussehen wie vom Benehmen. Und Tomke hat ihr recht gegeben. Dabei war ihr das harmoniebetonte Auftreten der beiden gehörig auf den Geist gegangen. Das hatte sie Anne erst später gestanden.

»Ich war neidisch«, sagt Tomke in ihre Gedanken hinein. »Monika war ein Prinzessinnentyp und Frank ein weißer Ritter. Auf die Konstellation konnte ich zu dem Zeitpunkt überhaupt nicht.«

Anne beißt herzhaft von ihrem Brötchen ab.

»Prinzessin und Ritter«, wiederholt sie mit vollem Mund. »Gefällt mir.«

»Aber der schöne Schein kann trügen. Nicht nur bei Monika und Frank«, sagt Tomke. »Das habe ich mittlerweile begriffen.«

»Das hört sich aber«, Anne sucht nach dem richtigen Ausdruck, »ein wenig verbittert an.«

»Nein, nicht verbittert. Aber ich falle nicht mehr so schnell auf schöne Bilder rein. Das ist durchaus gesund.«

Tomke braucht nur an das Zeitungsfoto im September zu denken. Paul und seine Frau in der Zeitung. Sie haben glücklich ausgesehen. Aber so groß kann ihr Glück nicht sein. Sonst würde er sich nicht bei Tomke melden.

Anne schenkt sich Kaffee nach. Tomke ist heute Morgen in einer eigenartigen Stimmung. Sie wird sie in Ruhe lassen. Vielleicht ist sie nach ihrem Termin besser gestellt.

»Was hast du dir für den Tag vorgenommen?«, hört sie Tomke fragen. »Willst du auf der Terrasse schreiben? Dann können wir einen höheren Tisch nach draußen tragen. Ich kann dir schnell helfen.«

»Nein, danke. Ich werde heute nicht schreiben.«

Ich werde heute nicht schreiben, wiederholt Anne in

Gedanken. Das fühlt sich richtig an. Und gut. Wesentlich besser als routinemäßig den Laptop hochzufahren, sich davorzusetzen und zu quälen. Weil sie spürt, wie die Zeit vergeht und sie nichts geschrieben hat. Anne braucht ein paar Tage für sich. Wie es danach weitergeht, wird sie sehen. Diese diffuse Zukunftsplanung versetzt sie zum ersten Mal nicht in Panik.

»Du hattest doch Fahrräder. Ich würde mir gerne eins ausleihen«, sagt Anne.

»Kannst du. Die sind gerade gut auf Vordermann gebracht worden.«

Tomke steht auf. »Sie stehen in der Garage. Such dir eins aus. Schlüssel stecken in den Schlössern. Wir sehen uns heute Nachmittag, spätestens heute Abend.«

Sie beugt sich vor, umarmt Anne flüchtig und huscht davon. Zurück bleibt ein Hauch ihres Parfüms.

KAPITEL 11

Tomke möchte die Umarmung nicht lösen. Er soll nicht aufstehen. Noch nicht. Ihre Hand versucht ihn festzuhalten und fühlt etwas Kühles. Abweisendes. Tomke blinzelt. Ihre Hand liegt auf ihrem Wecker. Sie hat ihn gerade ausgedrückt.

Tomke dreht sich stöhnend auf die andere Seite. War ja klar nach den Gesprächen gestern Abend und dem Beinahe-Treffen mit Paul. Sie hat von ihm geträumt. Und das war kein unverfänglicher Traum. Ganz und gar nicht. Aber eben nur ein Traum.

›Genieß es doch. Guter Sex fällt nicht vom Himmel‹, hört sie im Geiste Anne.

Tomke tritt die Decke weg und steht auf. Sie kurbelt energisch das Außenrollo hoch. Dabei ist es draußen dunkel. Es ist und bleibt Mitte Oktober, und kurz nach sechs ist die Sonne noch nicht aufgegangen. Frau Schöne hat gestern eine Wangerooge-Tour angekündigt. Die Fähren gehen früh und dementsprechend werden sie frühstücken wollen. Also Tomke Heinrich: ab in die Tagesroutine!

Tomke setzt Teewasser auf. Badezimmerschnelldurchgang. Als sie Brötchen und Zeitung reinholen will, wird ihr Tagesablauf zum ersten Mal durchkreuzt. Vor der Tür steht Tomkes Sohn. Tomke fasst sich vor Schreck an die Brust.

»Puh, Torben! Man gut, dass ich nichts am Herzen habe.«

»Moin Mama, das finde ich auch gut.«

Torben zieht seine Mutter kurz an sich und umarmt sie.

»Ist was passiert?«, fragt Tomke besorgt. So früh und unangemeldet kommt ihr Sohn sonst nicht vorbei.

»Nee alles tutti. Ich habe gestern nur die Birnen für deine Innenbeleuchtung gefunden. Gib mir mal den Autoschlüssel. Ich wechsel sie schnell aus.«

Tomke geht zurück ins Haus. »Komm rein«, fordert sie ihren Sohn auf. »Du kannst von hier in die Garage. Willst du einen frischen Tee?«

»Lass mal. Ich will gleich weiter zur Arbeit. Der Schreibtisch ruft.«

Er nimmt ihr im Vorbeigehen den bereitgehaltenen Schlüssel aus der Hand und eilt in die Garage. Tomke holt die Brötchen und die Zeitung herein. Dann folgt sie Torben. Er hat die Glühlampen schon ausgewechselt und drückt den Kofferraum zu. Seine Hand fährt prüfend über den Lack.

»Also Mama. Wo kommt denn der Kratzer schon wieder her? Das schöne Auto. Das hast du echt nicht verdient.«

Tomke lächelt. Ihr Sohn mag Autos. Was heißt mag. Er liebt sie. Und er kann partout nicht verstehen, dass es für sie nur ein Gebrauchsgegenstand ist.

»Ich habe gestern Sophies Rad transportiert. Das musste zack, zack gehen. War gerade das Unwetter im Anzug.«

Torben brummelt irgendwas Unverständliches. Für ihn ist Tomkes Erklärung nicht zufriedenstellend. Auch in Eile zerkratzt man nicht den Lack.

»Ben ist auch in Schillig«, sagt Tomke, um ihn abzulenken.

»Weiß ich. Er hat mich gestern angerufen.«

Über Torbens Gesicht geht wieder ein Lächeln. »Bei Regensdorfs gibt es eine Neuigkeit. Stell dir vor, Bens Vater geht beruflich nach Kanada. Super Sache. Ben und ich werden ihn auf jeden Fall besuchen. Ich wollte schon immer mal nach Kanada.«

»Nach Kanada«, wiederholt Tomke stirnrunzelnd. »Was willst du denn da?«

»Bären schießen«, antwortet Torben grinsend.

Tomke steht in der Küche und arrangiert einen Käseteller. Bärenschießen, denkt sie ärgerlich. Torben braucht sie gar nicht auf den Arm zu nehmen. Er weiß genau, worauf ihre Frage hinzielte. Sie macht sich Sorgen.

Torben und seine Alleingänge. Er braucht viel Freiraum. So ist ihr Sohn immer gewesen. So hat Britta ihn kennengelernt. Aber in letzter Zeit fängt er an zu übertreiben. Torben ist ständig unterwegs und lässt keine Reise mit dem Shantychor aus. Vor allem seit Ben dabei ist, überlegt Tomke. Die beiden verstehen sich prächtig. Aber Ben ist fast zehn Jahre jünger und Single. Wenn Torben so weiter macht, muss er sich nicht wundern, wenn er auch bald einer ist.

Meine Güte. Er wohnt mit Britta seit acht Jahren zusammen. Tomke weiß, Britta würde gern heiraten. Sie wünscht sich ein Kind. Wie lange macht sie Torbens Eiertanz noch mit? Tomke stöhnt leise. Sie mag Britta. Für Tomke ist sie die Wunschschwiegertochter. Was ist sie für Torben? Hoffentlich begreift er nicht zu spät, was für eine tolle Frau seine Britta ist.

Tomke holt den Behälter mit Wurst aus dem Kühlschrank und ballert die Tür dermaßen heftig zu, dass sie wieder aufspringt. Tomke drückt sie energisch ran. Torben und Britta sind erwachsen, und mehr als Schützenhilfe bei Bedarf kann sie nicht anbieten.

Sie trägt die vorbereiteten Teller in den Frühstücksraum. Ein prüfender Blick über das Büffet. Alles fein. Frühstück fertig. Aber von oben ist noch nichts zu hören. Wenn die so weitertrödeln, wird das nichts mit der Fähre nach Wangerooge.

Das Telefon klingelt. ›Unbekannter Anrufer‹ steht auf dem Display.

Tomke meldet sich routiniert freundlich. »Moin, Pension Heinrich.«

»Ich habe gestern drei Stunden auf dich gewartet.«

Paul. Tomke braucht keinen Spiegel, um zu wissen, sie ist von einer Sekunde zur anderen rot angelaufen.

»Ging nicht«, bringt Tomke heiser hervor. Ihr Hals fühlt sich wie zugeschnürt an.

»Gestern nicht oder – geht es nie mehr?«

Tomke hört die Angst in seiner Stimme. Und die Sehnsucht.

»Ich weiß es nicht«, flüstert Tomke, und das ist die Wahrheit. Ihre ganzen übersichtlich aufgebauten Spielregeln zum Thema Paul fallen gerade in sich zusammen.

»Tomke?« Seine Stimme klingt so zärtlich. Das müsste verboten werden.

»Ja«, sagt sie.

»Ich bin im Landhotel Kruse bei Schortens. Kennst du das?«

Tomke kann nur nicken. Für einen Augenblick wird sie von einer irrsinnigen Hoffnung erfüllt. »Bist du ausgezogen?«, fragt sie atemlos.

»Nein.« Paul räuspert sich. »Ich, Tomke, ich werde dort auf dich warten. Heute um elf.«

Tomke lacht nervös.

»Bist du verrückt geworden?«

»Wenn ich dich nicht mehr sehen kann, werde ich es. Ich warte auf dich.«

Tomke legt ohne eine Antwort zu geben den Hörer auf. Sie dreht sich um. Ohne zu denken, findet sie sich vor ihrem Kleiderschrank wieder. Was soll sie anziehen?

Die Beantwortung der Frage muss verschoben werden. Im Treppenhaus ist lautes Getrappel zu hören. Kinderstimmen. Familie Schöne. Tomke schließt ihren Schrank und geht in den Frühstücksraum.

»Moin!«, »Moin!«, rufen die Kinder abwechselnd.

»Moin«, grüßt Tomke fahrig. Sie fühlt Frau Schönes prüfenden Blick. Wahrscheinlich glüht sie noch immer wie ein Feuermelder.

»Wir haben unseren Inselausflug verschoben. Ist gestern Abend zu spät geworden«, erklärt Herr Schöne.

Tomke nickt. Um ein Haar hätte sie gefragt, welche Insel und welcher Ausflug bitte? Sie geht wie ferngesteuert in die Küche und setzt die Eier auf. Die kocht sie immer frisch. Genau wie den Kaffee.

Die munteren Kinderstimmen im Hintergrund tun Tomke gut. Sie vermitteln eine angenehme Unverdorbenheit. Die Schönes sind eine richtig nette Familie und pflegeleicht. Sie brauchen nicht unterhalten zu werden.

Als ihre Gäste mit Eiern, Kaffee und Kakao versorgt sind, setzt Tomke sich in die Küche und schaut aus dem Fenster. Einen Augenblick später findet sie sich vor ihrem geöffneten Kleiderschrank wieder. Und gleich wird sie Ella anrufen. Hoffentlich hat sie Zeit. Ella und Tomke helfen sich gegenseitig bei der Zimmerreinigung, wenn Not an Mann ist.

KAPITEL 12

Anne hat keinen Appetit mehr gehabt. Tomkes Unruhe hat sie irgendwie angesteckt. Sie wollte raus. Nun steht sie unschlüssig vor der Pension auf der Straße. Wenn sie nach rechts fährt, landet sie zu schnell in Horumersiel. Sie radelt nach links. Schön am Deich entlang. Ein paar Schafe genießen ebenfalls die milde Witterung und erfreuen mit ihrem Blöken die Touristen.

Anne schaut nach oben. Ihr Blick verfängt sich an einem Wolkengebilde. Es sieht aus wie ein Elefant. Sein Rüssel wird immer länger, bis er sich auflöst. Der zurückgebliebene Körper verformt sich und ähnelt nun einer Schildkröte. »Achtung! Passen Sie auf!«

Anne kann gerade noch einem Tretmobil ausweichen. Die Eltern sitzen hinten und haben ihren Kindern das Steuer überlassen. Anne radelt konzentrierter weiter. Dort ist schon das Deichtor von Schillig. Das kennt sie. Von hier kommt man an den Naturstrand. Dort wird sie in Seelenruhe den Himmel betrachten können, ohne auf andere Radfahrer achten zu müssen.

Tomke hat ihr eine Kurkarte ausgestellt. Aber im Herbst sind auch bei schönem Wetter die Häuschen mit den strengen Strandwächtern nicht mehr besetzt. Anne radelt am Campingplatz vorbei bis zu der großen Wiese vor dem Naturstrand. Dort schließt sie das Rad an und geht zu Fuß weiter. Lenkdrachen surren durch die Lüfte. Unwillkürlich zieht Anne ihren Kopf ein. Aber am Strand ist es ruhig. Hier hört sie nur den Wind und von Weitem das Meer. Es ist gerade Ebbe. Der feingeriffelte Meeresboden wirkt wie ein einladender Teppich, der zu einem Spaziergang bis zum Horizont einlädt. Nur vereinzelt sieht man dunklere Stellen. Reste vom Wasser, gesammelt in kleinen Seen oder in den Rinnsalen der Priele. Sie werden von der einsetzenden Flut als Erstes mit Wasser gefüllt und können leichtsinnigen Wattwanderern den Rückweg versperren.

Anne fühlt sich so angenehm leicht wie lange nicht mehr. Die Melancholie, die sich wie ein Schleier über ihre Empfindungen gelegt hat, scheint in Hameln geblieben zu sein. Oder – das wäre wunderbar, sie hat sich aufgelöst und verflüchtigt. Genau wie vorhin die Elefantenwolke.

Anne schließt die Augen und breitet die Arme aus. Ihre langen Locken wehen im Seewind. So bleibt sie eine Weile stehen. Als sie sich umdreht, blickt sie in ein attraktives Männergesicht. Seine Augen lächeln sie direkt an. Anne weicht ihnen nicht aus und erwidert das Lächeln. Dabei fühlt sie sich unglaublich mutig. Sie hat ewig nicht geflirtet. Das wird sie Tomke erzählen.

Beschwingt geht Anne weiter. Leicht berauscht von der Gewissheit, dass der bewundernde Blick des Mannes ihr folgt.

Anne hat ihr Rad in der Nähe des Waschhauses abgestellt. Ein Handwerker ist damit beschäftigt, einen neuen Fensterrahmen einzusetzen. Anne schließt ihr Rad auf. Bevor sie aufsteigt, überflügelt sie der Übermut. Sie schaut zu dem Mann hoch und ruft. »Moin!«

Er stutzt, schaut zu ihr herunter und grinst. Er tippt mit zwei Fingern an einen imaginären Hut. »Das hätte ich auch so gesagt. Schönen Tag noch.«

Den wird sie haben. Anne radelt los. Was nun? Sie sollte sich eine Fahrradkarte kaufen. Sonst fährt sie nur hin und her. Die gibt es sicher in dem Büchergeschäft in Horumersiel.

Anne macht einen Schlenker vom Deichweg runter auf die Straße und fährt einmal durch den Ort Schillig. Viele Ferienhäuser und Ferienwohnungen. Es ist sicher nicht einfach, hier eine ganz normale Mietwohnung zu bekommen, schießt es Anne durch den Kopf.

Als sie an der Pension vorbeiradelt, muss sie an Tomke denken. Für wen hat sie sich wohl so hübsch gemacht? Vielleicht erzählt sie es heute Abend.

In Horumersiel muss Anne das Träumen einstellen. Jede Menge Fahrradfahrer, Tretmobile und Fußgänger erfordern ihre Aufmerksamkeit.

Auf dem Marktplatz vor der ›Bücherinsel‹ steht eine Gruppe Jugendlicher. Sie lecken ein Eis. Auf etwas Süßes hätte Anne auch Lust. Aber kein Eis. Sie geht in die nächste Bäckerei. Nach einer Karte kann sie später schauen. Das Kuchenangebot ist überwältigend. Anne steht vor dicken Torten, Plundertaschen und Streuselkuchen. Einer sieht wie ein Käsekuchen aus. Der könnte ihr gefallen.

»Was ist das für ein Kuchen?«, fragt Anne.

»Das ist ein doppelter friesischer Käsekuchen«, erklärt die junge Frau hinter der Theke freundlich.

»Das hört sich gut an.«

»Schmeckt auch lecker.«

Anne legt das Kuchenpäckchen vorsichtig in die Satteltasche und schiebt ihr Rad. Sie sucht ein gemütliches Eckchen, wo sie ihre Beute vertilgen kann. Auf dem

Marktplatz ist ihr zu viel Betrieb. Sie schiebt weiter, am Restaurant ›Leuchtfeuer‹ die Straße rechts rein. Dort entdeckt sie eine freie Bank in der Sonne, direkt an dem schmalen Fluss, der sich durch Horumersiel schlängelt.

Anne isst den Kuchen für ihre Verhältnisse sehr langsam. Sie genießt den Geschmack von feinem, saftigem Quark, einer Idee Zitrone und die Geschmacksexplosion von Rumrosinen. Oben und unten wird die Käseschicht von einem dünnen Mürbeteig gehalten. Der schmeckt wunderbar nach Vanille und Butter.

Als Anne aufgegessen hat, lehnt sie sich entspannt zurück. Die Sonne hat zu dieser Uhrzeit noch viel Kraft. Anne spürt, wie ihre Gesichtshaut zu brennen beginnt. Sie hat keine Sonnencreme dabei. Die wird sie kaufen müssen.

Anne rutscht an die Bankkante und schaut Richtung ›Leuchtfeuer‹. Sie ist zu faul, um weiterzufahren. Mit einer zufriedenen Trägheit beobachtet sie das Treiben um sich herum. Drüben rollt ein Mann einen Container an die Straße. Papiermüll. Eine Gruppe junger Frauen. Sie ziehen ihre kleinen Kinder in Bollerwagen hinter sich her. Eine Geräuschwolke aus Lachen, Quatschen und Kreischen. Das Mutter-Kind-Kurheim befindet sich gleich nebenan. Anne schaut dem munteren Trupp hinterher. Hätte sie an so einer Kur Freude gehabt? Wohl kaum. Es wäre ihr zu laut gewesen.

Anne lächelt. Ein gutes Gefühl, das zu wissen und nicht einer verpassten Chance hinterherzutrauern. Ihre Hand greift in die Jackentasche, umschließt das schmale Mobiltelefon und lässt es wieder los. Nein, sie wird Lisette nicht aus einer guten Stimmung heraus anrufen. Sie muss ihrer Tochter Zeit geben, selbst Sehnsucht zu bekommen.

Aus dem Eingang vom ›Leuchtfeuer‹ kommt ein junges Mädchen. Sie trägt einen Karton unter dem Arm. Irgendetwas an ihrer Haltung lässt Anne genauer hinsehen. Das ist kein junges Mädchen. Das ist eine Frau. Und zwar die, die sie gestern Abend am Strand beim Träumen gestört haben. Sie ist ja vor Schreck fast über ihr Rad gefallen. Sophie heißt sie. Den Namen hat Anne behalten, weil er ihr gefällt. Sophie hat es eilig. Sie huscht über die Restaurantterrasse um die Ecke zum Papiercontainer. Dort schiebt sie den Deckel hoch. Sie wirft den Karton nicht gleich rein. Sie greift mit der freien Hand in den Container und schiebt etwas zur Seite. Als bräuchte ihr Karton besonders viel Platz. Sie platziert ihn regelrecht. Dann bleibt sie am geöffneten Behälter einen Augenblick reglos stehen, um gleich darauf den Deckel mit einer heftigen Bewegung zu schließen. Sie dreht sich um und rennt wie auf der Flucht zurück ins Restaurant.

Eine eigenartige Frau. Nein, nicht eigenartig. Geheimnisvoll. Sie gehört zu den Menschen, die zum Geschichtenerzählen anregen. Warum sie wohl geschieden ist? Ist sie verlassen worden? Sie wirkt verletzlich und irgendwie nicht glücklich. Dabei ist sie eine äußerst attraktive Frau. Anne lächelt in sich hinein. Sie hat einen Hang dazu, zierliche Frauen besonders anziehend zu finden.

Anne hat sich für Gruppenfotos ab der sechsten Klasse ganz nach hinten gestellt. Sie ist ein wenig in die Knie gegangen, um nicht wie eine verirrte Riesin zwischen ihren Mitschülern zu wirken. Anne hatte in dem Alter schon fast ihre endgültige Größe. Das hatte ihr große Angst gemacht, weshalb sie ihre spindeldürren, wunderbar klein gebliebenen Freundinnen beneidet hatte.

Anne pustet sich eine Locke aus der Stirn. Sie steht auf und geht zum Container, um das Papier vom Bäcker zu entsorgen. Danach will sie in das Buchgeschäft und sich von einer Fahrradkarte für weitere Unternehmungen inspirieren lassen. Sie schiebt den Deckel nach hinten. Der Container ist randvoll mit Zeitungen. Ein Artikel springt Anne ins Auge.

›*Ehefrau auf Hochzeitsreise vergessen*

Hohenkirchen. Auf der Hochzeitsreise hat ein Mann seine Frau an einer Tankstelle vergessen und erst …‹

Weiter kann sie nicht lesen. Die Zeitung klemmt unter einer anderen. Ehefrau auf einer Hochzeitsreise vergessen. Den Artikel muss sie lesen. Sie zieht die Zeitung heraus. Der gesamte Zeitungsstapel verrutscht dadurch nach hinten. In der freigelegten Lücke liegt ein Karton. Das ist der, den Sophie gerade entsorgt hat. Er ist mit Rosenaufklebern verziert. Liebesmarken, die Mädchen gerne sammeln. Oder sammelten. Anne kennt sich da nicht mehr aus. Lisette hat nie zum Kitschigen geneigt. Anne hebt spielerisch den Deckel hoch. Ein schwarz-weiß-kariertes Buch blitzt darunter hervor. Ein Poesiealbum, denkt Anne gerührt. Das hat sie als Mädchen geliebt. Außer dem Album liegen Briefe in dem Karton. Sie sind fein säuberlich gebündelt und mit rotem Geschenkband gehalten. Anne hebt das Bündel vorsichtig an. Darunter liegt eine große Fotografie. Ein junger Mann und ein junges Mädchen lachen ihr entgegen. Sie stehen auf einem kleinen Segelboot. Anne betrachtet das Mädchen. Könnte das Sophie sein? Sicher. Immerhin hat sie den Karton in den Altpapiermüll geworfen. Und mit ihm anscheinend einen Abschnitt ihres Lebens.

Anne kann nicht anders. Sie schlägt vorsichtig mit zwei Fingern das Poesiealbum auf.

Auf die erste Seite sind Liebesmarken geklebt. Zwei Mädchen, die sich an den Händen halten. Daneben steht in einer energisch geschwungenen Handschrift: ›Für meine liebste Freundin Sophie

Bedrücken dich Kummer und Sorgen,
kann ich dir mein Lächeln borgen.
Es macht dich froh und bringt dir Glück,
gib es mir irgendwann zurück.‹

Auf der nächsten Seite eine andere Handschrift. Die Buchstaben sind wohlgeformt und wirken wesentlich kindlicher.

›Liebste Betty,

danke für das schöne Buch und den wunderbaren Spruch. Ich möchte, dass es unser gemeinsames Tagebuch wird. Ich habe vor dir keine Geheimnisse und durch dieses Buch kann ich auch am Tag mit dir sprechen. Wenn ich schreibe, sitzt du neben mir.

Ich habe Mittagspause und die Sonne scheint. Und ich kann ihn sehen! Er hat sich auf eine Bank in den Garten gesetzt und liest. Einmal hat er hochgeguckt und mich gesehen. Er hat mich angelächelt. Richtig lange. Er sieht so süß aus, wenn er lächelt.

Und jetzt kommt das Allerschönste: Er wird in den Semesterferien in Jever bleiben und in der Praxis helfen! Stell dir das vor! Ich werde ihn jeden Tag sehen können. Den ganzen Sommer über.

Viele Küsse deine Sophie‹

Das ist kein Poesiealbum. Das ist ein Tagebuch. Sophies Tagebuch.

Anne schlägt das Buch zu. Sehr ungern. Aber sie kann hier nicht stehen bleiben und weiterlesen. Schweren Herzens drückt sie es tiefer in den Papierdschungel zurück. Es ist eine Schande. Solche Erinnerungen wirft man nicht weg.

Ein durchdringender Piepton von hinten. Anne dreht sich erschrocken um. Der Müllwagen nimmt rückwärts Kurs auf den Container. Er wird geleert. Gleich. Der Fahrer schaut aus dem Fenster. Er wartet, dass Anne zur Seite geht. Sie spürt, wie ihr Herzschlag sich beschleunigt. Sie sucht mit den Augen hastig die Fensterreihe des Restaurants ab. Niemand zu sehen. Ein letztes Zögern. Jetzt oder nie. Anne hat keine Zeit mehr für Skrupel. Sie greift blitzschnell nach dem Karton, hält ihn sich schützend vor den Bauch und eilt auf die andere Straßenseite zu ihrem Rad. Dort verstaut sie mit fahrigen Fingern ihr Diebesgut in der Satteltasche. Als sie sich umdreht, sieht sie, wie der Container hochgehievt wird und sein Inhalt im Schlund des Müllwagens verschwindet.

KAPITEL 13

Sophie hat Angst vor dem Einschlafen gehabt. Sie wollte sich keinem Traum ausliefern. Sie hat so lange wie möglich gelesen. Einen Sommerschmöker, den sie schon kannte. Bis die Zeilen vor ihren brennenden Augen verschwammen. Dann hat Sophie sich Kopfhörer aufgesetzt und ist mit Harry Potter und seinem ersten Abenteuer weggesackt.

Nun ist die Nacht vorbei. Sophie hat tief geschlafen und kann sich an keinen einzigen Traum erinnern. Aber es war kein erholsamer Schlaf. Sie fühlt sich zerschlagen, als hätte sie die Nacht durchgemacht. Ein alter Schmerz sitzt ihr in den Knochen und macht ihre Glieder schwer. Am liebsten würde sie im Bett liegen bleiben.

Der Versuchung muss sie widerstehen. Krankmelden ist keine Lösung. Sie würde ein schlechtes Gewissen haben, und damit ginge es ihr noch schlechter. Also hoch! Heute hat sie die Mittagsschicht. Aber sie will ein bisschen früher im ›Leuchtfeuer‹ sein. Imke will demnächst umdekorieren. Sophie will ihr helfen, die Deko vom Vorjahr durchzusehen. Der grüne Salon ist noch immer auf Sommer getrimmt. Dabei geht der Oktober dem Ende zu. Doch bei den milden Temperaturen haben viele der Gäste sogar auf der Terrasse gesessen. Ein winterliches Ambiente hätte nicht in die Stimmung gepasst.

Sophie tapst ins Bad. In der Wohnung ist es ruhig. Ben schläft anscheinend noch. Das ist gut. Sophie möchte ihm nicht begegnen. Nicht so zerschlagen, wie sie sich fühlt. Ein kurzer Blick in den Spiegel beweist, sie sieht genauso aus, wie sie sich fühlt. Ihr Aussehen würde erneut besorgte Nachfragen auslösen.

Sophie stellt die Kaffeemaschine an und geht ins Badezimmer. Sie lässt das Duschwasser lange auf sich herabprasseln. Nach dem Trockenrubbeln cremt sie sich sorgfältiger als gewöhnlich ein. Danach sieht sie sich äußerlich wieder ähnlich.

Mit einem Becher frischen Kaffee geht sie auf den Balkon. Von hier aus kann sie weit über die Felder schauen. Sie sind längst umgepflügt. Die schweren Erdschollen glänzen dunkel unter dem Morgentau.

Hinter Sophie liegen der Deich und das Meer. Sophie mag ihre kleine Wohnung. Es war nicht leicht gewesen, eine zu finden. Mietwohnungen sind in einer Ferienhochburg Mangelware.

Sie mag ihre Wohnung und ihr Leben, wiederholt sie in Gedanken. Ihre hart errungene Selbstständigkeit. Wieso lässt sie sich von ein paar aufgehobenen Erinnerungen durcheinanderbringen? Sie sollte dem nicht mehr Bedeutung beimessen als dem berühmten Sturm im Wasserglas. Genauso würde sich alles wieder beruhigen. Sogar verbessern. Burkhard hat eine neue Perspektive und geht nach Kanada. Ben hat sich endlich zu seinem Traum bekannt und beginnt, Archäologie zu studieren. Und sie selbst hört sofort auf, alten Gespenstern Macht zu geben. Davon wird Betty nicht wieder lebendig. Sie wird den Karton mit zum ›Leuchtfeuer‹ nehmen. In Imkes Büro steht ein Reißwolf. Und dann ab in den Papiercontainer. Heute ist Leerung.

Sophie schaut zum Himmel. Der ist blau. Hier und da ein paar Wolkengebilde. Sie verändern schnell ihre Formen. Da oben ist Wind. Kein gutes Zeichen. Schade. Von ihr aus könnte es noch lange warm bleiben. Sie ist eine Sommerfrau. Auch vom Aussehen. Selbst während der Wintermonate behält ihre Haut einen zarten Bronzeton. Betty hat sie um ihren Teint beneidet. »Du wirst beim Wäscheaufhängen braun. Und ich? Ich kann mich in die Sonne legen und ähnele danach einem Indianer.«

Sophie streicht liebevoll über das Balkongeländer. Ich habe dich nicht vergessen. Auch wenn ich nie dein Grab besucht habe. Ich habe zu viel Angst gehabt, auf dem Friedhof deinen Eltern zu begegnen. Wie sollte ich mich ihnen gegenüber verhalten? Sie kannten mich. Du hast mich einige Wochenenden mit nach Wiesmoor genommen. Ich habe bei euch mit am Tisch gesessen und sie haben mich bewirtet und sehr gemocht. Was hätte ich ihnen sagen sollen? Vielleicht mein Beileid aussprechen? Sie wussten, wer dich auf dem Gewissen hat. Und sie haben mir sicher eine Mitschuld gegeben. Immerhin habe ich dich allein gelassen. Mit ihm.

Sophie atmet tief durch. Wie konnte sie sich so in einem Menschen irren? Sie ist zweieinhalb Jahre mit Heiner fest zusammen gewesen. Ohne den geringsten Zweifel, die Liebe würde für die Ewigkeit reichen. Sie haben keine Geheimnisse voreinander gehabt. Sie haben sich vertraut und durch und durch gekannt. Dachte sie. Was hat sich wirklich in seinem Kopf abgespielt? Hat Heiner, wenn er mit Sophie zusammen war, heimlich Betty begehrt?

Schluss! Sophie dreht sich ärgerlich um und geht in ihr Zimmer. Es trifft sie keine Schuld. Man kann nicht in andere Köpfe hineinsehen. Sie muss aufhören zu grübeln und mit dem, was wäre wenn. Das hat ihr damals Burkhard wie ein Mantra eingetrichtert. »Hör auf darüber nachzudenken. Sonst wirst du verrückt. Damit ist niemandem geholfen. Betty wird dadurch nicht lebendig. Niemand konnte ahnen, was passiert.«

Das waren Burkhards Worte. In die hatte sich Sophie eingehüllt wie in eine warme Decke. Und nun zieht er sie ihr brutal weg. Lässt die Vergangenheit aufleben. Warum will er sie nachträglich quälen?

Sophie angelt den Karton unter dem Bett hervor und verfrachtet ihn ganz unten in ihre Tasche. Dann schreibt sie einen Zettel und legt ihn auf den Küchentisch. ›Bin im Leuchtfeuer, bis dahin lieber Gruß deine Mama‹

Sie holt ihr Rad aus dem Keller und radelt los. Als sie an der Pension am Deich vorbeiradelt, muss sie an Tomke denken. Wie resolut sie ihr Rad geschnappt hat. Da hat man keine Chance für geziertes Getue von wegen: Das tut doch nicht nötig. Sophie fühlt sich wohl in ihrer Gegenwart. Das ist eine Ausnahme. Sie ist eher eine Einzelgängerin. Die Neigung, am liebsten allein zu sein, hat sich verstärkt, nachdem ihr sogenannter Bekanntenkreis sich nach der Scheidung in Nichts aufgelöst hat.

Das Restaurant ist um diese Uhrzeit für den Publikumsverkehr geschlossen. Imke ist aber schon da und deckt Tische ein.

»Moin Sophie, na alles wieder gut?«

Sophie bleibt wie ertappt stehen.

»Wie meinst du das?«, fragt sie und presst unwillkürlich die Satteltasche mit dem lästigen Inhalt fester an sich.

Imke schaut irritiert von ihrer Arbeit auf. »Ich meine

die Kopfschmerzen. Du warst gestern richtig durch den Wind.«

»Ach so«, sagt Sophie und versucht, sich ihre Erleichterung nicht anmerken zu lassen. »Die sind wie weggeblasen. Schlaf wirkt Wunder. Danke noch mal, dass ich früher gehen konnte. Ist es für euch spät geworden?«

»Nein, hat sich bald aufgelöst. Schon in Ordnung. Wir müssen gleich loslegen. Sonst wird es zu spät. Die Kisten mit der Deko stehen parat.«

»Können wir. Ich bringe schnell meine Sachen weg und – ich würde – ich müsste eben kurz was durch deinen Reißwolf geben.«

»Geht leider nicht«, sagt Imke. »Der hat sich heute Morgen verabschiedet. Ernst guckt ihn sich später an. Vielleicht ist er noch zu retten.«

Sophie sieht sie mit großen Augen an. »Der Reißwolf ist kaputt?«

Imke muss lachen.

»Nun guck nicht so, als würde deshalb die Welt untergehen. Das ist doch kein Drama. Wahrscheinlich kriegt ihn Ernst wieder zum Laufen. Stell deinen Papierkram einfach ins Büro. Das jage ich später mit durch.«

Sophie gibt sich einen Ruck und geht weiter. Sie hat sich auffällig genug benommen. In der Küche wird gearbeitet. Mittagstischvorbereitungen. Thorsten schaut nicht einmal auf. Als Sophie in der Umkleide ankommt, ist sie nassgeschwitzt. Sie pfeffert die Satteltasche in die Ecke. Was ist so schwierig, einen Karton loszuwerden? Nichts. Es würde niemanden verwundern, wenn sie alte Kamellen wegwirft. Die Gespenster sitzen einzig und allein in ihrem Kopf.

Sophie zieht sich die Jacke aus und sieht aus dem Fenster. Ernst schiebt gerade den Papiercontainer über den Hof raus an die Straße. Sophie starrt auf die Satteltasche. Sie wird den Karton nehmen, zurück an Imke vorbei und zum Container laufen. Das mit dem Reißwolf hat sich erledigt, würde sie sagen. Wird ja eh gleich eingestampft. Dann ist sie die Altlast endlich los.

Sophie braucht ihre zurechtgelegte Rechtfertigung nicht anzuwenden. Niemand beachtet sie. Imke ist verschwunden.

Der Container ist voll. Sophie schiebt einige Zeitungen beiseite und platziert ihren Karton so weit nach hinten, wie es ihre Körpergröße zulässt. Sicherheitshalber deckt sie ihn mit einer Zeitung zu.

Geschafft. Für einen Augenblick bleibt Sophie reglos am geöffneten Container stehen. Was wird aus ihrem Tagebuch und den Briefen gemacht? Recyceltes Klopapier. Sophie lächelt bitter. Vielleicht neues Schreibpapier oder ein Buch. In einer der Weiterverwertungen hat sie es längst vermutet. Sie hat nicht im Traum damit gerechnet, dass der Karton die ganzen Jahre unten im Keller gestanden hat. Den Gedanken findet Sophie rückwirkend gruselig. Genau wie Burkhards Motivation, ihn aufzuheben. Sophie zieht mit einer heftigen Bewegung den Container zu und rennt zurück ins Restaurant.

Imke ist wieder in der Gaststube.

»Bin bereit«, verkündet Sophie betont unternehmungslustig. »Wollen wir die Deko durchsehen?«

»Schön«, sagt Imke und wirft ihr einen bedauernden Blick zu. »Aber wir müssen die Aktion verschieben. Ulla hat vom Hotel angerufen. Es haben sich gerade zehn Gäste von unterwegs angemeldet. Sie brauchen drüben dringend Hilfe. Gehst du eine Stunde mit rüber?«

»Ja, sicher«, sagt Sophie. Im Grunde ist sie ein wenig erleichtert. Ulla hat ein herrlich unbekümmertes Naturell. Das wird ihr guttun. Imke könnte vielleicht doch eine Frage stellen. Immerhin hat sich Sophie gestern mehr als seltsam benommen.

Im Hotel wird sie schon von Ulla erwartet. Sie hat einen Wagen mit mehreren Stapeln frischer Wäsche gepackt.

»Super, dass du da bist. Zehn Wechsel. Und die Neuen haben sich gerade gemeldet. Sind 60 Kilometer entfernt.«

»Dann sind sie gleich hier«, sagt Sophie beunruhigt.

»Nee, das sind Radfahrer. Das kriegen wir hin. Leni putzt schon. Wir brauchen nur zu beziehen. Wollen wir zusammen?«

Ulla schenkt Sophie ein herzliches Lächeln. Die lächelt zurück und nickt. Ulla ist immer gutgelaunt. Egal was für Stress ansteht.

Mit dem Lächeln im Gesicht dreht Sophie sich um und sieht in seine Augen. Das Gesicht hat seinen jungenhaften Charme verloren. Es ist ein markantes Männergesicht geworden. Aber seine Augen sind unverändert, und die würde sie unter Tausenden heraus wiedererkennen.

In ihr ballt sich ein Schrei zusammen. Er bleibt in ihr stecken.

»Was – was willst du hier?«, kann sie nur herauswürgen.

»Ich habe hier ein Zimmer«, antwortet Heiner ebenso lahm. Er hält ihrem Blick nicht mehr stand und sieht auf den Fußboden. Ullas Anwesenheit haben beide vergessen.

»Warum ausgerechnet hier?« Sophie kann ihre Stimme nur mit Mühe unter Kontrolle halten. Sie zittert erbärmlich. Dabei möchte sie ihn anschreien und kann nicht.

»Ich wusste nicht, dass du hier arbeitest.«

»Was machst du in Horumersiel? Sag jetzt nicht, du machst hier Urlaub.«

Die aufkommende Wut hilft ihr. Sie will auf keinen Fall vor Heiner in Tränen ausbrechen.

Er sieht wieder hoch. Seine Augen sind traurig.

»Nein, keinen Urlaub.«

Er zögert. Sophie denkt, er ist beruflich hier. Sie wird ihm verbieten, im ›Leuchtfeuer‹ zu essen. Sie wird sich umdrehen und wieder zurückgehen. Weitermachen. Was macht den Unterschied? Sie wusste, dass Heiner lebt. Er ist mit seinen Eltern weggezogen. Sie haben die Praxis in Jever aufgegeben. Aufgeben müssen. Wegen all der Geschichten, die sich die Leute erzählt haben. Die immer schlimmer wurden. Dabei hat die Wahrheit durchaus gereicht.

Da sagt Heiner: »Burkhard hat mich angerufen. Er hat mir gesagt, ich habe einen Sohn.«

Sophie macht ihren Mund auf und zu, aber bekommt keinen Ton heraus. Vor ihren Augen beginnen kleine Sterne zu flimmern, die sich immer weiter entfernen, bis alles nur noch schwarz ist.

Sophie merkt nicht mehr, wie sie fällt. Sie merkt auch nicht, wie sie von Heiner aufgefangen wird. Mit Sophie auf dem Arm sieht er fragend die entsetzte Ulla an. »Wohin mit ihr?«

KAPITEL 14

Anne ist auf direkten Weg zurück zur Pension geradelt. Sie hat keine Ruhe mehr für Einkäufe gehabt. Tomkes Wagen steht nicht in der Einfahrt. Hoffentlich auch nicht in der Garage. Anne braucht dringend einen Augenblick zum Überdenken. Und dafür muss sie allein sein. Den Karton zu schnappen und damit wegzuradeln war eine Handlung aus dem Bauch heraus und ist ihr überraschend leichtgefallen. Aber jetzt wird sie eine Entscheidung treffen müssen. Was fängt sie mit den intimen Aufzeichnungen an? Die Beantwortung dieser Frage wird ihr weit schwerer fallen als der spontane Beutezug.

Zum Glück scheint Tomke nicht zu Hause zu sein. Flur und Frühstücksraum sind menschenleer. Die Pension strahlt eine angenehme Ruhe aus. Die muntere Familie Schöne ist ebenfalls unterwegs. Anne huscht die Treppe nach oben und verschanzt sich in ihrem Zimmer. Sie schließt unnötigerweise sogar die Tür hinter sich ab.

Dann holt sie erst den Karton aus der Satteltasche. Sie stellt ihn auf den Beistelltisch am Fenster. Und nun? Anne holt sich ein Glas mit Leitungswasser und trinkt bedächtig Schluck für Schluck. Dabei betrachtet sie den Karton. Die Rosenaufkleber sind unverblasst und wunderschön. Überhaupt ist einmal sehr viel Liebe investiert worden, um eine graue Pappschachtel in eine Schmuckschatulle zu verwandeln. Selbst die Wände hat sie anscheinend stabilisiert, um Briefe und Tagebucheintragungen aufzubewahren. Über zwanzig Jahre nach dem Datum der ersten Eintragung. Und nun wirft sie alles in einem Rutsch weg. Anne zuckt mit den Schultern. Manche Menschen neigen zu radikalen Handlungen, wenn etwas zu Ende ist. Wie ein Ritual, das den Schlussstrich unterstreichen und verstärken soll.

Andere wiederum hüten Andenken aus ihrer Jugendzeit bis ins hohe Alter. Wie Relikte. Sie trennen sich nicht freiwillig von ihnen. Das kann nur der Tod oder wenn sie gezwungen werden, Haus oder Wohnung aufzugeben. Wenn sie nur noch begrenzte Räumlichkeiten haben. Dann müssen meist andere für sie die Entscheidung treffen. Was wird mitgenommen. Was kommt auf direktem Weg in den Müll. So wie bei Frau Hochland, ihre betagte Nachbarin. Anne hat sie manchmal auf eine Tasse Kaffee besucht. Eine Tasse Bohnenkaffee! Frau Hochland hat entschieden zu den Sammlerinnen gehört. Sie hat alles Mögliche und Unmögliche aufgehoben. Servietten und eingepackte Zuckerwürfel, die sie als junges Mädchen von ihren ersten Cafébesuchen mitgebracht hat. Stofftiere und Puppen aus ihrer eigenen Kindheit und der ihrer Tochter. Die Regale gingen bis an die Decke und waren gefüllt mit Büchern, Dosen und Fotografien. Die greise alte Dame wirkte dazwischen deplatziert. Als hätte sie sich in eine Puppenwelt verlaufen. Die Besuche machten Anne immer ein wenig traurig.

Und dann – eines Tages hat sie Frau Hochlands Tochter kennengelernt. Ihre Mutter konnte nach einem Schlaganfall nicht mehr allein wohnen. Seniorenwohnheim. Die Tochter hat zwischen den Heiligtümern ihrer Mutter gestanden und geweint. »Was nehme ich denn davon mit? Meine Mutter kann nicht mehr sprechen. Warum macht sie das mit mir?«

Das hat Anne sehr berührt. Sie hat am gleichen Tag ihre Schränke durchforstet. Sie hat weit weniger Andenken aufgehoben als Frau Hochland. Und doch viel zu viel. Nun wirft Anne immer mal zwischendurch etwas weg. Lisette soll nicht vor dem Berg aus Erinnerungen ihrer Mutter stehen. Sie soll nicht entscheiden müssen, was auf den Müll gehört.

Anne betrachtet den Karton. Sophie hat ihn mit zu ihrem Arbeitsplatz genommen. Warum hat sie ihn nicht von zu Hause entsorgt? Vielleicht hat sie ihn schon länger in ihrem Umkleidespind aufbewahrt. Kann sein, sie hat heute die Entscheidung getroffen. Der Kram soll weg. Ab in den Papiermüll. Aber irgendetwas ist daran eigenartig. Das Gefühl entspringt nicht ihrer Autorenfantasie. Sophie ist zu dem Container gelaufen, als – genau, als mache sie etwas Verbotenes. Das erkennt Anne im Nachhinein ganz klar. Und das Wegwerfen ist ihr schwergefallen.

Aber egal welche Spekulationen Anne nun anstellt, Sophie ist in der Annahme, dass der Karton samt Inhalt längst zusammengepresst zwischen anderem Altpapier im Bauch des Müllwagens liegt. Unwiederbringlich an die Vergangenheit abgegeben. Und Anne hat mit ihrem Eingreifen Sophies Absicht durchkreuzt.

Anne starrt den Karton an. Darf man so etwas? Schon während sie das denkt, weiß sie, dass sie nicht ganz widerstehen kann. Sie drängt das aufkeimende schlechte Gewissen beiseite und hebt den Deckel hoch. Nur ein bisschen lesen. Anne kennt Sophie und auch nicht ihr Umfeld.

Sie wird ihr also kaum mit ihrem Wissen schaden können. Anne greift nach dem Tagebuch, schlägt es auf und beginnt zu lesen.

›Meine liebste Betty,

ich kann vor Aufregung kaum schreiben. Aber bis heute Abend halte ich es nicht aus. Ich muss es dir erzählen. Sonst platze ich.

Wir hatten einen Notfall in der Praxis. Eine Labradorhündin musste mit Kaiserschnitt entbunden werden. Das ist echt gefährlich, und dann ist Hochspannung angesagt. Jeder Handgriff muss sitzen. Frau Buddensieg hat die Narkose gemacht und Heiner und ich haben uns um die Welpen gekümmert. Es waren nur zwei. Ein Schwarzer und ein Hellbrauner. Die sind so süß. Aber dafür hat man in den ersten Minuten keine Zeit. Sie müssen behutsam, aber bestimmt geschüttelt werden, um das Fruchtwasser aus den Lungen zu treiben. Man muss die Kleinen kräftig rubbeln, um den Kreislauf und die Atmung in Schwung zu bringen. Es ist alles gut gegangen. Mutter und Kinder sind wohlauf und gesund.

Danach waren wir alle erleichtert. Das ist so ein heftiges Glücksgefühl, wenn alles gutgegangen ist. Dr. Buddensieg hat eine Flasche Kirschwein aufgemacht. Den haben wir zusammen getrunken. Draußen im Garten. Das war ein Gefühl, als wären wir eine Familie. Und Heiner hat mich immer angeguckt, wenn er geglaubt hat, ich merke es nicht.

Dann hat er mich gefragt, was ich heute Abend mache. Erst wollte ich sagen nichts, aber was würde er dann von mir denken. Deshalb habe ich gesagt, ich gehe heute Abend ins Kino. ›Jenseits von Afrika‹ läuft, und den will ich unbedingt sehen. Das stimmt sogar, und du hattest ja keine Lust auf den Film. Das habe ich ihm nicht gesagt. Er hat gefragt, ob ich mit meinem Freund hingehe. Kicher. Kicher. Nein, habe ich gesagt. Ich gehe allein. Das fand er glaube ich ziemlich erwachsen. Und jetzt kommt es! Er hat mich gefragt, ob er mitkommen könnte. Den Film würde er auch gerne sehen. Wegen der Landschaftsaufnahmen. Kicher. Kicher. Super gerne!!!!!!!!!!!! Das habe ich natürlich nicht gesagt. Ich habe nur völlig lässig genickt. Ich finde das so süß von ihm.

Ich werde ihn fragen, ob wir hinterher ins ›Selznick‹ gehen. Ist ja Freitag. Bitte komm auch. Du musst unbedingt kommen. Das ist mir superwichtig. Du musst ihn kennenlernen.

Ich hab dich lieb, Deine Sophie‹

Liebste Betty,

ich bin so froh und glücklich. Dir gefällt Heiner. Vor deiner Meinung hatte ich einen riesigen Schiss. Du bist immer so streng, was Männer betrifft. Mir ist ein Stein vom Herzen gefallen. Meine beiden liebsten Menschen auf der Welt mögen sich. Wenn es nicht so wäre, ich weiß nicht, was ich tun sollte. Ich wäre sehr traurig. Heiner findet dich total cool. Ich hätte eine tolle Freundin, hat er gesagt. Habe ich auch. Er findet deinen Beruf klasse. Eine Frau, die eine Ausbildung zur Brauerin macht. Und deine Sprüche: Du solltest kein Brauer werden, wenn du

Biergeruch weniger als eine halbe Stunde ertragen kannst oder wenn für dich jedes Bier gleich schmeckt. Heiner hat gesagt, mit so einer Freundin ist unsere Bierversorgung immer gesichert. Unsere!!! Er hat gesagt: unsere!!!

Deine glückselige Sophie

Liebste Betty,

Morgen kommt Heiners bester Freund nach Jever. Burkhard. Sie sind zusammen zur Schule gegangen. Und nun wohnen sie im Studentenwohnheim in Hannover. Aber Burkhard studiert nicht Tiermedizin. Heiner hat gelacht, als ich das gefragt habe. Burkhard wird Ingenieur, irgendwas mit Elektronik. Er hätte auch in Bremen oder Oldenburg studieren können. Aber er wollte zusammen mit Heiner in einer Stadt sein. Ist das nicht süß. Zwei Freunde. Genau, wie wir beide Freundinnen sind. Heiner, Burkhard und ich wollen morgen ins ›Selznick‹ gehen. Du musst unbedingt kommen.

Deine total aufgeregte Sophie‹

Anne muss eine Pause machen. Sie holt sich noch ein Glas Leitungswasser. Dann überschlägt sie ein paar Seiten und liest weiter.

›Liebste Betty,

ich bin so glücklich. Ich bin jetzt mit Heiner richtig zusammen. Also du weißt schon. Wir sind jetzt Mann und Frau. Er ist so lieb und hat gesagt, das zwischen uns, das ist Liebe für immer. Ich möchte niemals einen anderen Mann haben. Ich glaube, seine Eltern ahnen was. Sie sind zu mir noch netter als sonst. So wie zu einer Tochter irgendwie. Und Heiner will meine Eltern kennenlernen. Ich bin so glücklich, und ich möchte, dass du es auch bist.

Jetzt kommt es: Burkhard hat Heiner gestanden, dass er sich in dich verliebt hat. Aber er traut sich nicht, es dir zu zeigen. Du findest ihn doch auch super nett. Ihr redet gerne über Technik und lacht viel zusammen. Stell dir vor, du und Burkhard und ich und Heiner. Wir bleiben für immer zusammen. Wir haben zusammen ein Haus. Ein Doppelhaus und eine Doppelhochzeit. Das wäre so wunderbar.

Ich habe dich lieb, deine Sophie

Meine liebste Sophie,

Burkhard und ich können nur Freunde sein. Ich bin nicht in ihn verliebt. Ich werde auch ohne Doppelhochzeit immer bei dir bleiben. Ich habe dich sehr lieb,

deine Betty‹

Anne lässt das Buch sinken und klappt es zu. Sie kann nicht weiterlesen. Die kindlich ehrlichen Bekenntnisse beschämen Anne. Sie kommt sich vor wie eine Gefühlsdiebin.

Sie betrachtet die säuberlich gebündelten Briefe. Sie sind an Sophie Frerichs adressiert. Anne dreht sie um. Absender Heiner Buddensieg, Hahnestraße, Hannover. Anne legt sie beiseite. Sie wird sie nicht öffnen. Auf keinen Fall! Sie muss sofort aufhören, weiter in Sophies Vergangenheit einzudringen. Entschlossen stellt sie den Karton in den Kleiderschrank. Sie wird ihn später dorthin bringen, wo Sophie ihn längst vermutet.

Anne schließt die Zimmertür auf und geht nach unten. Frische Luft und eine Tasse Kaffee. Das wird ihr guttun. Anne brüht sich einen Pulverkaffee auf und setzt sich damit auf die Terrasse.

Doch Sophies Eintragungen arbeiten in Anne weiter. Sophie muss unglaubliches Vertrauen zu ihrer Freundin gehabt haben. Sie hat ihr fast jeden Tag geschrieben. Während sie von Betty nur eine einzige Eintragung entdeckt hat. Eine äußerst knappe. Aber anscheinend hat sie die von Sophie immer gelesen. Vielleicht war Betty nicht der romantische Typ. Immerhin hat sie eine Ausbildung zur Brauerin gemacht. Nicht mal heutzutage der typische Frauenberuf. Wie Betty wohl aussieht? Sophie ist ein mädchenhafter, zierlicher Typ. Vielleicht war Betty sogar in sie verliebt. Und Sophie hat es nicht bemerkt und ihr ganz unbedarft ihr Herz ausgeschüttet? Über ihre Liebe zu einem Mann. Eine romantische Geschichte. Sie sollte für die Ewigkeit reichen. So hat die junge Sophie es sich gewünscht und sicher auch gefühlt. Hat sie aber nicht. Tomke hat gestern erzählt, Sophie ist geschieden.

Wahrscheinlich hat sie deshalb den letzten Ballast über Bord geschmissen. Weg mit den Überbleibseln aus einer Zeit, die sie loslassen muss.

Die Tagebuchaufzeichnungen wären ein guter Anfang für eine Geschichte. Sophie als Heldin. Anne könnte sich gut in sie hineinversetzen. Nein, hör auf so etwas nur zu denken, beschimpft sich Anne selbst. Wenn du dir selbst keine Plots mehr ausdenken kannst, musst du es bleiben lassen.

Oder eine ehrliche Biografie schreiben. Vielleicht sollte sie Sophie ansprechen? Unsinn. Sie wird nicht über ihre Vergangenheit reden wollen. Sie hat nicht ohne Grund ihr Tagebuch und die Briefe weggeworfen. Das sollte ein Schlussakkord sein. Den muss Anne akzeptieren. Und was würde sie schon erfahren? Eine Liebesgeschichte wie Tausend andere auch. Mit einem romantischen Anfang und einem bitteren Ende.

KAPITEL 15

Tomke hat den Wagen in der Einfahrt stehen lassen. Sie schließt die Haustür auf, lässt ihre Tasche achtlos im Flur stehen und geht in die Küche. Mit einem Glas Wasser kommt sie auf die Terrasse.

»Du bist hier«, sagt Tomke, als sie Anne sieht. Sie sagt das ohne die leiseste Verwunderung. Dabei hat Anne sich nach dem Frühstück ein Fahrrad ausgeliehen und wollte den Tag über unterwegs bleiben. Tomke setzt sich zu ihr und trinkt ihr Wasser.

Anne beäugt sie irritiert von der Seite. Tomke sieht verändert aus. Irgendwie anders als heute Morgen. Es ist nicht ihre Frisur. Sie hat auch noch die gleiche Hose und den Pullover an. Nein, es ist ihr Gesicht. Es wirkt verschwommen und fremd, als hätten sich seine Konturen aufgelöst. Dazu hüllt sie sich in Schweigen, als säße sie allein auf der Terrasse.

»Ist alles in Ordnung mit dir?«, fragt Anne vorsichtig.

Tomke schließt die Augen, hält ihr Gesicht in die Nachmittagssonne und lächelt.

»Kommt drauf an, was man in Ordnung nennt.«

Anne betrachtet sie konsterniert. Wenn sie nicht wüsste, dass Tomke gerade noch Auto gefahren ist, würde sie annehmen, sie wäre völlig high.

»Red nicht in Rätseln. Erzähl.« Anne sagt das ungewohnt streng. Aber sie will wissen, was mit Tomke los ist. Sie hat sich schon am Morgen eigenartig benommen. Jetzt wirkt ihr Verhalten auf Anne beängstigend.

Tomke öffnet die Augen und sieht Anne versonnen an. »Da gibt es nicht viel zu erzählen. Außer: Die unendliche Geschichte geht weiter.«

»Das haben unendliche Geschichten so an sich.«

»Ja, das haben sie wohl«, stimmt Tomke ihr zu. »Glaubst du an unendliche Geschichten? Irgendwann hat man doch das Buch zu Ende gelesen. Oder? Man klappt es zu und lässt es im Regal verstauben. Oder besser, man entsorgt es im Papiermüll.«

»Wie meinst du das? In den Papiermüll?«, fragt Anne verwirrt. Sie spürt, wie ihre Wangen zu brennen beginnen. Spielt Tomke auf ihre unerlaubte Lektüre an? Unsinn. Woher soll sie das wissen? Blödes schlechtes Gewissen.

Tomke stützt die Ellenbogen auf den Gartentisch und legt das Kinn auf ihre Hände ab. Ihr Gesicht sieht dadurch verknautscht aus und wirkt kindlich.

»Ja, wie meine ich das?«, wiederholt sie gedehnt. »Paul und ich, wir haben …«

Sie bricht ab und schweigt. Aber Anne hat verstanden. Der Termin, von dem Tomke gesprochen hat. Sie hat sich mit Paul getroffen. Gestern Abend hat sie noch glaubhaft ihre Argumente gegen ein Treffen vorgebracht. Ihre Standhaftigkeit hat nicht lange gehalten. Nun kann Anne Tomkes Gesichtsausdruck richtig interpretieren. Es wirkt sehr verletzlich. Tomke hat mit Paul geschlafen. Anne wünscht ihr, dass es schön war. Und nicht so deprimierend wie ihre verkrampften Wiederbelebungsversuche in Amsterdam.

»Und bereust du es?«, fragt Anne weich.

»Noch nicht.«

»Dann war es schön für dich.«

Tomke nickt und schließt die Augen. »Ja, das war es.«

Paul hat in dem Gasthaus auf sie gewartet. Er hat am Fenster gesessen. Tomke hat ihn sofort gesehen. Der Tisch war schon für den Mittag eingedeckt. Sie hatten beide keinen Hunger. Sie haben dagesessen und wussten nicht wohin mit ihren Blicken. Bis sie sich begegneten. Da kamen sie nicht mehr voneinander los. Sie konnten kein Wort sagen. Sie haben sich nur angestarrt. Tomke kann sich nicht erinnern, ob zwischenzeitlich eine Bedienung zu ihnen an den Tisch gekommen ist.

Dann, ohne ein Wort zu sagen, ohne den Blick voneinander zu lösen, sind sie gleichzeitig aufgestanden. Wie in Trance sind sie zum Treppenhaus gegangen. Erst langsam, dann sind sie gerannt. Sie haben keinen Gedanken darüber verschwendet, wie sie auf andere wirken mussten.

»Ja, es war schön«, sagt Tomke noch einmal.

»Und nun? Wie soll es mit euch weitergehen?« Anne könnte sich ohrfeigen. Aber nun sind diese dämlichen Fragen draußen. Besser kann man keine Stimmung zerstören. Tomke wird früh genug landen.

Aber die reagiert gelassen. Sie setzt sich gerade hin, bläst ihre Wangen mit Luft auf und pustet sie heftig wieder aus. »Das ist eine gute Frage. Die Antwort lautet: Ich habe keine Ahnung.«

Tomkes Augen bekommen übergangslos einen traurigen Ausdruck. Anne legt liebevoll eine Hand auf Tomkes Arm.

»Die Antwort ist unwichtig. Euer Zusammensein heute, das kann dir niemand mehr nehmen.«

»Ach ja, den Augenblick leben. Das ist schon richtig. Aber ehrlich gesagt, den habe ich lange genug mit Paul gelebt. Und zwar ausschließlich.«

Tomke legt ihre Hand auf Annes und drückt sie liebevoll. »Nun mach dir keine unnötigen Sorgen. Ich bin gerade ziemlich gefühlsduselig. Aber ich krieg mich wieder ein. Allerdings weiß ich eins: Wenn sich die Gelegenheit bietet, werde ich mich wieder mit ihm treffen. Egal was ich jetzt rede und verspreche. Ich befürchte, ich bin paulsüchtig. Weißt du, das erinnert mich an Torben, als er sich das Rauchen abgewöhnt hat. Er hat fast ein Jahr lang nicht geraucht und dachte, er ist für alle Zeiten damit durch, hat sich so überlegen gefühlt, dass er sich auf einer Feier eine Zigarette geschnorrt hat. Torben dachte, das ist eine besondere Feier und da kann man sich das leisten. Eine Ausnahme. Die Gelegenheit würde nicht so schnell wieder kommen. Sie kam wieder. Schneller, als er angenommen hat, denn er hat ja drauf gewartet. Trotzdem hat er sich weiterhin als Gelegenheitsraucher verstanden. Er ist nicht nikotinabhängig. Da hat er Wert draufgelegt. Bis er gemerkt hat, er hat nicht mehr auf die Gelegenheiten gewartet. Er hat sie sich gesucht und sich endlich eingestanden: Ich bin wieder ein Raucher.«

Tomke sieht Anne mit flammenden Augen an. »Ich will nicht wieder seine Dauergeliebte werden. Torben hätte was drum gegeben, wenn die Zigarette nach einem Jahr nicht geschmeckt hätte, und für mich wäre Frust im Bett mit Paul auch heilsam gewesen.«

Tomke steht auf. »Ich brauche eine Tasse Tee. Und dann lass uns von etwas anderem reden. Okay?«

Tomke geht in die Küche und setzt Teewasser auf. Noch kann sie Pauls Zärtlichkeiten auf ihrer Haut spüren. Die will sie nicht weiter zerreden. Das Gefühl wird sich früh genug in Luft auflösen. Sie lehnt sich an den Fensterrahmen und versucht nicht zu denken. Nur zu fühlen.

Mit einem Pott Tee in der Hand geht sie zurück zu Anne.

»Warum sitzt du eigentlich auf der Terrasse und bist nicht unterwegs am Meer? Die Zeit vor dem Sonnenuntergang muss man nutzen. An den frühen Abenden erkennt man die Jahreszeit. Wenigstens etwas Zuverlässiges.«

Anne setzt sich unwillkürlich gerade hin. »Mir ist was komplett Verrücktes passiert oder besser gesagt, ich habe etwas Verrücktes getan.«

»Das hört sich spannend an.«

»Spannend schon, aber nicht ganz legitim.«

»Das wird immer interessanter«, lächelt Tomke.

»Ich habe einen Karton mit Briefen und einem Tagebuch an mich genommen.«

Tomke sieht sie überrascht an. Das hätte sie Anne nicht zugetraut.

»Wie an dich genommen? Du hast ihn …?«

»Nein, nicht wirklich gestohlen. Ich habe ihn aus dem Altpapiercontainer gefischt.«

»Was die Menschen so wegwerfen. Ich habe auch viel entsorgt. Du hast keine Ahnung, wie es früher hier in der Pension aussah. Aber ein Tagebuch. Wer wirft denn so was weg?«

Anne lächelt erleichtert. Das ist typisch Tomke. Sie empört sich nicht darüber, dass Anne unerlaubt zugegriffen hat. Ihre Verwunderung gilt der Tatsache, dass so etwas überhaupt weggeworfen wird.

»Ja, das lag im Papiercontainer. Und ich weiß sogar, wer es dort reingeworfen hat. Die Frau, der wir gestern am Meer begegnet sind.«

»Sophie?«

Anne nickt. Sophie. Der Name erscheint ihr so vertraut. Das unangemessene Gefühl macht ihr deutlich: Sie hat in dem Tagebuch einer fremden Frau herumgeschnüffelt.

»Ja, Sophie. Sie hat ihn in den Container geworfen, der vor dem Restaurant ›Leuchtfeuer‹ stand. Der wurde kurz danach geleert. Aber vorher – das war keine Absicht von mir – habe ich ihn entdeckt und konnte nicht widerstehen.«

Tomke zuckt mit den Schultern.

»Das sind wohl Erinnerungen an ihre Ehejahre. Sophie wird einen Schlussstrich ziehen wollen. Das wird auch Zeit. Sie ist seit fast zwei Jahren geschieden. Torben ist mit Ben, Sophies Sohn, befreundet. Sie singen zusammen im Shantychor.«

Tomke macht kurz eine Pause und überlegt, was sie sagen wollte.

»Jedenfalls hat Torben erzählt, dass Ben sich Sorgen um seine Mutter macht. Er studiert in Oldenburg, aber kommt, so oft er kann, nach Hause. Nicht nur wegen der Chorproben. Er mag Sophie wohl nicht gern allein lassen. Sie hat zwar eine Stelle im ›Leuchtfeuer‹ bekommen, aber sonst unternimmt sie so gut wie nichts in ihrer Freizeit, hockt nur zu Hause rum. Deshalb denke ich, das ist eine gute Aktion von ihr mit dem Wegwerfen. Sie muss weitergehen. Burkhard lebt auch sein Leben. Der will in Kanada beruflich neu anfangen.«

»Burkhard?«, fragt Anne irritiert.

»Ja, so heißt ihr Exmann. Burkhard Regensdorf.«

»Dann sind die Aufzeichnungen nicht über ihre Ehe. Die Briefe sind alle von einem Heiner Buddensieg, und das Tagebuch hat Sophie geschrieben, da war sie ein ganz junges Mädchen. Sie war in Heiner verliebt. Burkhard war Heiners bester Freund.«

Anne verstummt erschrocken. Sie hat gerade verraten, dass sie längst mehr als eine Seite gelesen hat. Was wird Tomke jetzt denken?

»Heiner?«, fragt die interessiert nach.

»Ja«, antwortet Anne einsilbig, aber Tomke ist hellhörig geworden und überlegt laut weiter.

»Komisch«, sagt sie. »Ich habe immer gedacht, Sophie und Burkhard wären schon als Kinder zusammen gewesen. Sie haben beinahe wie Geschwister gewirkt. Aber im Grunde weiß ich nicht viel von ihnen. Die beiden sind nach St. Joostergroden gezogen, als Sophie schwanger war. Sie haben ein Haus unten am Tief gekauft. Kann ich dir mal zeigen. Ist ein schönes Eckchen. Jetzt wohnt sie in Schillig. Und ich sehe Sophie auf den Konzerten vom Shantychor. Die Jungens sind dick befreundet. Obwohl Ben neun Jahre jünger ist.«

Anne verschränkt die Arme vor der Brust. Das Gespräch nimmt eine Richtung, die ihr unangenehm ist. Anscheinend hat hier niemand etwas von Heiner gewusst. Dafür wird Sophie ihre Gründe gehabt haben. Sie sieht Tomke eindringlich an.

»Sophies Jugendliebe bleibt unter uns, nicht wahr?«

Tomke reißt mit Unschuldsblick die Augen auf.

»Wie unter uns? Ich wollte gleich beim ›Jeverschen Wochenblatt‹ und auch bei der NWZ anrufen. Die sind besonders an Sophie Regensdorfs Vergangenheit interessiert.«

Anne senkt verlegen den Blick. Sie hat Tomke verärgert.

»Entschuldigung. Das hätte ich mir sparen können. Aber ich habe gerade ein schlechtes Gewissen. Ich hätte den Karton nicht an mich nehmen dürfen. Ich habe Sophies Entscheidung nicht respektiert und sogar in dem Tagebuch gelesen. Aber wirklich nur ein paar Seiten. Die Briefe habe ich nicht angerührt«, erklärt Anne hastig.

»Und was willst du jetzt mit dem Zeugs anfangen?«, fragt Tomke versöhnlich.

»Ich werde auf keinen Fall weiterlesen«, sagt Anne mit fester Stimme.

»Gute Entscheidung. Das würde ich auch nicht machen. Das wäre Sophie mit Sicherheit nicht recht. Was heißt nicht recht. Das wäre ihr mehr als peinlich. Sie trägt ihr Herz nicht gerade auf der Zunge. Also vergessen wir die Geschichte um eine Jugendliebe. Ist ja auch lange her. Und der Karton kommt auf dem schnellsten Weg in den Papiermüll.«

»Ja. So machen wir das.«

Anne fühlt sich erleichtert. Tomkes Worte sind wie das Zünglein an der Waage. Der Zeiger schlägt nun eindeutig zum Wegwerfen aus.

»Aber dieses Mal sorgen wir dafür, dass es nicht der nächste Neugierige rausfischen kann. Hast du einen Reißwolf?«, fragt Anne.

Tomke schüttelt den Kopf.

»Dann lasse ich den Karton erst mal auf meinem Zimmer. Heute wurden die Papiercontainer geleert. Warten wir ab, bis sie halb voll sind. Hast du schon was gegessen?«

»Nein«, meint Tomke und steht auf. »Aber ich muss nach Horumersiel reinfahren, ein Paket abholen. Es lag ein Benachrichtigungszettel im Briefkasten, weil der Paketbote mich heute Vormittag verpasst hat. Du kannst gern mitkommen und wir kaufen uns was zum Schnabulieren.«

KAPITEL 16

Die Deichstraße ist auf Höhe der Pension beschaulich und ruhig. Dann verlässt die Straßenführung den Deich und gleichzeitig die Idylle. Der Kurort ist durch die milde Witterung gut besucht. Die Touristen sitzen in der Herbstsonne vor einem Bier oder Eisbecher. Radfahrer und übermütig gelenkte Tretmobile fordern Tomkes Konzentration am Steuer. Das ist ihr ganz recht. Das bunte Treiben beruhigt sie. Genau wie Annes Gesellschaft. Sie lässt Tomke nach und nach wieder auf der Erde landen. Das Rendezvous mit Paul beginnt, seine Magie über sie zu verlieren.

Auf dem Markplatz ist es am lebhaftesten. Trotzdem hat Tomke Glück. Sie ergattert eine Lücke auf dem kleinen Parkplatz. Die Postagentur befindet sich gleich im Eingangsbereich des kleinen Supermarktes.

»Wollen wir uns was von der Salattheke holen?«, fragt Tomke. »Hier ist es frisch und echt lecker.«

Anne zögert. Nur Salat? Sie hat Appetit auf ein richtiges Essen.

»Hast du es sehr eilig, nach Hause zu kommen?«

»Nein, die Kinder schreien nicht mehr und ich bin für ein bisschen Ablenkung ganz dankbar. Möchtest du lieber essen gehen?«

»Ja, wo wir gerade zu zweit unterwegs sind. Allein macht das nicht so viel Spaß.«

Tomke verstaut das Paket im Auto. »Gut, wo willst du hin?«

Anne dreht sich im Kreis. »Ich habe eine Ahnung.«

Die beiden Frauen schlendern los. Es dämmert bereits. Auf der Terrasse vom ›Leuchtfeuer‹ sitzen Gäste. Die Windlichter auf den Tischen sind angezündet. Wenn man das Datum nicht wüsste, würde man auf einen milden Sommerabend tippen. Spätabends. Aber es ist erst kurz nach sechs und Mitte Oktober.

»Wollen wir hier essen?«, fragt Anne.

Tomke sieht sie aufmerksam an. »Dir ist schon klar, wer hier arbeitet, oder?«

Annes Augenlider beginnen, unter Tomkes prüfenden Blick zu flattern. Sicher weiß sie, wer hier arbeitet. Sophie.

»Ja, weiß ich«, antwortet sie ehrlich. Es wäre albern gewesen, wenn sie Tomke etwas von dem idyllischen Ambiente vorgefaselt hätte. Sie kann ihr sowieso nichts vormachen.

»Du willst ihr aber nicht erzählen, dass du den Karton gekapert hast?«

Tomke betrachtet Anne weiterhin stirnrunzelnd.

»Nein, das wäre …«

»Ziemlich dösbaddelig«, vollendet Tomke den Satz. »Ich glaube nämlich nicht, dass Sophie dir dafür einen Finderlohn zahlt.«

»Glaube ich auch nicht.«

Tomke rührt sich nicht vom Fleck. Sie möchte verstehen, warum Anne es darauf anlegt, Sophie über den Weg zu laufen.

»Willst du über Sophie einen Roman schreiben?«

»Nein«, wehrt Anne die Vermutung entschieden ab. »Es ist nur ein – eine Anziehungskraft, die kann ich nicht erklären. Ihre Tagebucheintragungen haben mich berührt. Es ist eine Neugier auf einen Menschen, der mich irgendwie fasziniert. Aber ich werde es nicht beruflich nutzen.«

Tomkes Stirn glättet sich. »Na gut, gehen wir ins ›Leuchtfeuer‹. Es könnte allerdings für dich eine Enttäuschung werden. Sophie wird längst Feierabend haben, wenn du sie hier schon am Vormittag gesehen hast.«

»Hauptsache, die Küche ist gut«, sagt Anne erleichtert, dass Tomke sie aus der Fragestunde entlassen hat.

»In dem Punkt kann ich dich beruhigen. Die Küche ist lecker. Wo wollen wir sitzen? Draußen oder drinnen?«

»Draußen. Drinnen müssen wir den ganzen Winter über sitzen.«

Tomke nickt beifällig. Sie gehen auf die Terrasse und suchen sich einen Tisch. Eine junge Kellnerin, die Tomke noch nie gesehen hat, serviert am Nebentisch etwas Dampfendes in Einweckgläsern.

»Was ist das denn?«, fragt Anne.

»Friesische Birnensuppe. In den Schälchen daneben sind Sahne und Speckwürfel. Schmeckt oberlecker. Ich habe die Suppe noch nie so hingekriegt. Thorsten, das ist hier der Koch, habe ich mal nach dem Rezept gefragt. Was ist alles in der Suppe? Birnen, hat er geantwortet.«

Tomke lacht. »Birnen. Wäre ich nicht draufgekommen, dass die in einer Birnensuppe sind.«

Die Kellnerin wendet sich ihnen zu.

»Moin. Möchten Sie die Speisekarte?«

»Ja, bitte«, sagt Tomke.

»Möchten Sie schon ein Getränk bestellen?«

Tomke würde liebend gerne ein Bier trinken. Aber sie hat das Auto am Marktplatz stehen.

Anne versteht ihr Zögern richtig und ordert zwei Mineralwasser.

Die Kellnerin verschwindet in der Gaststube. Anne macht einen langen Hals, aber Sophie ist nicht zu entdecken. Anscheinend hat sie wirklich Feierabend. Anne fühlt zu ihrem eigenen Erstaunen darüber eine leise Enttäuschung. Sie konzentriert ihre Aufmerksamkeit auf das kulinarische Angebot.

Ihre Getränke und die Speisekarten werden gebracht. Aber nicht von der Kellnerin, sondern von Imke Krar selbst.

»Moin, Imke«, sagt Tomke. »Dann werden wir mal bei der Chefin höchstpersönlich bestellen.«

»Moin, Tomke. Habt ihr euch schon entschieden?«

»Kleinen Moment, ich bin noch unentschlossen.«

Tomke nimmt die Speisekarte, aber Imke geht nicht weg. Sie bleibt unschlüssig am Tisch stehen.

»Du bist doch mit Sophie ganz gut bekannt?«, sagt sie schließlich.

Tomke und Anne wechseln einen wachsamen Blick.

»Na ja, was heißt gut. Wir kennen uns über die Jungens.«

Imke nickt. »Ben haben wir schon versucht anzurufen. Aber der ist nicht zu Hause.«

»Wieso wolltet ihr ihn erreichen? Ist was passiert?«

Tomke legt die Speisekarte beiseite.

Imke atmet tief durch und beugt sich weiter zu ihnen herunter.

»Ich weiß es nicht genau. Sophie ist heute drüben im Hotel in Ohnmacht gefallen. Ulla war dabei. Zum Glück. Wir haben gleich Silke Hansen in der Praxis angerufen. Sie ist gekommen. Konnte aber nichts feststellen. Sophie soll sich ausruhen. Aber …«, Imke zögert abermals. »Irgendwas stimmt mit Sophie nicht. Sie ist völlig durch den Wind. Silke meint, ein Schock könnte der Grund für die Ohnmacht gewesen sein. Aber aus Sophie ist kein Wort herauszukriegen. Und Ulla schweigt sich aus. Sie hat angeblich keine Ahnung. Sag mal, Tomke, könntest du sie nach dem Essen nach Hause fahren? Silke hat ihr was Leichtes zur Beruhigung gegeben. Ich möchte sie nicht allein fahren lassen. Aber ich kann hier beim besten Willen nicht weg. Ausgerechnet heute hat Jörg frei. Ich arbeite allein mit einer Aushilfe.«

Imke richtet sich auf und lächelt gewinnend.

»Aber jetzt guckt erst mal, was ihr essen wollt. In aller Ruhe. Sophie schläft bei mir im Büro auf dem Sofa.«

Mir ist gerade der Appetit vergangen. Um ein Haar wären Anne die Worte herausgerutscht. Sophie hat einen Schock. Sie ist in Ohnmacht gefallen. Das ist alles, was Anne denken kann. Hat sie Anne beobachtet? Vielleicht konnte sie nicht so schnell nach draußen laufen, um den Diebstahl zu verhindern. Sie musste mit ansehen, wie eine fremde Frau mit ihren intimen Aufzeichnungen wegradelt. Und da ist ihr Kreislauf kollabiert. Du meine Güte. Was hat sie mit ihrer Einmischung angerichtet?

Tomke wirft einen besorgten Blick auf Anne. Die ist leichenblass geworden. Tomke braucht nur bis zwei zu zählen, um zu wissen, was in ihr vorgeht. Sie gibt Imke die Speisekarten zurück.

»Wir wollten nur eben was trinken«, sagt Tomke. »Das ist wohl falsch rübergekommen. Ich fahre Sophie gern nach Hause.«

Imke schaut sie skeptisch an. »Aber jetzt nicht, weil ich dir das erzählt habe. Das wäre mir nicht recht. Habt ihr wirklich keinen Hunger?«

»Nein. Kannst du glauben. Und ich bringe Sophie gern nach Hause«, betont Tomke.

»Danke. Getränke gehen aufs Haus«, sagt Imke erleichtert. Dann wird ihre Aufmerksamkeit von einer Gruppe neuer Gäste in Anspruch genommen, die die Terrasse stürmen.

KAPITEL 17

Sophie liegt zusammengekauert wie ein kleines Kind auf dem Sofa. Sie scheint fest zu schlafen. Tomke beugt sich zu ihr herunter und streichelt sanft über ihren Rücken. Anne ist im Türrahmen stehen geblieben.

Sophie öffnet langsam die Augen. »Tomke«, murmelt sie verwundert. »Was machst du denn hier?«

»Komm, steh auf. Ich fahre dich nach Hause.«

Sophie richtet sich verschlafen auf. Ihr Blick trifft Anne und bleibt an ihr hängen. Die muss sich zusammenreißen, um nicht auf der Stelle die Flucht zu ergreifen. »Hallo«, sagt sie heiser.

Sophie nickt nur und rappelt sich langsam hoch.

»Was machst du denn für Sachen?«, fragt Tomke mütterlich. »Hast du eine Jacke dabei?«

Sophie weist auf den Stuhl. Dort steht auch ihre Satteltasche.

Tomke schnappt die Tasche und reicht sie Anne. Dann nimmt sie die Jacke und hilft Sophie beim Anziehen.

»Das ist total lieb«, nuschelt Sophie. Ihre Augen suchen Anne. Sie sehen sie geradezu liebevoll an.

Sie weiß nicht, dass ich den Karton habe, beruhigt sich Anne. Sonst würde sie mich anders ansehen. Sie ist aus einem anderen Grund in Ohnmacht gefallen.

Sophie kommt bei den ersten Schritten ins Schwanken. Beherzt geht Anne auf sie zu und hält sie am Oberkörper fest. Sie umfasst ihren Arm und führt Sophie nach draußen.

Es ist mittlerweile dunkel geworden. Auf dem Marktplatz begegnen ihnen nur wenige Menschen. Die meisten Gäste zieht es zu dieser Uhrzeit in die Restaurants zum Abendessen.

Die drei Frauen gehen schweigend nebeneinander zum Parkplatz. Ein bemerkenswertes Trio. Rechts Anne. Groß und schlank. Ihre langen Locken wehen im Abendwind. In der Mitte Sophie. Fast zwei Köpfe kleiner. Daneben Tomke, die wieder einen Kopf größer ist als Sophie. Ihr rotgetöntes Haar und das leuchtend grüne Oberteil glänzen im Licht der Straßenlaterne.

Was für ein verdrehter Tag, denkt Tomke. Erst Paul. Der wird längst wieder zu Hause sein. Vielleicht isst er gerade mit seiner Frau Abendbrot. Lass es! Das wusstest du! Diese selbstzerfleischenden Gedanken kann sie nicht gebrauchen. Sie schaut zu Anne, die ungewöhnlich ernst aussieht. Und Sophie, die hat ihren Kopf wie ein kleiner Vogel im Gefieder, zwischen ihren Schultern versteckt. Warum ist sie in Ohnmacht gefallen? Und warum hat sie ausgerechnet am Arbeitsplatz alte Liebesbriefe weggeworfen?

Sophie lässt sich wie ein braves Mädchen auf den Rücksitz verfrachten. Anne setzt sich zu Tomke nach vorne. Noch immer spricht keine von ihnen ein Wort. Anne grübelt fieberhaft, aber ihr fällt nichts ansatzweise Gescheites ein, um die trübe Stimmung aufzuheitern.

Tomke wendet den Wagen und fährt die Goldstraße entlang aus dem Ort. An der Kreuzung biegt sie Richtung Schillig ab. Sie haben gerade links den Supermarkt passiert, als Sophie ruft: »Ich kann nicht nach Hause!«

Ihre Stimme klingt schrill im Wagen nach. Anne stößt

vor Schreck einen spitzen Schrei aus. Tomke bremst spontan. Zum Glück ist kein Wagen hinter ihnen. Sie hält am Straßenrand und macht die Warnblinkanlage an.

»Tut mir leid, aber ich kann wirklich nicht nach Hause«, wiederholt Sophie ihre Worte eine Oktave angenehmer.

Tomke dreht sich auf dem Sitz um und sieht sie besorgt an.

»Warum kannst du nicht nach Hause? Was ist denn passiert?«

»Das kann ich nicht erklären. Tut mir wirklich leid, aber das kann ich nicht. Ben wird auch Erklärungen verlangen, und wer weiß«, Sophie schluckt ein paar Mal hart, »wer weiß, was man ihm in der Zwischenzeit erzählt hat. Ich muss mich auf die Antworten vorbereiten. Ich brauche Zeit. Kann ich eine Nacht bei dir schlafen?«

Tomke ist nicht in der Lage zu antworten. Sie hat mit einigem gerechnet, aber nicht damit.

»Das ist eine ziemlich ungewöhnliche Bitte. Das ist mir klar«, stammelt Sophie und starrt an Tomke vorbei auf die Nackenstütze vom Vordersitz.

»Eher nicht«, antwortet Tomke trocken. »Die Bitte kommt mir irgendwie bekannt vor.«

Sie muss an Dörte denken. Die hat mit der gleichen Bitte vor einem Monat bei ihr vor der Tür gestanden. Und das nach acht Jahren Sendepause. Dörte hat ihr vorgejammert, sie hätte einen Marder im Dach und könnte wegen des Lärms nicht schlafen. Sie war fix und fertig mit den Nerven. Aber daran war nicht der Marder schuld. Das war eine Notlüge, um bei Tomke unterzukommen. Dörte hat verzweifelt eine Möglichkeit gesucht, um sich bei Tomke auszusprechen. Über ihre wahren Probleme.

Und die waren nicht von schlechten Eltern. Vor welchen Gespenstern läuft Sophie davon, und warum sucht sie bei Tomke Unterschlupf?

»Und? Darf ich?«, fragt Sophie. Sie kann Tomkes Schweigen nicht mehr aushalten. »Nur für eine Nacht? Sonst miete ich mich woanders ein. Egal. Nur nicht nach Hause.«

»Woanders einmieten?« Tomke plustert sich gekünstelt auf. »So weit kommt es noch. Das passt schon. Die Pension ist zwar belegt, aber in der kleinen Stube kannst du gerne schlafen. Für eine Nacht.«

Tomke hört sich die Worte sagen. Das fühlt sich wie eine Wiederholung an. Die ähnliche Situation, die gleichen Worte. Tomke schüttelt das wattige Gefühl ab und fährt rechts ab in die Deichstraße.

Familie Schöne ist längst in der Pension. Sie sind auf ihren Zimmern in der ersten Etage. Es knallt ein Würfelbecher auf die Tischplatte. Gefolgt von lautem Lachen. Die Geräusche wirken angenehm beruhigend. Sie sind fern jeder Dramatik, die sich um Sophies Geschichte spinnt. Tomke zeigt Sophie die kleine Stube.

»Setz dich zu ihr«, flüstert sie Anne zu. »Ich koche uns einen Tee und schmiere ein paar Schnittchen.«

Sophie bleibt unschlüssig mitten im Zimmer stehen.

»Setzen Sie sich doch«, sagt Anne und lächelt unbeholfen. »Tomke kocht immer Tee, wenn es brenzlig wird.«

Am liebsten hätte sie sich auf die Zunge gebissen und das Wort brenzlig gestrichen. Wie blöde kann man sein und die Peinlichkeit der Situation verstärken? Sophie antwortet nicht. Sie setzt sich vorsichtig auf das Sofa. So vorsichtig, als wollte sie keinen Abdruck auf dem Polster hinterlassen. Anne setzt sich auf den Schreibtischstuhl. Sie betrachtet eingehend ihre Hände.

In der kleinen Stube hat sie im April mit Tomke und Monika gesessen. Sie haben die halbe Nacht an einem Plan gebrütet, wie sie Monikas Ehe retten könnten. Die hat ihr Mann durch sein fehlendes Vertrauen fast zerstört. Er hatte einen Privatdetektiv auf seine Frau angesetzt. Dafür sollte er nun leiden, hatten sie beschlossen. Aber ihr fein ausgetüfteltes Rachekomplott wäre beinahe nach hinten losgegangen, und Monika hätte statt Honeymoon eine Beerdigung erlebt.

»Sie sehen einer – einer alten Freundin von mir sehr ähnlich«, sagt Sophie schüchtern in die Stille hinein. »Sie hieß Betty«, fügt sie leise hinzu. »Sie ist tot.«

Betty ist tot. Anne muss sich zusammenreißen. Sie darf sich nicht anmerken lassen, dass sie den Namen kennt. Sophies Jugendfreundin. Gestorben.

»Deshalb geht es Ihnen so schlecht«, sagt sie mitfühlend. Nun kann Anne nachvollziehen, warum sie das Tagebuch in den Container geworfen hat. Das war ein Ausdruck ihrer Trauer um die Freundin.

Sophie sieht Anne irritiert an, als mache es ihr Mühe, den Sinn der Worte zu verstehen. Dann schüttelt sie traurig den Kopf.

»Nein, nicht deshalb. Betty ist schon lange tot. Sehr lange. Seit mehr als zwanzig Jahren.«

Seit zwanzig Jahren tot. Anne sucht nach einer Antwort und findet keine. Zum Glück kommt Tomke zu ihnen in die Stube. Sie trägt ein Tablett mit Tassen, Teekanne und einem Teller mundgerechter Schnittchen. Wie immer gießt sie den Tee für jeden Gast ein und verteilt die Tassen. Als sie Anne eine reicht, schüttelt Tomke den Kopf.

»Ich bin wohl ein bisschen tüdelig. Gebe ich dir Tee. Dabei bist du Kaffeetrinkerin. Ich brühe dir schnell einen auf.«

»Nein, schon gut«, sagt Anne und nimmt die angereichte Tasse in Empfang. »Ich trinke auch Tee. Ist um diese Uhrzeit magenbekömmlicher.«

Sie verschweigt den wahren Grund. Sie möchte nicht, dass Tomke in die Küche geht und sie wieder mit Sophie allein lässt. Sie trinken schweigend ihren Tee. Appetit hat keine von ihnen.

Tomke und Anne wechseln einen Blick miteinander. Sie denken scheinbar das Gleiche, denn sie stehen beide auf.

»Du wolltest zur Ruhe kommen und nachdenken«, sagt Tomke. »Und wir hocken uns hier mit hin, als wärst du auf Visite. Ich leg dir Bettzeug und Schlafsachen raus. Anne und ich gehen in die Küche. Kannst jederzeit zu uns kommen, wenn du magst.«

»Ich glaube, Burkhard ist verrückt geworden«, sagt Sophie, ohne auf Tomkes Vorschlag einzugehen.

Tomke setzt sich wieder hin.

»Wieso? Will er dich noch einmal heiraten?«

Verdenken könnte sie das Burkhard nicht. Sie hat nie verstanden, wie er eine Frau wie Sophie aufgeben konnte. Aber warum ist Sophie dann so verwirrt? Ihr fällt wieder ein, was ihr Torben am Morgen erzählt hat.

»Meinst du, weil Burkhard nach Kanada auswandern will? Möchte er dich mitnehmen? Das ist natürlich keine leichte Entscheidung.«

Sophie schaut verwundert hoch. »Das weißt du schon?«

Tomke zuckt mit den Schultern.

»Die Jungens haben miteinander telefoniert. Und heute Morgen war Torben kurz hier. Da hat er es erzählt.«

Über Sophies Gesicht huscht für einen Bruchteil einer Sekunde so etwas wie ein Lächeln.

»Schön, dass Ben und Torben sich so gut verstehen.«

Sie atmet tief durch.

»Nein, Burkhard will mich nicht noch einmal heiraten. Und dass er in Kanada noch einmal richtig durchstarten will, ja, das war eine Überraschung. Aber es freut mich. Wirklich. Er – er hatte nicht so viel Glück mit mir.«

Tomke schaut betroffen in ihren Teepott. Die Ehe war nicht glücklich. Das hat sie sich gedacht. Man lässt sich nicht umsonst scheiden. Aber sie hatte immer angenommen, dass eher Sophie wenig Glück mit Burkhard gehabt hat. Schließlich ist er fremdgegangen.

»Und warum glaubst du, ist er verrückt geworden?« Die Frage kann Tomke sich nicht verkneifen.

Sophies Augen weiten sich. Sie sieht aus wie ein aufgeschrecktes Reh. Diesen Blick, der sie verletzlich aussehen lässt und Beschützerinstinkte auslöst, kann Tomke nicht gut leiden. Aber bei Sophie wirkt er absichtslos und echt.

»Er hat mir gestern, sozusagen zum Abschied, einen Karton vorbeigebracht. In dem sind Briefe von einer Zeit vor unserer Ehe. Von einem Mann, den ich vergessen wollte. Das war auch in Burkhards Sinn. Wir haben all die Jahre kein Wort über ihn verloren. Und gestern bringt er mir den Karton ins Haus.«

Anne spürt, wie ihr Gesicht zu brennen beginnt. Sie ist dankbar, dass Tomke das Gespräch führt und Sophie ihr keine Aufmerksamkeit schenkt.

»Und Burkhard hat deine Liebesbriefe aufgehoben?«, fragt Tomke verwundert.

»Das ist ja das Verrückte. Ich war der festen Ansicht, sie wären längst entsorgt. Verbrannt oder was weiß ich. Aber Burkhard hat sie in unserem Keller versteckt gehalten. Die ganzen Jahre über.«

»Das ist schon eigenartig«, gibt Tomke zu. »Aber alles muss man ja nicht verstehen.«

»Alles verstehen. Das ist lange noch nicht alles. Heute …«, Sophie muss wieder heftig schlucken. »Heute Vormittag steht plötzlich Heiner vor mir. Er hat sich im ›Leuchtfeuer‹ eingemietet.«

»Heiner«, wiederholt Tomke langsam. Den Namen hat sie heute schon einmal gehört. Sie schielt zu Anne rüber. Die steht noch immer. Leicht an den Schreibtisch gelehnt, als brauche sie Halt. Und sie hat ein Gesicht wie ein Feuermelder. Tomke konzentriert sich auf Sophie, um ihre Aufmerksamkeit nicht auf Anne zu lenken.

»Heiner ist wer?«, fragt sie scheinheilig.

»Meine – Jugendliebe«, antwortet Sophie zurückhaltend.

»Und die Begegnung mit ihm hat dich so mitgenommen, dass du …«

»Ja, ich bin zusammengebrochen«, beendet Sophie den Satz überraschend heftig. »Aber nicht, weil ich ihn noch liebe. Im Gegenteil! Heiner hat mein Leben zerstört!«

Sophie springt auf, als wolle sie davonlaufen. Mitten im Zimmer bleibt sie hilflos stehen. Ohne nachzudenken, folgt Anne ihrem Bauchgefühl. Sie geht auf Sophie zu und legt einen Arm um ihre Schulter und zieht sie sanft an sich. Tomke hält den Atem an. Hoffentlich treibt das Sophie nicht in die Flucht. Sie staunt, denn Sophie lässt die Umarmung zu. Anne führt sie behutsam zum Sofa zurück.

Er hat ihr Leben zerstört, denkt Tomke. Das scheint mehr als der übliche Liebeskummer gewesen zu sein, der ein paar romantische Illusionen raubt. Trotzdem. Ein Leben zerstört, das hört sich mächtig dramatisch an. Sophie war sehr jung, als sie mit Burkhard ins Wangerland gezogen ist. Keine zwanzig, wenn Tomke sich richtig erinnert. Aber Sophie ist in Ohnmacht gefallen, nur weil sie diesen Mann wiedergesehen hat. Da muss sie einen ziemlichen Brocken nicht verarbeitet haben.

»Ich weiß nicht, was zwischen dir und diesem Mann war. Aber du solltest über deine Ängste reden. Es bringt Ordnung in ein Gefühlschaos, wenn man zurück an den Anfang geht. Manchmal ist dann alles nur noch halb so schlimm. Oder es löst sich ganz auf. Wenn man nur in seinem eigenen Quark rührt, denkt man oft im Kreis und sieht keinen Ausweg.«

»Es wird schlimm bleiben, weil es schlimm ist«, sagt Sophie schlicht und sieht Tomke mit ihren großen, dunklen Augen ernst an.

»Ich weiß Tomke, du bist keine Tratschtante, aber«, Sophie zögert, »wir wohnen im gleichen Ort und unsere Jungen sind befreundet.«

Tomke nickt. »Kann ich verstehen. Ist deine Entscheidung.«

Sophie zieht müde ihre Mundwinkel hoch. »Meine

Entscheidung. Ich habe lange keine mehr getroffen. Ich habe geheiratet und habe mich scheiden lassen. Aber die Motivation dazu kam nicht von mir. Es kam von außen, und ich habe die Dinge passieren lassen. Und nun war wieder jemand schneller als ich.«

KAPITEL 18

Sophie hat einen trockenen Mund. Sie will einen Schluck trinken, aber ihre Tasse ist leer. Tomke schenkt ihr unaufgefordert frischen Tee nach.

»Was soll's«, sagt Sophie. »Warum soll ich es nicht erzählen. Burkhard ist auf einem mehr als eigenartigen Wahrheitstrip. Er verhält sich völlig unberechenbar. Ob ich schweige oder nicht. Ben wird über kurz oder lang alles wissen.«

Bei den Worten zittert die Teetasse in ihrer Hand bedenklich und Anne nimmt sie ihr fürsorglich ab. Sophie schlägt die Hände vors Gesicht und fängt an zu weinen.

»Ich weiß nicht, was in Burkhard gefahren ist. Warum macht er das? Er weiß genau, die Erinnerungen quälen mich. Darüber waren wir uns die ganzen Jahre über einig. Wir sind extra umgezogen, um ganz neu anzufangen. Und nun soll jeder die Wahrheit erfahren. Sie wird niemandem helfen. Im Gegenteil. Sie wird nur zerstören. Sie wird ein Schock sein. Vor allem für Ben. Er ist sehr sensibel. Ich darf nicht daran denken, was das in ihm auslösen wird.«

Tomke lehnt sich betroffen auf dem Stuhl zurück. Das sind Worte, die in ihr ein Déjà-vu-Gefühl auslösen. Ein unangenehmes. Denn es erinnert sie an eine Zeit, die sie liebend gerne aus ihrem Gedächtnis streichen würde. Tomke war sich mit Gerold ebenfalls einig. Sie wollten ihr Geheimnis hüten. Damit ging es ihnen fast dreißig

Jahre bestens. Dachte Tomke. Aber in Gerold musste schon länger ein Groll gewachsen sein. Als Tomke seine Wut bemerkte, war es für Kompromisse zu spät. Von einem Tag zum anderen hat Gerold sich bösartig und rachsüchtig verhalten. Er hat gedroht, nicht länger den Mund zu halten. Die Wahrheit müsste ans Licht. Damit hätte er einigen Menschen den Boden unter den Füßen weggerissen. Nicht nur ihren Kindern. Tomke hat sich in ihrer Not zu einer schrecklichen Tat hinreißen lassen. Nie hätte sie geglaubt, dazu fähig zu sein. Sie wird Sophie helfen. Es gibt immer eine Lösung. Auf jeden Fall eine bessere, als die, die sie vor drei Jahren für sich selbst gefunden hat. Aber um Sophie helfen zu können, muss sie herausbekommen, welche Erinnerung sie dermaßen in Aufruhr versetzt.

»Fang ganz von vorne an. Wann hast du Heiner kennengelernt?«, fragt Tomke mit butterweicher Stimme. Sophie nimmt ihre Hände vom Gesicht, lässt sie in den Schoss fallen und sieht zu Anne hoch.

»Soll ich rausgehen?«, fragt die sofort.

Sophie schüttelt den Kopf. »Nein, bitte bleiben Sie. Sie – beruhigen mich.«

Anne lächelt verlegen.

»Betty war eine sehr große Frau. Ihr seid schon so ein Pärchen, hat Frau Buddensieg gesagt, wenn sie uns zusammen gesehen hat.«

Sophies Gesicht verdüstert sich.

»Für Frau Buddensieg war es auch nicht leicht. Nach dem Skandal. Ganz Jever hat sich darüber das Maul zerrissen. Ich habe Buddensiegs nie wieder gesehen. Sie sollen die Praxis aufgegeben haben und sind weggezogen.«

Tomke schaut Sophie verstehend an, obwohl bei ihr bislang nur Bahnhof ankommt. Aber Sophie braucht einen Anlauf, um zum Anfang zu kommen. Der scheint größer zu werden, denn sie wendet sich an Anne.

»Woher kommen Sie?«

»Aus Hameln«, antwortet die irritiert.

Sophie lächelt versonnen. »Die Rattenfängerstadt. Da war ich schon einmal. Für einen Nachmittag. Mit Betty. Wir hatten Heiner und Burkhard in Hannover besucht. Und Betty wollte unbedingt einen Abstecher nach Hameln machen.«

»Ach, Heiner und Burkhard haben beide in Hannover studiert?«, hakt sich Tomke vorsichtig ein.

»Ja, aber nicht den gleichen Studiengang. Burkhard ist aus Freundschaft mit nach Hannover gegangen.«

»Das waren anscheinend dicke Freunde. Und du hast dich in Heiner verliebt.«

»Verliebt?«, wiederholt Sophie langgezogen, als müsste sie das Wort neu bewerten.

»Er war deine erste große Liebe«, korrigiert sich Tomke.

»Ja. Das war er. Und meine Letzte. Für Burkhard hat meine Liebe nie richtig gereicht.«

Tomke versteht zum ersten Mal. Deshalb ist Burkhard fremdgegangen. Das konnte niemand bei einer Frau wie Sophie begreifen. Vor allem, als sich diese furchtbare Mandy Base aus Wilhelmshaven wie seine zukünftige Frau aufgespielt hat.

»Ich wollte immer mit Tieren arbeiten. Meine Eltern waren nicht begeistert, aber ich habe meinen Willen durchgesetzt und einen Ausbildungsplatz gefunden. In

Jever bei Dr. Buddensieg. Ich stamme aus Dornumersiel. Die Entfernung wäre kein Weg gewesen, wenn ich ein Auto und einen Führerschein gehabt hätte. Aber ich bin gerade siebzehn Jahre alt gewesen. Frau Buddensieg hat mir ein Zimmer über dic Woche angeboten. In einem kleinen Haus auf ihrem Grundstück. Da haben wir zu dritt gewohnt. Laura, Betty und ich.«

Sophie macht eine Pause.

Tomke schaut in ihren Tee. Sophie war Tierarzthelferin. Da wäre sie im Leben nicht draufgekommen. Bei Regensdorf im Haus hat es nicht mal einen Hamster gegeben. Dabei ist Ben in Hunde vernarrt und hat sich immer einen gewünscht.

»Ich bin anfangs mit Laura besser zurechtgekommen als mit Betty. Betty war anders. Sehr selbstbewusst und erwachsen. Dabei war sie erst achtzehn. Ich hatte sogar ein bisschen Angst vor ihr. Sie hatte so eine direkte sachliche Art. Gar nicht wie ein Mädchen. Aber dann ist sie meine beste Freundin geworden. Wir haben viel zusammen unternommen. Und zum Abschluss sind wir immer ins ›Studio Selznick‹ gegangen.

Tomke lächelt. »Ja, das kenn sogar ich noch. Nach drei Southern Cross war man voll wie eine Haubitze. Keine Ahnung, was Shorty da alles reingemixt hat. War ja geheim. Man wusste nur, dass Southern Comfort drin war.«

»Selbst das harmlose Getränk hat es bei uns im Haus nicht mehr gegeben. Burkhard hat alles verbannt, was eine Erinnerung an die Zeit in Jever heraufbeschwören könnte. Und nun macht er genau das Gegenteil.«

»Sie haben sehr an Betty gehangen«, mischt sich Anne

ein. Sie möchte Sophie helfen, den Erzählfaden wiederzufinden.

»Betty war die liebste Freundin, die ich je hatte. Und ich bin schuld an ihrem Tod«, sagt Sophie düster.

»Hattet ihr zusammen einen Autounfall?«, fragt Tomke mitfühlend.

Sophie schüttelt heftig den Kopf.

»Das war kein Unfall. Das war ein abscheuliches Verbrechen. Hast du das nie in der Zeitung gelesen? Sie haben die Geschichte wochenlang ausgeschlachtet. Ich wollte nur noch weg. Weit weg. Aber Burkhard wollte an der Nordsee bleiben. Und mir würde sie auch fehlen. Das waren seine Argumente. Deshalb sind wir im Wangerland gelandet.«

Tomke durchkramt ihr Gedächtnis. Jever. Tierarztpraxis. Student. Stimmt. Da war etwas. Es ging um den gewaltsamen Tod einer jungen Frau. Das muss Betty gewesen sein.

»Ja, ich erinnere mich. Aber nur verschwommen. Es ist schon so lange her.«

»Ja, es ist lange her. Aber nicht lange genug, um es zu vergessen. Was denkt er sich? Die Zeit heilt alle Wunden? Taucht hier auf und tut so, als könnten wir normal miteinander umgehen.«

»Wen meinst du jetzt?«

»Heiner! Er hat Betty getötet. Und nun wagt er es, mir unter die Augen zu treten. Sie ist durch seine Gefängnisstrafe nicht wieder lebendig geworden.«

Anne steht auf und geht in die Küche. Sie braucht ein Glas Wasser. Und einen kleinen Augenblick Abstand. Heiner hat Betty getötet. Welches Drama muss sich da abgespielt haben? Vier junge Menschen, die Freunde waren. Eifersucht? Hat Betty vielleicht mehr für Sophie empfunden als Freundschaft?

Anne füllt das Glas mit Wasser und geht zurück in die kleine Stube. »Und warum gibst du dir die Schuld an Bettys Tod?«, fragt Tomke in dem Moment.

»Ohne mich hätte sie Heiner nie kennengelernt.«

»Ach Sophie, das ist noch lange kein Grund, sich Schuld an ihrem Tod zu geben. Das ist …«

»Doch!«, unterbricht Sophie sie heftig. »Ich habe sie in der Nacht allein gelassen.«

»Als sie gestorben ist«, sagt Tomke

Als sie getötet wurde«, korrigiert Sophie sie.

»Was ist in der Nacht passiert?«

Tomke ahnt, dass es keine schöne Geschichte ist, die sie gleich zu hören bekommt. Aber noch ist Sophie nicht bereit, mehr zu erzählen.

»Das hat alles lang und breit in der Zeitung gestanden.«

»Das ist zu lange her und ich kann mich nicht erinnern.«

»Du Glückliche.«

»Sophie, das ist keine Neugierde von mir. Aber du sitzt hier wie ein Häufchen Elend und bist umgekippt, nur weil du Heiner wiedergesehen hast. Wie soll das denn weitergehen für dich? Ich würde dir gern helfen, aber dazu muss ich eure Geschichte besser verstehen.«

Sophie legt ihre Hände in den Schoß. Besser verstehen würde sie die selbst auch gern. Wenn das möglich wäre.

»Heiners Eltern waren über das Wochenende verreist«, beginnt sie übergangslos. »Wir haben das sturmfreie Haus genutzt und eine Party organisiert. Direkt in den Praxisräumen. Das fanden alle ziemlich abgefahren. Irgendeiner hatte Sherry in eine Infusionsflasche gefüllt, und wir haben alle den Mund aufgehalten und aus der Leitung getrunken. Das war ein großer Spaß. Die Party ging die halbe Nacht. Es war schon dämmrig, da waren nur noch Burkhard, Heiner, Betty und ich übriggeblieben. Wir waren gut angetrunken. Aber wir wollten noch nicht Feierabend machen. Es war eine milde Juninacht. Wir sind nach draußen in den Garten und haben Verstecken gespielt. Wie die kleinen Kinder. Dann sind wir auf diese Schnapsidee gekommen. Die Jungens sollten jeder eines von uns Mädchen huckepack nehmen. Betty und ich sollten versuchen, uns gegenseitig runterzuschubsen. Wie im Schwimmbad.«

Sophie macht eine Pause. Ihr Blick streift Anne.

»Betty war ein sehr großes Mädchen. Und Heiner fast einen Kopf größer als Burkhard. Deshalb hat Burkhard mich huckepack genommen und Heiner Betty. Weil es besser gepasst hat. Wir haben laut gejuchzt. Das war zu der Uhrzeit natürlich weit zu hören.«

Sophie verzieht bitter das Gesicht.

»Das haben die Nachbarn später ausgesagt. Sie hätten uns feiern gehört, sich aber nichts weiter dabei gedacht. Das wären eben junge Leute. Dafür hätten sie Verständnis. Warum hätten sie sich einmischen sollen? Ja, sie hätten schon mitgekriegt, dass Alkohol im Spiel war. Aber unsere Schreie hätten sich nicht bedrohlich angehört. Eher lustig. Sie hätten die Fenster zugemacht. Buddensiegs waren in der Nachbarschaft sehr beliebt. Da wäre niemand auf die Idee gekommen, die Polizei anzurufen.«

»Und Betty ist bei diesem Huckepackgerangel gestürzt und hat sich das Genick gebrochen?«, mutmaßt Tomke betroffen.

Sophie sieht sie an, und ihre dunklen Augen werden schwarz vor Schmerz.

»Nein, als ich gegangen bin, hat Betty noch gelebt. Sie hat gelacht und gesagt: Leute, heute bin ich nicht totzukriegen.«

Sophie lacht heiser auf. »Von wegen nicht totzukriegen.«

Sie braucht einen Augenblick, um sich zu sammeln. Weder Tomke noch Anne drängen sie.

»Ich war mittlerweile zum Umfallen müde«, fährt Sophie fort. »Ich wollte ins Bett, bin rüber zu unserem Bungalow und habe Betty mit Burkhard und Heiner allein gelassen.«

Sophie kann die Tränen nicht mehr zurückhalten. Anne legt tröstend den Arm um ihre Schulter.

»Ich hätte Betty nicht allein lassen dürfen«, schluchzt Sophie.

»Aber sie war doch nicht allein. Sie war bei Freunden«, sagt Anne sanft.

Sophie rückt ein Stück von Anne ab und sieht sie verzweifelt an. »Genau das habe ich gedacht. Ich habe geschlafen wie ein Baby, während sie …« Sophie kann nicht weitersprechen.

Anne und Tomke wechseln einen besorgten Blick. Sophie setzt sich gerade hin und nimmt erneut Anlauf.

»Burkhard war auch müde. Er ist gleich, nachdem ich gegangen war, ins Bett. Heiner und Betty sind aufgeblieben. Dann ist Burkhard aufgewacht. Irgendein Lärm, den er nicht deuten konnte. Er ist aufgestanden, um nachzusehen. Denke ich mir. Burkhard hat nie mit mir darüber gesprochen. Er wollte mich schonen. Die Polizei war da weniger zartfühlend.«

Sophie schaut auf ihre Hände. Die hat sie wie ein Mädchen in den Schoss gelegt. »Burkhard hat Betty gefunden. Aber da war es schon zu spät. Sie lag tot auf dem Behandlungstisch in der Praxis. Halb nackt. Unter ihrem Kopf war eine Blutlache. Die Fotos haben sie mir bei der Vernehmung gezeigt. Betty muss mit voller Wucht auf die Metallhalterung für die Infusionen geknallt sein. Die war am Tisch fest installiert.«

»Sie ist gefallen?«, hört sich Tomke und findet ihre Frage im gleichen Augenblick mehr als dumm. Sie wird nicht freiwillig gefallen sein.

»Ja, sie ist gefallen«, antwortet Sophie. »Aber nicht, weil sie betrunken war. Heiner hat – er hat versucht, Betty zu vergewaltigen.«

Tomke und Anne wechseln einen betroffenen Blick miteinander und sagen kein Wort.

»Erst habe ich mich an die Hoffnung geklammert: Das muss ein Irrtum sein. Heiner niemals! So etwas macht er nicht. Nicht Heiner. Vielleicht ist einer von den anderen zurückgekommen. Total besoffen und dann ist es passiert. Aber sie haben Heiner sehr schnell etwas nachweisen können. Unter Bettys Fingernägeln haben sie Blut gefunden. Und Heiner hatte eine entsprechende Kratzwunde. Aber das Bitterste war, Heiner hat alles zugegeben. Er hat die Tat gestanden. Das war wie ein K.-o.-Schlag für mich. Heiner und ich waren fast drei Jahre zusammen. Ich dachte, ich kenne ihn durch und durch. Niemals hätte ich ihm das zugetraut. Niemals.«

Sophie sieht erst Anne und dann Tomke an.

»Könnt ihr euch das vorstellen? Der Mann, den ihr liebt und vertraut, den ihr heiraten wollt, tötet eure beste Freundin. Weil er sie begehrt hat.«

Anne bringt keinen Ton heraus. Tomke sagt mir rauer Stimme: »Nein, Sophie, das können wir nicht.«

Sophie nickt. Anscheinend ist das die einzige Antwort, die sie gelten lässt.

»Burkhard hat sich um mich gekümmert. Er hat mich beschützt, als in der ersten Zeit die Presse hinter uns her war. Und er ist mit mir zu meinen Eltern gefahren. Die waren keine Hilfe für mich. Sie waren schockiert und völlig entsetzt. Sie haben mich allen Ernstes gefragt, wie das passieren konnte? Mich! Sie haben mir im Grunde eine Mitschuld gegeben. Das hat alles noch schlimmer gemacht. Ich habe mich bei meinen Eltern nicht mehr geborgen gefühlt. Hilfe hatte ich nur von Burkhard.«

Tomke versteht. Sophie und Burkhard hat keine Liebesgeschichte zusammengebracht, sondern ein Unglück. Das kann ein Anfang von etwas sein, muss aber nicht.

»Und deshalb hast du Burkhard geheiratet, weil du Schutz gesucht hast«, sagt Tomke mitfühlend.

»Ja, aber es ging nicht nur um mich.«

Sophie atmet tief durch. »Ich war von Heiner schwanger. Das habe ich erst lange nach dieser Nacht bemerkt. Ich dachte erst nur, es wäre der Stress. Als ich es Burkhard gesagt habe, hat er mich in den Arm genommen und dann alles für mich arrangiert. Ich habe die nächsten Monate wie in Trance durchlebt. Die Hochzeit. Meine hilflosen Eltern, die erleichtert waren und nicht nachgefragt haben. Auch später nicht. Burkhard war ein guter

Vater. Vor allem ein Vater, an dem Ben sich orientieren konnte. Er hat meinem Sohn eine Zukunft geboten.

Aber jetzt. Versteht ihr mich? Jetzt frage ich mich: Ist Burkhard plötzlich verrückt geworden? Er bringt mir die alten Liebesbriefe ins Haus. Und die Krönung ist, er hat Heiner angerufen und ihm gesagt, dass er einen Sohn hat. Ich kann es nicht fassen. Ruft ihn an und erzählt ihm, was wir über zwanzig Jahre geheim gehalten haben. Er lässt es darauf ankommen, dass Ben erfährt, wer sein leiblicher Vater ist. Ein Vergewaltiger und Mörder. Ben ist noch nicht fest in seiner Spur. Gerade hat er den Mut aufgebracht und sich für Archäologie entschieden. Burkhard will sein Studium finanzieren. Das hat er ihm gestern noch gesagt. Auch, dass er ihn liebt.«

»Da muss ich dir recht geben. Unbedingt. Das ist nicht mehr nachzuvollziehen. Sprich ihn direkt darauf an. Nur er kann dir beantworten, was in ihm vorgeht«, sagt Tomke. Wobei sie denkt: hoffentlich. Denn für sein Verhalten gibt es kaum eine logische Erklärung.

Sophie zuckt die Schultern. »Ich habe es schon versucht. Aber bislang habe ich ihn nicht erreicht. Immer nur die Mailbox.«

»Ist er noch in Deutschland?«

»Ja, er hat gestern gesagt, nächste Woche fliegt er. Er will neu anfangen. Neu anfangen. Warum haut er dann vorher unsere Welt in Scherben?«

Sophie steht ruckartig auf. »Das werde ich verhindern.«

»Was willst du verhindern?«, fragt Tomke. Etwas in Sophies Stimme macht sie hellhörig.

»Erst mal das Wichtigste. Heiner darf nicht mit Ben sprechen. Wenn er ein bisschen Anstand besitzt, lässt er

Ben in dem Glauben, Burkhard ist sein Vater. Aber, ich traue ihm nicht. Immerhin ist er sofort nach Horumersiel gekommen. Kaum, dass Burkhard ihn angerufen hat. Nein, ich muss mit Heiner sprechen, ihm klarmachen, er hat zu verschwinden, bevor es zu spät ist.«

Sophie sieht plötzlich sehr entschlossen aus.

Tomke ist ebenfalls aufgestanden. Sie ist hochalarmiert. Sophie steht gerade unter Strom. Wohin dieses ›ich muss mit ihm sprechen‹ führen kann, weiß Tomke aus bitterer Erfahrung. Teresa wollte nur mit ihrem Mann sprechen und Tomke mit ihrem. Beide Männer leben nicht mehr. Sie muss Sophie überzeugen, sich nicht allein mit Heiner zu treffen. So einer Auseinandersetzung ist sie in ihrer aktuellen Gefühlslage nicht gewachsen.

»Vielleicht solltest du dich wirklich mit Heiner treffen und ihm ordentlich ins Gewissen reden. Aber nicht irgendwo und nicht allein. Er soll hierher in die Pension kommen. Es ist leichter, wenn wir zu dritt sind. Vertrau mir bitte. Allein fehlen einem manchmal die Worte. Dann wird man wütend. Und lässt sich zu Dingen hinreißen, die man im Leben nicht geplant hat. Und die man nie wieder rückgängig machen kann.«

Tomke drückt Sophie zurück auf das Sofa, ohne auf ihre schwache Gegenwehr einzugehen.

»Wirst schon sehen. Das wäre doch gelacht, wenn wir den nicht dazu bringen, sich vom Acker zu machen«, sagt sie betont hemdsärmelig.

KAPITEL 19

»Fass dir ein Herz und ruf im ›Leuchtfeuer‹ an. Seine Handynummer wirst du ja sicherlich nicht haben«, sagt Tomke. »Wenn du Glück hast, ist er auf seinem Zimmer oder hat seine Telefonnummer hinterlegt.«

»Nun dräng sie doch nicht so«, mischt sich Anne ein. Sie wirft Tomke einen vorwurfsvollen Blick zu.

»Nein, schon gut.« Sophie steht auf und geht zu ihrer Satteltasche. »Tomke hat recht. Wenn ich mich mit Heiner allein treffe, bekomme ich wahrscheinlich keinen Ton heraus. Und wenn er was Falsches sagt, springe ich ihm ins Gesicht.«

»Genau das meine ich«, brummelt Tomke düster.

Sophie kramt mit nervös zitternden Fingern ihr Handy hervor. »Hoffentlich ist er im Hotel und nicht schon …«

Das Handy entgleitet ihren Händen. »Vielleicht ist er schon unterwegs zu Ben. Während ich bei dir untergekrochen bin, habe ich freie Bahn für Heiner gemacht. Vielleicht haben sie sich längst getroffen und unterhalten sich – und ich sitze hier herum.«

»Nun mal ganz ruhig«, sagt Tomke, bückt sich nach dem Handy und hebt es auf. »Ruf erst mal an. Dann sehen wir weiter.«

Sophie tippt auf die gespeicherte Nummer von der Hotelrezeption.

»Moin, Hotel Leuchtfeuer, Sandra Lehner, was kann ich …«

»Moin, Sandra«, unterbricht Sophie die Begrüßungslitanei.

»Sophie?«

»Ja, bin ich.«

»Geht's dir wieder besser? Ulla hat mir erzählt, dass …«

»Ja, alles in Ordnung«, fällt Sophie ihr erneut ins Wort. »Kannst du mich bitte mit Zimmer fünf verbinden?«

»Mit Heiner Buddensieg?«

Sophie setzt sich zurück auf das Sofa. Heiner Buddensieg. Warum muss sie den Namen überhaupt noch einmal hören. Er klingt fremd. Er gehört nicht mehr in ihre Welt.

»Ja, Sandra. Mach es einfach. Es ist wichtig.«

Sophie hat keine Energie, um mit ihrer Kollegin ein paar freundliche Worte zu wechseln.

»Bitte sehr«, sagt Sandra pikiert und verbindet, ohne eine weitere Frage zu stellen.

Ein kleiner Augenblick Stille in der Leitung. Er reicht, um Sophie zum Schwitzen zu bringen, als wäre sie einen Marathon gelaufen.

Der Hörer wird abgenommen.

»Buddensieg.«

»Hier ist Sophie«, sagt sie kaum hörbar. Ihre Lippen sind trocken und scheinen aneinanderzukleben.

»Sophie!«, ruft Heiner erleichtert. »Danke, dass du dich meldest. Ich habe mir Sorgen gemacht.«

Sophies Gesicht verdüstert sich. Er hat absolut kein Recht, sich Sorgen um sie zu machen.

»Es geht nicht um mich. Und auch nicht um dich«, wehrt Sophie schroff ab. »Es geht um meinen Sohn.«

»Sophie, du kannst mir glauben, für mich bedeutet das …«

»Das hat gar nichts für dich zu bedeuten«, fällt Sophie ihm angriffslustig ins Wort. »Wir müssen reden. Und zwar sofort. Nicht am Telefon. Weißt du, wo die Deichstraße ist?«

»Nein, aber ich habe ein Navi«, antwortet Heiner verwirrt.

»Gut, dann komm sofort in die Deichstraße 34. Pension Heinrich.«

»Okay, aber ich …«

Sophie drückt auf den roten Knopf. Sie kann das keinen Augenblick länger aushalten. Seine Stimme. Seine verlogene Freundlichkeit. Aber nun hat sie ihn mehr oder weniger eingeladen. Sie wird ihm vielleicht gleich gegenübersitzen. Worauf hat sie sich eingelassen? Ihre Hand sinkt mit dem Handy kraftlos in den Schoß. Nun nimmt Tomke sie spontan in den Arm. »Das hast du gut gemacht. Glaub mir. Es ist die richtige Entscheidung, miteinander zu reden. Sonst wird die Angst immer größer, und immer kann man nicht weglaufen. Wir sind doch keine Hasen.«

Tomke drückt sie fest an sich. »Wir lassen dich einen Augenblick allein. Dann kannst du dich vorher sammeln, okay?«

Sophie atmet tief durch und nickt. Sie kann nicht immer nur weglaufen. Das hat sie lange genug getan. Sie muss sich konzentrieren. Vor allem muss sie die Angst bezwingen. Sonst werden wieder andere über ihren Kopf hinweg entscheiden. Aber dieses Mal will sie sich das Ruder nicht aus der Hand nehmen lassen. Sie muss eindeutig Position beziehen. Erst wird sie Heiner unmissverständlich klarmachen, dass er verschwinden soll.

Ganz selbstbewusst. Es dürfen für ihn keine Zweifel bestehen bleiben, wo die Grenzen sind. Dann wird sie versuchen, Burkhard zu erreichen und ihm die Meinung sagen. Unmissverständlich und nicht mehr freundlich. Er verspielt gerade seinen Bonus, ihr Retter gewesen zu sein. Sie ist weder von Heiner noch von Burkhard eine willenlose Handpuppe.

Wie immer in Krisensituationen kocht Tomke in der Küche frischen Tee. Anne ist ihr gefolgt.

»Für mich keinen Tee mehr. Sonst kriege ich heute Nacht kein Auge zu«, sagt Anne und füllt sich ein Glas mit Leitungswasser. »Glaubst du, es ist richtig, was wir da machen? Für die beiden hier ein Treffen zu arrangieren?«

»Unbedingt«, antwortet Tomke entschieden. »Sophie hat große Angst. Sie braucht unseren Feuerschutz. Allein geht das nicht gut aus.«

»Wenn es überhaupt gut geht. Der Mann hat schließlich einen Menschen auf dem Gewissen. Hast du darüber schon mal nachgedacht? Wie begegnet man einem Mörder?«

»Ich weiß es nicht«, entgegnet Tomke mit rauer Stimme und schiebt die Teetassen auf dem Tablett hin und her. Wie begegnet man einem Mörder? Wie würde sich Anne ihr gegenüber verhalten, wenn ihr die dunklen Seiten aus ihrer Vergangenheit bekannt wären? Eine Mörderin. Das Wort allein klingt schon grausam. Tomke hält das kaum aus. Entschlossen zieht sie das Teeei aus der Kanne. Sie klammert sich an einen kleinen tröstenden Gedanken. Sie hat Gerold nicht aus einer Laune heraus ins Jenseits befördert. Das war abgrundtiefe Verzweiflung. Wäre er nur ein bisschen gesprächsbereit gewesen …

»Ich bewundere alle, die mit solchen Menschen beruflich umgehen müssen«, unterbricht Anne Tomkes selbstquälerische Überlegungen.

»Mit Mördern«, unterstreicht Anne düster. »Und ich meine da nicht nur die, die im Gefängnis landen. Sondern in der Psychiatrie. Die haben manchmal entsetzliche Dinge getan – ich kann das nicht einmal in der Zeitung lesen. Dermaßen abartig ist das. Aber sie werden menschlich behandelt. Man redet mit ihnen. Lacht vielleicht sogar mit ihnen. Wie schafft man das? Ich habe davor großen Respekt und gleichzeitig gruselt es mich. Oder könntest du das?«

Es wird an der Haustür geklingelt. Die beiden Frauen starren sich an. Dann nicken sie sich ermutigend zu. Vor ihnen liegt nun ein schwerer Gang. Das ist ihnen klar. Tomke dreht sich um und setzt sich als Erste in Bewegung. Auf dem Flur steht sie Sophie gegenüber. Sie sieht besorgniserregend blass aus.

»Setz dich«, sagt Tomke. »Ich gehe.«

Sophie dreht sich widerspruchslos um, während Tomke die Tür öffnet. Sie muss den Kopf anheben, um dem Besucher ins Gesicht sehen zu können. Ein groß gewachsener, verwirrend gut aussehender Mann steht vor ihr. Und der braucht keinen Vaterschaftstest zu machen. Ben ist seine junge Ausgabe.

»Moin, Heiner Buddensieg.« Er deutet mit einer winzigen Kopfbewegung eine Verbeugung an. Nicht nur attraktiv, auch noch altmodisch, denkt Tomke. Beides gefällt ihr und lässt sie gleichzeitig umso wachsamer werden.

»Entschuldigung, aber Sophie Regensdorf hat …«

»Ja, ich weiß. Sophie ist hier bei mir. Kommen Sie rein.«

Tomke hat bewusst das ›bei mir‹ betont und stellt zufrieden in seinem Gesicht eine leichte Verunsicherung fest. Aber er folgt ihrer Aufforderung und kommt ins Haus. Tomke weist wortlos auf die Flurgarderobe. Als Heiner Buddensieg seine Jacke aufhängt, sieht Tomke, dass seine Hände zittern.

Anne ist längst in der kleinen Stube. Sie hat sich am Schreibtisch wie ein Wachposten vor Sophie postiert, die mit gesenktem Blick auf dem Sofa sitzt.

Heiner Buddensieg bleibt in der Tür stehen und starrt Anne an.

»Nun gehen Sie schon rein und setzen Sie sich«, fordert Tomke ihn auf.

Heiner zögert. Für einen Moment scheint es, als wolle er sich auf der Stelle umdrehen und verschwinden. Dann gibt er sich einen Ruck und wählt den Stuhl am Bücherregal.

Tomke geht in die Küche, um das Tablett mit Geschirr und Tee zu holen. Lass dich nicht von seinem Benehmen und Aussehen beeindrucken, denkt sie ärgerlich. Dabei spürt sie, es sind nicht nur die Äußerlichkeiten. Es ist mehr. Sie hat in seine Augen gesehen. Tomke greift das Tablett. Überschätz dich nicht, Tomke Heinrich. Sophie hat ihm auch vertraut, und was er getan hat, hat er getan!

Heiner Buddensieg sitzt mit leicht gebeugtem Oberkörper auf dem Stuhl. Er wirkt konzentriert, als lausche er einem Musikstück. Anne hat sich neben Sophie gesetzt. Tomke stellt das Tablett auf dem kleinen Tisch ab und beginnt, gefüllte Tassen zu verteilen. Auch an

Anne. Sie hat vergessen, dass sie keinen Tee mehr haben wollte. Anne nimmt die Tasse entgegen und stellt sie ab. Heiner lehnt das angereichte Getränk höflich ab.

»Vielen Dank, Frau Heinrich, aber ich bin nicht zum Teetrinken gekommen.«

Er wendet sich an Sophie. »Warum willst du dich nicht mit mir allein treffen?«

Seine Stimme ist leise und klingt sehr traurig.

Sophie schweigt. Sie verknotet nur ihre Hände ineinander, als könnte sie ihnen eine Antwort entringen.

»Das ist wohl zu verstehen«, sagt Anne kühn. Sie fühlt sich berufen, für Sophie Partei zu ergreifen.

Heiner schaut sie irritiert an. Seine Augenlider beginnen unter ihrem strengen Blick an zu flattern.

»Ja, das ist es wohl«, sagt er schließlich. »Sophie, warum sollte ich herkommen?«

Die hebt ihren Kopf und sieht an ihm vorbei.

»Kannst du dir das nicht denken?« Ihre Stimme klingt schroff, weil sie die aufkommenden Tränen unbedingt unterdrücken will.

»Ich verbiete dir, Kontakt zu meinem Sohn aufzunehmen!«

Sophie hat an Sicherheit gewonnen und setzt sich gerade auf.

»Das werde ich nicht tun«, sagt er. Es klingt ehrlich.

»Warum bist du dann nach Horumersiel gekommen?«

Heiner hebt beide Hände, als wolle er sich vor einer auf ihn gerichteten Waffe ergeben. »Ich wollte ihn nur einmal sehen.«

»Das kannst du vergessen!«, ruft Sophie aufgebracht. »Einmal sehen und alles kaputt machen!«

»Ich will nichts kaputt machen. Ich möchte ihn wirklich nur sehen. Von Weitem.«

Sophie runzelt ihre Stirn und sieht ihn misstrauisch an.

»Kannst du das nicht verstehen?«, fragt er bittend. »Seit Burkhard mich angerufen hat, ist alles anders. Er wollte, bevor er ins Ausland geht, reinen Tisch machen. Er hat mich ermutigt und gesagt, ich hätte ein Recht zu wissen, dass ich einen Sohn habe.«

»Du hast gar kein Recht!«, schreit Sophie und springt auf. Ihre Stimme überschlägt sich. Sie ist nicht fürs Schreien gemacht. »Du hast nicht das geringste Recht auf Ben!«

»Ben heißt er«, sagt Heiner berührt.

Sophie beißt sich auf die Lippe. Anne zieht sie zu sich aufs Sofa zurück. Sie streicht ihr beruhigend über den Rücken.

»Es geht hier nicht um mein Recht«, sagt Heiner beschwichtigend. »Da brauchst du dir keine Sorgen zu machen. Ich habe meinen Eltern Burkhards Anruf verschwiegen und nicht gesagt, wo ich hinfahre. Dabei bleibt es auch. Obwohl, sie hätten es wirklich verdient zu wissen, dass sie Großeltern sind.«

Bei den letzten Worten versagt fast seine Stimme.

Sophie wirft ihm einen aufgebrachten Blick zu. Seine Worte klingen so ehrlich, sie könnte ihm fast glauben. Genau das will sie nicht. Das hat sie einmal in ihrem Leben gemacht. Sich komplett auf ihn eingelassen und hundertprozentiges Vertrauen gehabt. Das wird sie nie wieder tun.

»Denkst du im Ernst, deine Eltern würden sich darüber freuen, dass du dich fortgepflanzt hast?«

Sophie wollte gemein sein. Das ist ihr gelungen. Heiner ist zusammengezuckt. Sie selbst auch. Sie hat ihm ihre eigenen Ängste an den Kopf geschleudert. Eine tiefe Angst, die sie sich nie eingestanden hat. Ben hat Heiners Gene. Könnte in dem liebenswürdigen Jungen auch eine dunkle Seite schlummern?

»Du hast recht. Wahrscheinlich wären sie eher traurig«, sagt Heiner mit rauer Stimme. »Sie haben es verpasst, ihren Enkelsohn aufwachsen zu sehen. Die Chance eine Beziehung zu ihm aufzubauen. Den Schmerz werde ich ihnen ersparen.«

Sophie schluckt hart. Entweder hat Heiner es wirklich anders verstanden, als es von ihr gemeint war oder er will es nicht aussprechen. Sophie widerspricht nicht. Sie will auf keinen Fall das Thema, in das sie sich gerade gedanklich verirrt hat, vertiefen.

»Tut mir leid«, hört sie Heiner weitersprechen. »Es war eine verrückte Idee, meinem Gefühl zu folgen und gleich hierher zu fahren. Aber eine Bitte habe ich: Falls ihr – also du und Ben – mal einen Engpass habt, ich meine finanziell, ich würde gerne helfen.«

Sophie antwortet nicht. Finanziell unterstützen. Als ob es damit getan wäre.

»Mein Vater und ich haben eine Praxis bei Kappeln in Schleswig-Holstein. Sie läuft gut.«

Sophie antwortet nicht. Sie will nichts mehr hören. Sie will nicht wissen, wo Heiner und seine Eltern leben. Sie steht abrupt auf.

»Ich fahre nach Hause.«

Tomke sieht sie beunruhigt an.

»Das Angebot besteht: Du kannst hier schlafen.«

Sophie schenkt ihr ein mattes Lächeln. »Das ist total lieb von dir. Überhaupt, dass du mich mitgenommen hast und …«, sie wirft einen Blick auf Heiner, »dass er kommen konnte.«

Sophies Gesichtszüge verhärten sich, und sie geht einen Schritt auf Heiner zu. »Wag es nicht, Ben in irgendeiner Weise anzusprechen!«

Heiner schaut nicht auf. Unfähig zu reagieren, bleibt er sitzen und sagt kein Wort. Sophie dreht sich um und will losstürmen. In der Tür stoppt sie, kommt zurück, schnappt ihre Satteltasche und rauscht aus dem Zimmer. Gleich darauf klappt die Haustür zu. Anne springt auf und läuft ihr hinterher.

KAPITEL 20

Anne hat ohne nachzudenken gehandelt. Nun, auf der Straße, als sie Sophie mit langen Schritten folgt, beobachtet sie sich selbst überrascht. Seit wann neigt sie zu solch spontanen Handlungen? Aber ungewöhnliche Situationen erfordern ungewöhnliche Maßnahmen. Sie kann Sophie nicht gehen lassen, ohne ihr ihre Hilfe angeboten zu haben.

Sophie hat sie berührt. Wie, das kann Anne noch nicht benennen. Vielleicht fühlt sie sich durch ihre zufällige Ähnlichkeit mit Betty mit Sophie verbunden. Und die ungewöhnliche Geschichte, die gelesenen Tagebuchaufzeichnungen haben Anne aufgewühlt. Von einem unbekümmerten jungen Mädchen, das ohne Zweifel an einen Mann geglaubt hat und sich mit ihm die Zukunft einrichten wollte. Und dieser geliebte Mann versucht, ihre beste Freundin zu vergewaltigen und tötet sie. Das ist ein Albtraum. Dagegen erscheint Anne ihre eigene Lovestory fade wie ein ungewürztes Essen. Kees-Jan. Der Name zieht ohne den kleinsten Schmerz an ihr vorbei. Anne hat Sophie eingeholt. Die bleibt verdutzt stehen.

»Wollen Sie wirklich nach Hause? Und zu Fuß?«, fragt Anne ein wenig außer Atem.

»Ja, das wird mir guttun. Es sind keine zwei Kilometer.«

»Gut. Wenn Sie das wollen, das ist Ihre Entscheidung. Ich möchte Ihnen nur sagen, also ich würde mich freuen – also wenn Sie Hilfe brauchen, ich bin noch länger in Horumersiel und …« Anne unterbricht ihr Gestotter. Hat sie das wirklich laut ausgesprochen? Anscheinend. Sophies dunkle Augen mustern sie erstaunt. Anne kommt sich plötzlich reichlich albern vor.

»Das ist sehr nett von Ihnen. Dabei kennen wir uns kaum«, erlöst Sophie sie aus der peinlichen Stille.

»Das stimmt«, sagt Anne verlegen. Manchmal mag man einen Menschen auf Anhieb. Das passiert mir auch nicht alle Tage. Diese Gedanken behält sie lieber für sich.

»Meine Eltern kannten mich gut«, erzählt Sophie übergangslos ernst. »Sollte man jedenfalls annehmen. Aber sie haben mir keine Hilfe angeboten, nachdem Heiner im Gefängnis war. Sie waren nur schockiert. Sie haben mich gefragt, wie es weitergehen soll. Anstatt mich an die Hand zu nehmen, musste ich sie trösten. Dabei bin ich sicher, sie wussten von wem ich schwanger war. Aber sie haben mich nie darauf angesprochen. Als könnten sie mit ihrem Totschweigen Probleme aus der Welt schaffen.«

»Würden Sie mir Ihre Handynummer geben?«, fragt Anne. Sie ist sich nun sicher, richtig gehandelt zu haben.

Sophie bückt sich und angelt ihr Handy aus der Satteltasche.

»Sagen Sie mir Ihre. Dann kann ich sie gleich eintippen.«

»Meine Handynummer?«, wiederholt Anne und muss fast lachen. »Die habe ich nicht im Kopf. Ich bin schon stolz, dass ich endlich ein Handy besitze. Und das steckt in meiner Jacke an der Flurgarderobe.«

Sophie kramt erneut in der Satteltasche und zieht ein kleines Heft und einen Stift hervor. Sie reißt eine Seite heraus und kritzelt ihre Nummer drauf.

»Hier«, sagt sie. »Wenn Sie mögen, senden Sie mir gleich eine SMS. Dann habe ich auch Ihre.«

Sophie dreht sich um und schaut in Richtung Schillig.

»Ich muss mich jetzt beeilen. Vielleicht hat Burkhard längst mit Ben gesprochen. Keine Ahnung. Er benimmt sich Zurzeit unberechenbarer als …« Sophie unterbricht sich. Den Namen bekommt sie nicht über die Lippen, aber Anne weiß auch so, von wem die Rede ist.

»Ihr Mann, also Burkhard, benimmt sich wie jemand, der nichts mehr zu verlieren hat. Wie jemand, der nicht mehr lange leben wird«, sagt Anne nachdenklich. Als sie Sophies aufmerksamen Blick sieht, ärgert sie sich. Meine Güte, sie sollte jetzt ihren Mund halten und gehen. Sophie will nach Hause, und sie hält sie mit überflüssigen Spekulationen auf.

»Den Gedanken hatte ich auch schon«, sagt Sophie erstaunlich ruhig. »Aber er hat beruflich neue Pläne. Das passt nicht. Und überhaupt, man macht doch nicht alles kaputt, bevor man vielleicht sterben muss.«

»Wohl eher nicht. Man sollte annehmen, dass man versucht, mit allen Menschen, die einem wichtig sind, ins Reine zu kommen.«

»Anscheinend ist das seine Art von Reinemachen«, sagt Sophie bitter. »Bis dahin.«

Sie gibt Anne herzlich die Hand, dreht sich um und geht zügig los. Nach ein paar Metern beginnt sie zu laufen.

Anne geht langsam zurück zur Pension. Sophie muss

sich damals entsetzlich verlassen gefühlt haben. Der Partner im Gefängnis. Und sie war schwanger. Kein Wunder, dass für Burkhard Tür und Tor bei ihr weit geöffnet standen. Vielleicht hätte Sophie ihn nicht geheiratet, wenn ihre Eltern ihr den Rücken gestärkt hätten. Anne muss an ihre eigenen Eltern denken. Sie haben immer hinter ihr gestanden. Sicher waren sie nicht begeistert, als sie sich für Kees-Jan und Amsterdam entschieden hatte. Was heißt nicht begeistert, sie waren schwer enttäuscht. Aber sie haben immer Kontakt zu ihrer Tochter gehalten und ihr das Zurückkommen leichtgemacht. Keine Vorwürfe. Kein verschämtes Getue im Bekanntenkreis, weil sie eine alleinerziehende Tochter ohne richtige Berufsausbildung hatten. Auch in diesem Sommer, als Anne mit Lisette nach Amsterdam gegangen ist. Das war ohne Zweifel eine Herausforderung für ihre Toleranz. Sie haben sich Sorgen gemacht. Ihre Mutter hat sie vorsichtig gewarnt. Und ihre Tochter dennoch mit Liebe ziehen lassen. Das hat Anne ihnen nie mit Worten honoriert. Wenn sie wieder in Hameln ist, wird sie ihre Eltern besuchen. Mit viel Zeit. Vielleicht schreibt sie ihnen einen Brief. In Ruhe mit einem Stift in der Hand kann Anne sowieso besser ihre Gefühle formulieren.

KAPITEL 21

Heiner Buddensieg sitzt noch immer auf dem Stuhl in der kleinen Stube. Er hält eine Tasse in den Händen. Der Tee ist längst kalt. Er weiß, er sollte gehen. Frau Heinrich wartet sicher, dass er aufsteht und sich verabschiedet. Aber er kann nicht. Er möchte hier sitzen bleiben. Auf die Gefahr hin rausgeschmissen zu werden.

Tomke bleibt unschlüssig am Fenster stehen und wartet auf Anne. Warum geht er nicht? Sie ärgert sich über sich selbst, aber sie hat Mitleid mit ihm. Vielleicht, weil er sie an Ben erinnert. Sie mag den jungen Mann sehr. Und vielleicht, weil sie schon mehr erlebt hat als die meisten anderen Menschen. Sie bringt es nicht fertig, ihn rauszuwerfen.

Tomke dreht sich um, nimmt ihm wortlos die Tasse ab, trägt sie in die Küche und schüttet den kalten Tee in den Ausguss. Sie kommt mit der leeren Tasse zurück in die Stube.

»Trinken Sie eine Tasse heißen Tee. Das beruhigt immer.«

Heiner lächelt schwach. »Das hätte meine Mutter auch gesagt.«

Er räuspert sich verlegen. »Entschuldigung. Verstehen Sie das bitte nicht falsch. Ich möchte Ihnen keine Mutterrolle andichten. Nur – original sagt das meine Mutter auch immer. Und sie hat recht. Also: Ich würde gern eine Tasse Tee trinken.«

Tomke nickt gnädig und schenkt ihm von dem heißgehaltenen Getränk ein. Seine Ergänzung zum Thema Mutter gefällt ihr, denn sie mag es nicht, wenn man ihr die Rolle einer Pensionsmama aufdrückt. Sie ist gern Pensionswirtin. Ja. Sie interessiert sich für ihre Gäste. Allerdings nicht nur. Sie hat noch ein eigenes Leben und möchte keine Therapeutin ersetzen. Obwohl, wenn sie den unglücklichen Mann da vor sich sitzen sieht und an Sophie und ihre Ängste denkt, so weit entfernt scheint sie manchmal dem Berufsbild nicht zu sein.

Die Haustür klappt. Anne. Sie kramt im Flur an der Garderobe. Leise Pieptöne folgen. Anscheinend schreibt sie eine SMS.

Mit dem Handy in der Hand kommt sie in die kleine Stube. Als sie Heiner sieht, bleibt sie kurz stehen. Warum hat Tomke den Mann nicht längst ins Hotel zurückgeschickt? Was hat sie mit ihm vor? Und das hinter Sophies Rücken. Sie fixiert Tomke mit einem vorwurfsvoll fragenden Blick, dem die konzentriert ausweicht.

Anne gibt sich einen Ruck und setzt sich auf das Sofa. Tomke sitzt auf dem Schreibtischstuhl. Sie hat ihn gedreht und wendet sich voll und ganz Heiner Buddensieg zu.

»Ich kann mir gut vorstellen, dass es nicht einfach zu verkraften ist, einen erwachsenen Sohn zu haben, von dem man bis dato nichts geahnt hat.«

Heiner sieht Tomke forschend ins Gesicht. Er hat was von Richard Gere, denkt Tomke. Er ist ein Mann, der eine Frau mit seinen Augen schwindelig machen kann. Warum hat er sich zu so einer Tat hinreißen lassen? Zumal er zu dem Zeitpunkt glücklich in Sophie verliebt war.

Oder nicht? Hat sie sich die Tiefe seiner Gefühle nur eingebildet?

»Sie kennen meine – meine Vergangenheit«, stellt Heiner nüchtern fest.

Tomke zuckt mit den Schultern.

»Aber noch nicht lange. Sophie hat heute zum ersten Mal etwas erzählt. Weil sie jemanden zum Reden brauchte. Wären Sie nicht in Horumersiel aufgetaucht, hätte sie kein Sterbenswörtchen über diese Nacht in Jever verloren.«

Tomke senkt ihre Stimme und sieht Heiner beschwörend an.

»Es ist lange her und vorbei. Sie können die Geschichte nicht mehr herumreißen. Ben ist Burkhards Sohn. Er hat ihn aufgezogen. Er war für ihn da und hat für ihn gesorgt. Das hat mehr Bedeutung als ein paar vererbte Chromosomen.«

Er hält ihrem Blick stand. In seinem Gesicht zucken kleine Muskeln, die seine Anspannung verraten.

»Das sehe ich ganz genauso«, sagt er heiser.

»Wenn Ihnen das so klar ist, weshalb sind Sie dann hergekommen und bringen Sophie dermaßen durcheinander?«, mischt sich Anne ein. Sie ist aufgestanden und sieht ihn mit flammenden Augen an. Was erwartet er? Dass wir auf seine Seite wechseln. Niemals!

Heiner sieht aufgeschreckt zu Anne hoch. Er hat vergessen, dass er nicht mit Tomke allein im Zimmer ist.

»Sie sehen jemandem sehr ähnlich«, stellt er traurig fest. Anne windet sich unter seinem Blick. Er ist ihr unangenehm. Sie streicht sich mit der gespreizten Hand ihr lockiges Haar nach hinten und setzt sich zurück auf das Sofa.

»Betty würde jetzt wahrscheinlich so aussehen wie Sie«, spricht er weiter seine Gedanken laut aus.

Tomke schaut zu Anne und begreift im nächsten Augenblick. Die Ähnlichkeit mit Betty ist der Grund, weshalb Sophie gestern am Strand vor Schreck fast über ihr Fahrrad gefallen ist. Sie hat geglaubt, einen Geist zu sehen. Die Arme. Und Tomke hat sie damit sogar noch aufgezogen. Anne scheint zu wissen, dass sie die Doppelgängerin der Toten ist. Sie reagiert wenig überrascht.

»Sie haben meine Frage nicht beantwortet. Weshalb sind Sie nach Horumersiel gekommen? Was haben Sie denn erwartet?« Anne klingt streng. Tomke beschließt, lieber erst mal den Mund zu halten.

»Ich – ich, das war eine Entscheidung aus dem Bauch heraus. Als Burkhard mich angerufen hat, als er gesagt hat, ich habe ein Kind, ich war wie vor den Kopf geschlagen. Ich habe nicht mehr nachgedacht. Ich wollte nur einmal in seiner Nähe sein. Ihn einmal sehen.«

»Anscheinend haben Sie vorher nicht viel nachgedacht. Sophies Sohn ist einundzwanzig Jahre alt. Haben Sie wirklich geglaubt, Sophie hat sich so schnell mit einem anderen Mann …« Anne bricht ab und wird rot. Schon wieder hat sie verraten, dass sie mehr weiß. Intimitäten, die sie nur durch Sophies Aufzeichnungen wissen kann. Aber sie konnte nicht anders. Es macht sie wütend, wie wenig dieser Mann Sophies Charakter kennt. Er nimmt im Ernst an, dieses junge Mädchen, das ihn von Herzen geliebt hat, nimmt innerhalb weniger Wochen seinen Freund zum Liebhaber. Es liegt doch auf der Hand. Sie hat in Not gehandelt und geheiratet. Unter den Ärger über Heiners Gedankenlosigkeit mischt sich der über

Kees-Jan. Er hat sich ebenso wenig einen Kopf über ihr Leben gemacht. Er hat es als gottgegeben hingenommen, dass Anne in Stand-by für ihn gelebt hat.

»Ich war im Gefängnis«, antwortet Heiner ruhig. Er fühlt sich anscheinend nicht angegriffen und wenn, dann zeigt er es nicht. »Meine Eltern und Burkhard waren meine einzigen Besucher. Burkhard hat mir versprochen, sich um Sophie zu kümmern. Als er mir gestanden hat, er würde sie heiraten, da war ich erleichtert. Das hört sich vielleicht eigenartig an. Aber es war eine Beruhigung für mich. Die beiden Menschen, die ich geliebt habe, hielten zusammen. Allerdings habe ich von dem Zeitpunkt an Burkhard gebeten, mich nicht mehr zu besuchen. Wenn ich ihn sah, musste ich an Sophie denken, und das hielt ich nicht aus. Ich habe erst sehr viel später erfahren, dass sie einen Sohn haben. Und wie alt er ist, das habe ich nie gefragt. Es ging mich nichts mehr an, dachte ich.«

Heiners Blick geht an den Frauen vorbei ins Leere.

»Sophie und ich, wir haben uns eine große Familie gewünscht. Mit Kindern. Wir wollten drei. Wir haben sogar schon Namen in die engere Wahl genommen. Auch für einen Hund. Mindestens einer. Sophie wollte die Namen nicht in ihr Tagebuch schreiben. Sie meinte, das brächte Unglück.«

Heiner lacht unfroh auf. »Sie hätte es vielleicht machen sollen.«

Er sieht Anne gerade in die Augen, und sie kann seinen brennenden Blick kaum aushalten.

»Wissen Sie, was am bittersten ist? Ich bin schuld. Ganz allein. Ich habe mich selbst darum betrogen, meinen Sohn aufwachsen zu sehen. Und vor allem, ich habe mich um ein Leben mit der Frau betrogen, die ich – geliebt habe.«

Tomke dreht sich auf dem Stuhl zu ihm herum. Sie hat ihre Stirn in Falten gezogen. »Sie erzählen, Sie haben Sophie geliebt. Sie waren mit ihr glücklich. Sie haben ihre gemeinsame Zukunft geplant. Das passt irgendwie nicht. Warum haben Sie sich an Betty vergriffen? Kommen Sie mir jetzt nicht mit: Ich war völlig betrunken und wusste nicht, was ich tat. An diese Entschuldigung glaube nicht. Ich bin überzeugt, dass man im dunen Kopf nur die Hemmungen verliert, um etwas zu tun, woran man vorher schon gedacht hat oder sich gewünscht hat.«

»Ich will mich nicht entschuldigen«, antwortet Heiner. »Und Alkohol? Mir wurde auf der Polizeiwache sofort Blut abgenommen. Ich war nicht stark angetrunken. Wahrscheinlich wäre es vor Gericht sogar mein Vorteil gewesen, wenn ich völlig dicht gewesen wäre. Den wahren Grund haben sie nicht gelten lassen. Ich bin Schlafwandler.«

»Schlafwandler«, wiederholt Tomke fassungslos. »Das ist mal was ganz Neues. Schlafwandeln. Das kenne ich nur bei meinen Kindern, als sie klein waren und schlecht geträumt hatten. Oder Fieberfantasien. Aber nicht bei Erwachsenen. Das habe ich noch nie gehört. Ganz ehrlich, Herr Buddensieg, ich kann den Richter verstehen. Das hört sich weit hergeholt an. Für mich wie eine Ausrede für eine Tat, für die man nicht die Verantwortung übernehmen will.«

»Das ist keine Ausrede!«, ruft Heiner erregt. Er fährt sich durchs Haar und atmet tief durch. »Entschuldigung, ich wollte nicht laut werden. Aber diesen Vorwurf habe ich schon zu oft gehört. Glauben Sie mir, es ist keine faule Ausrede. Es ist leider die Wahrheit.«

Anne sieht ihn aufmerksam an. »Mögen Sie uns erzählen, wie Sie die Nacht erlebt haben?«

Tomke verkneift sich einen erstaunten Seitenblick. Sie will Anne nicht unnötig auf ihren Fahnenwechsel aufmerksam machen. Bis dato hat sie Heiner Buddensieg keine Chance gegeben. Geschweige denn, ihn zum Erzählen ermutigt und sich in die Gefahr begeben, womöglich etwas Ungeheuerliches nachvollziehen zu können. Tomke betrachtet unschuldig ihre Fußspitzen. Sie braucht nichts mehr zu sagen. Anne hat ihr die Worte aus dem Mund genommen. Die gleiche Aufforderung wäre von ihr auch gekommen.

»Wie ich die Nacht erlebt habe«, wiederholt Heiner und zuckt mit den Achseln. »Da gibt es nicht viel zu erzählen.«

»Weil Sie schlafgewandelt sind«, mischt sich Tomke ein.

Heiner lächelt resigniert.

»Sie nehmen Schlafwandeln nicht ernst. Das kann ich Ihnen nicht verdenken. Die meisten Menschen stellen sich einen Schlafwandler wie auf den Karikaturen vor. Ein Mann im langen Nachthemd, die Augen geschlossen, in der einen Hand eine Kerze, die andere ausgestreckt. So läuft er nachts in den Garten oder steigt sogar auf Dächer. Anschließend legt er sich wieder ins Bett. Alles mit dieser vielzitierten schlafwandlerischen Sicherheit. Er hat keine Angst, und ihm wird nicht schwindelig, obwohl er am Tag unter Höhenangst leidet. Diese Vorstellungen vom Schlafwandeln stimmen nicht. Oder nur bedingt.

Auf jeden Fall kann man sich in dieser Phase sehr wohl verletzen.«

Er macht eine Pause, schluckt und sagt: »Wahr ist, man kann sich nicht erinnern. Und man kann dabei etwas tun, woran man noch nie gedacht hat. Das ist natürlich nicht die Regel. Meistens agiert man innerhalb gewohnter Rituale. Man zieht sich zum Beispiel nachts an, um zur Arbeit zu gehen und wundert sich morgens, warum man nicht im Nachtzeug, sondern mit Hose und Hemd im Bett liegt. Das habe ich als Kind häufig getan. Mich gestiefelt und gespornt, um zur Schule zu gehen. Mitten in der Nacht. Meine Mutter hat kleine Barrieren im Flur angebracht, damit sie mich hörte. Einmal habe ich nachts die Fenster aufgemacht und alle Zimmerpflanzen nach draußen geworfen. Ich weiß nicht warum. Ich liebe Blumen. Bei den meisten Menschen legt sich die Neigung zum Schlafwandeln mit dem Erwachsenwerden. Bei mir nicht. Ich gehöre leider zu den paar Ausnahmen.«

Heiner fängt die Blicke der Frauen auf und zuckt mit den Schultern.

»Sie können es sich immer noch nicht vorstellen. Fragen Sie Sophie. Sie hat mich ein paar Mal daran gehindert, mich nachts anzuziehen. Sie fand das lustig. Aber als das mit Betty passiert ist, da hat sie auch angenommen, eine geheime Sehnsucht hätte mich dazu getrieben.«

Heiner sieht erst Tomke und dann Anne fest in die Augen.

»Betty war Sophies beste Freundin. Und ich habe sie sehr gemocht. Aber wirklich nicht als Frau. Sondern als Kumpel. Betty hat sich auch so verhalten. Sie hat nie geflirtet. Wussten Sie, dass Betty Brauerin werden wollte?

Und sie hat gerne ein Bier getrunken. Mit Betty konnte man quatschen, lachen und einen trinken. Ich habe sie nicht körperlich begehrt. Niemals.«

Er atmet tief durch.

»An dem Wochenende, als es passiert ist, waren meine Eltern verreist. Und wir haben die Gelegenheit genutzt und ein paar Freunde eingeladen. Als alle nach Hause gegangen sind, blieben wir vier über. Burkhard, Betty, Sophie und ich. Wir waren total aufgedreht und haben im Garten herumgetobt. Verstecken gespielt und so ein verrücktes Huckepackspiel. Irgendwann war Sophie müde. Sie ist rüber in den Bungalow schlafen gegangen. Ich bin nicht mit, weil Burkhard sein neues Dartspiel dabei hatte. Das haben wir in der Praxis an der Tür aufgehängt. Aber lange habe ich nicht durchgehalten. Dann bin ich ins Bett gegangen. In mein Zimmer, ich wollte Sophie nicht stören. Burkhard und Betty haben noch weitergespielt.«

»Also ist Burkhard mit Betty allein geblieben. Das hat er anders erzählt«, überlegt Tomke laut.

»Nein, nein«, wehrt Heiner sofort ab. »Das sollte nicht wie ein Schuldverschieben rüberkommen.«

Er nimmt einen erneuten Anlauf.

»Ich bin aufgewacht, da – da stand ich mitten in der Praxis. Vor mir auf dem Behandlungstisch lag Betty. Halbnackt. Und sie – war tot. Dann war plötzlich Burkhard neben mir. In Schlafsachen. Er war völlig fertig und hat bitterlich geweint. Er wusste, dass ich zum Schlafwandeln neige. Wir haben in Hannover zusammen in einer WG gewohnt. Er hatte schon einiges nachts mit mir erlebt. Aber nun? Burkhard wusste nicht, wie er sich verhalten sollte. Er wollte mich nicht verraten. Verraten. Aber er hatte mich nicht in Unterhose aus dem Garten geholt. Ich hatte einen Menschen umgebracht. Wir haben das einzig Richtige getan und die Polizei gerufen.

Es war hart für mich ins Gefängnis zu kommen. Aber viel härter hat mich Sophies Liebesentzug, ihre Verachtung getroffen. Ich hatte sie verloren. Sie hat von dem Tag an bis heute nie wieder ein Wort mit mir gewechselt. Beim Prozess im Gerichtssaal habe ich sie das letzte Mal gesehen.«

Heiner unterbricht sich und lächelt traurig.

»Da muss Ben schon geboren sein. Sie war mit Burkhard weggezogen. Meine Eltern sind nicht in Jever geblieben. Sie haben die Praxis aufgegeben und sind weggezogen. Sie konnten die mitleidigen Blicke und das Getuschel hinter dem Rücken nicht länger ertragen. Mein Vater hat eine Praxis bei Kappeln übernommen. Dort lebe ich auch. Schon lange. Man hat mich vorzeitig aus der Haft entlassen. Das habe ich meiner Mutter zu verdanken. Sie hat lange dafür gekämpft und tatsächlich erreicht, dass ich in einem Schlaflabor beobachtet wurde. Aber …«, er sieht Tomke ernst an, »ich sehe das wie Sie. Ob als Schlafwandler oder nicht: Ich habe es getan. Ich bin verantwortlich für Bettys Tod.«

»Aber wenn das mit dem Schlafwandeln so unberechenbar ist, kann man das nicht behandeln. Wer weiß …«, Anne bricht unangenehm berührt ab.

»Sie meinen, wer weiß, ob ich erneut ein Verbrechen begehen könnte. Vielleicht noch einen Menschen töten? Glauben Sie mir, diese Frage habe ich mir immer und immer wieder gestellt. Auch die Frage, ob ich eine Bedrohung für meine Eltern bin. Ich habe mir selbst Barrieren in meinem Zimmer aufgebaut. Ich würde stürzen und aufwachen. Obwohl meine Eltern steif und fest behaupten, sie hätten keine Angst vor mir. Sie wollen mit mir unter einem Dach leben. Und mehr wichtige Menschen gibt es in meinem Leben nicht. Schon gar keine Frau. Es gab nie wieder eine nach Sophie. Ich dachte immer, sie ist glücklich mit Burkhard geworden. Ihn an ihrer Seite zu wissen, hat mich beruhigt. Und gestern dann Burkhards Anruf. Der erste seit sehr vielen Jahren. Es war ein eigenartiges Gespräch. Vollkommen unpersönlich. Er hat mir nur ein paar Informationen gegeben. Die hätte er im Grunde vorher auf Band sprechen können. Er hat gesagt: ›Sophie und ich haben uns vor zwei Jahren scheiden lassen. Ich gehe beruflich nach Toronto. Sophie lebt in Schillig. Ich will vor meinem Abflug eine klare Linie ziehen. Du bist der leibliche Vater von Sophies Sohn.‹ So ungefähr. Sie können sich vorstellen: Ich war wie vom Donner gerührt. Ich habe kein Wort hervorgebracht. Ich war nicht in der Lage, ihn zu fragen, warum er mir das erzählt. Was er von mir erwartet. Ich war völlig hilflos. Ich konnte nur denken: Sophie war von mir schwanger. Sie hat ein Baby erwartet. In dem Chaos. Glauben Sie mir, es würde mir ohne dieses Wissen besser gehen. Vielleicht war das Burkhards Absicht. Ich weiß es nicht. Ich konnte ihn nach diesem Anruf nicht mehr erreichen.«

Heiner Buddensieg sieht Tomke bittend an. »Sie kennen Ben. Bitte erzählen Sie mir von ihm. Was ist er für ein Junge. Danach verschwinde ich. Versprochen.«

Tomke lehnt sich auf dem Stuhl zurück. Der Mann tut ihr leid. Wenn das mit dem unberechenbaren Schlafwandeln wahr ist, hat er Mitleid verdient. Egal, was passiert ist. Und sie wird ihm von Ben erzählen. Sie hat sogar ein Foto von ihm. Zusammen mit Torben. Vielleicht schenkt sie ihm das sogar. Oder besser nicht?

Auf dem Tisch vibriert das Handy. Für Anne ist eine SMS eingegangen.

»Entschuldigung, ich will nur schnell nachgucken«, sagt sie. Den Gedanken, es könnte eine Nachricht von ihrer Tochter sein, lässt sie unausgesprochen. Sie streicht umständlich über den Minibildschirm, bis die Nachricht sichtbar wird.

»Von Sophie«, rutscht ihr laut heraus. Anne liest den Text und springt erregt auf.

»Was ist denn?«, fragt Tomke alarmiert.

»Hilfe. Burkhard bedroht mich. Er will mit mir weg. Kommt schnell!«, liest Anne laut vor.

KAPITEL 22

Sophie braucht keine zwanzig Minuten bis zu ihrer Wohnung. Sie ist regelrecht geflogen. Angetrieben von der Sorge um Ben und den Ärger über sich selbst. Wie konnte sie so feige sein und bei Tomke unterkriechen? Um in Ruhe die Lage zu überdenken. Da gibt es nicht viel zu überdenken. Allerdings konnte sie Heiner sprechen und ihm ihre Meinung sagen. Die er hoffentlich ernst nimmt. Allein hätte sie das nicht hingekriegt. Niemals. Und sie hat Anne kennengelernt. Sie fühlt sich nicht nur wegen ihrer Ähnlichkeit mit Betty zu ihr hingezogen.

Sophie ist durchgeschwitzt. In Bens Zimmer brennt kein Licht. Sophie atmet gegen die aufkommende Enge in der Brust an. Ben ist eine Nachteule und findet immer viel zu spät ins Bett. Hoffentlich hat Burkhard nicht längst mit ihm gesprochen, und nun ist er unterwegs. Völlig fertig und allein. Wer weiß, wie Burkhard ihm die Tatsachen beigebracht hat. Sensibel geführte Gespräche gehören nicht zu seinen Stärken. Wenn Ben unbedingt die Wahrheit wissen muss, dann möchte Sophie selbst mit ihm reden. Hoffentlich hat sie diese Chance nicht verpasst. Sophie kennt Ben am besten. Er ist ein nachdenklicher junger Mann, der gern über Gott und die Welt philosophiert. Er ist anders und hat in der Schulzeit die Tendenz zum Außenseiter gehabt. Deshalb war Sophie umso glücklicher über die Freundschaft mit Torben Heinrich. Der steht mitten im Leben und hat eine wunderbar patente Mutter.

Als Sophie im Hausflur das Licht anschaltet, geht zeitgleich im Erdgeschoss eine Wohnungstür auf. Frau Kreinsen. Die hat ihr gerade noch gefehlt. Sie trägt einen Joghurtbecher und eine Zeitung zum Restmüll. Sophie huscht mit einem knappen ›Moin‹ an ihr vorbei die Treppe hoch, bevor ihre neugierige Nachbarin Luft geholt hat und sie in ein Gespräch verwickeln kann.

In ihrer Wohnung geht Sophie über den dunklen Flur in die Küche. Hier schaltet sie erst die Beleuchtung an. Ihr erster Blick fällt auf einen Zettel, der auf dem Küchentisch liegt. Sophie ist mit zwei Schritten da und nimmt ihn mit zitternden Händen hoch.

›Moin Ma, ich bin bei Torben. Weiß nicht, ob ich heute nach Hause komme. Dein Ben :-)‹

Sophie lächelt erleichtert. Er ist bei Torben – und er hat einen Smilie gemalt. Ben geht es gut. Für ihn ist die Welt noch in Ordnung. Soll er bei Torben schlafen. Das wäre wunderbar. Dann hat sie noch eine Nacht Zeit, kann vielleicht sogar schlafen und wird morgen mit Ben reden. Burkhard wird ihr bis dahin nicht zuvorkommen. Er weiß nicht, dass Ben bei Torben ist. Und telefonisch wird er ihn nicht erreichen. Ben nimmt nie sein Handy mit, wenn er sich mit Freunden trifft. Oder äußerst selten. Sophie eilt in Bens Zimmer. Als sie Licht anschaltet, sieht sie sein Handy auf dem Schreibtisch liegen. Über diese Marotte, nicht erreichbar zu sein, hat sie sich oft geärgert und versucht, ihn umzustimmen. Heute ist sie glücklich darüber.

Sie geht zurück in die Küche und lässt den Wasserhahn laufen. Mit einem gefüllten Glas lehnt sie sich an die Anrichte. Trinken, entspannen und gleich schlafen gehen. Sie schließt die Augen und öffnet sie wieder. Da meint sie, eine Bewegung im Flur gesehen zu haben. Sie sieht genauer hin. Nichts. Sie schüttelt den Kopf. Du fängst an, Gespenster zu sehen. Das war ein vorbeifahrendes Auto. Trotz ihrer Beschwichtigungen bleibt das beklemmende Gefühl, nicht allein in der Wohnung zu sein. Sophie stellt das Glas ab und geht mit hart klopfendem Herzen auf den Flur. Nichts. Was sollte auch sein? Sie geht weiter und schaltet im Wohnzimmer mit einer hastigen Bewegung das Licht an. Sie bleibt wie erstarrt stehen. Auf dem Sofa sitzt Burkhard.

»Was machst du hier?«, stammelt Sophie fassungslos.

»Ich will mit dir reden«, antwortet er vollkommen ruhig. Er sieht sie an, als wäre es die normalste Angelegenheit der Welt, dass er hier auf dem Sofa sitzt. In ihrer Wohnung. Während sie nicht zu Hause war. Wie ist er überhaupt reingekommen? Er hat gar keinen Schlüssel. Sophie kann kaum sprechen. Die naheliegende Schlussfolgerung nimmt ihr den Atem.

»Wer hat dir die Tür aufgemacht?«

»Ben«, antwortet Burkhard gelassen. Kann es sein, dass er ihre Panik genießt? Sophie muss sich an den Türrahmen lehnen. Nein, beruhig dich. Er kann es Ben nicht erzählt haben. Er hat einen Smilie auf den Zettel gemalt. Ihm geht es gut.

»Was hast du ihm gesagt? Er wird sich doch gewundert haben, dass du hier allein bleiben willst.«

»Fast die Wahrheit. Ich habe ihm gesagt, ich wäre mit dir nach Feierabend verabredet. Und hätte vergessen, dass du heute länger im ›Leuchtfeuer‹ bleiben wolltest.«

Sophie spürt, wie ihr Mund sich öffnet. Aber eine würgende Beklemmung macht sie für einen Augenblick unfähig, ein Wort herauszubringen. Woher weiß Burkhard, ob sie Früh- oder Spätschicht hat, sogar von ihrer Abmachung mit Imke heute länger zu bleiben? Aber sie hat seit Mittag dort im Bett gelegen und wurde danach von Tomke mit nach Hause genommen. Das kann er nicht wissen. Oder etwa doch?

»Ich hatte einen Kreislaufkollaps«, sagt Sophie heiser. Sie hofft inständig, er antwortet darauf mit Erstaunen.

»Ja, ich weiß«, sagt er stattdessen. »Du lässt dich leicht umpusten.«

»Beschattest du mich etwa?« Sophie hat ihre Stimme nicht im Griff und kann ihre aufkommende Hysterie nicht verbergen.

Burkhard lächelt. Das lässt ihn nicht freundlich aussehen, sondern erschreckend fremd. Den Gesichtsausdruck hat Sophie bei ihm noch nie gesehen. Zu ihrer Verwirrung spürt sie Angst in sich hochsteigen. Warum sollte sie Angst vor Burkhard haben? Sophie versucht, das Gefühl einer aufkommenden Panik nicht zuzulassen. Womöglich fällt sie sonst erneut in Ohnmacht.

»Beschatten hört sich nicht nett an«, sagt Burkhard. »Ich würde es anders ausdrücken. Ich mache mir Sorgen um dich und behalte dich deshalb ein bisschen im Auge.«

Sophie schluckt trocken.

»Wolltest du nicht gerade ein Glas Wasser trinken? Mach das und setz dich zu mir«, sagt Burkhard.

Sophie bleibt im Türrahmen stehen. Sie ist nicht in der Lage, sich zu bewegen. Burkhard kommt auf sie zu und geht an ihr vorbei in die Küche. Er kommt mit einem Glas Wasser zurück. Das stellt er auf dem Couchtisch ab. Er zieht Sophie am Oberarm weiter und drückt sie in den Sessel. Dann reicht er ihr das Wasser. Sie lässt es mit sich geschehen und trinkt. Bis sie die für sie dringlichste Frage formulieren kann.

»Weiß Ben Bescheid?«

Burkhard schüttelt langsam den Kopf.

»Nein, ich habe ihm nichts erzählt. Das ist mir nicht wichtig.«

Das ist mir nicht wichtig. Sophie zwingt sich, ihm ins Gesicht zu sehen. In seine graue Augen. Sie verraten ihr nicht, was in ihm vorgeht.

»Wer außer Ben ist wichtig?«, sagt Sophie so ruhig es ihr möglich ist. »Er ist der Einzige, der seine Geschichte, seine Vergangenheit neu ordnen muss. Er muss damit leben, dass sein Vater in Wirklichkeit ein Verbrecher ist und wir ihn die ganze Zeit über belogen haben. Warum willst du ihm das antun?«

Burkhard antwortet nicht. Aber sein Blick ist nun liebevoll auf sie gerichtet. Der ist Sophie vertraut und lässt sie mutiger werden.

»Warum hast du Heiner angerufen? Er sollte nie erfahren, dass er einen Sohn hat!«

Burkhards Gesicht verdüstert sich von einer Sekunde auf die andere.

»Heiner! Heiner! Warum willst du ihn schützen? Weil du ihn immer noch liebst?«

»Unsinn«, wehrt sich Sophie verzweifelt. »Das ist völliger Unsinn. Wie kann ich einen Menschen lieben, der ein – Mörder ist.«

»Das weiß ich nicht. Aber anscheinend kannst du es. Du hast gefragt, was mir wichtig ist. Genau das. Deine Liebe. Ich habe zwanzig Jahre lang alles gemacht, alles versucht, um deine Liebe zu gewinnen. Ohne Erfolg. Was war so schwer für dich mich zu lieben? Sag es mir!«

Sophie sieht ihn entsetzt an. Burkhard war immer sachlich. Freundlich und sachlich. So emotional aufgebracht ist er unheimlich.

»Guck mich nicht an, mit deinem verletzten Rehblick. Damit hast du mich fertiggemacht, solange ich dich kenne.«

Burkhard ist aufgestanden und beugt sich zu Sophie hinunter.

»Glaubst du wirklich, ich wäre so stumpf und hätte es nicht gemerkt? Stell dir vor, ich habe. Ich habe gespürt, wie schwer es dir gefallen ist, mit mir zu schlafen. Noch mehr Überwindung hat es dich gekostet, mich dabei zu küssen. Du hast immer den Kopf weggedreht und mich machen lassen. Du hast es über dich ergehen lassen. Du warst nie bei mir. Na sag schon, was hast du gedacht, wenn wir zusammen waren? Hast du an ihn gedacht? War er so viel besser als ich?«

In Sophies Schädel hämmert ihr Puls. Ihre Augen brennen, aber sie will nicht weinen. Sie hebt zitternd eine Hand und versucht freundlich mit ihm zu reden. »Burkhard, bitte. Hör auf so zu reden. Was ist denn los mit dir? Bist du krank?«

Er lacht kurz auf. Das klingt ungebremst böse.

»Krank. Unheilbar. Das würde dir gefallen. Wenn ich ohne Komplikationen zu machen aus deinem Leben verschwinde. Du brauchst mich ja auch nicht mehr. Dein Kind ist erwachsen und du, du lernst im ›Leuchtfeuer‹ jeden Tag einen anderen Kerl kennen. Hast wahrscheinlich schon genug Anträge.«

Sophie starrt ihn an. Seine Worte treffen sie wie Schläge. Aber sie rütteln sie wach. Burkhard muss entsetzlich gelitten haben. Die ganzen Jahre über. Das tut ihr leid. Sehr leid.

»Du musst mir glauben, ich wollte dich nie verletzen. Und ich habe gute, sehr freundliche Gefühle für dich.«

Sein bitteres Auflachen lässt sie verstummen.

»Das glaube ich dir sogar. Du wolltest mich nicht verletzen, nein. Das wäre dir viel zu intim gewesen. Nicht berühren. Bloß nicht zu nahe kommen. Hast du dir einmal Gedanken gemacht, wie es mir dabei ging? Ich war für dich im Grunde unsichtbar und sollte es möglichst bleiben. Aber ich bin ein Mann aus Fleisch und Blut und – ich liebe dich.«

Jetzt kann Sophie die Tränen nicht mehr zurückhalten. Sie laufen ihr über das Gesicht und tropfen am Kinn herunter.

»Pack ein paar Sachen zusammen«, fordert Burkhard sie knapp auf.

»Wie Sachen packen?«, stammelt Sophie hilflos und wischt sich über das Gesicht. Burkhard reicht ihr ein Papiertaschentuch.

»Wir verreisen. Das wird sozusagen unsere Hochzeitsreise. Die haben wir ja auch nie gemacht.«

»Burkhard, was soll das? Ich dachte, du willst nach Toronto. Du freust dich auf die Herausforderung. Das hast du gestern noch gesagt.«

Burkhard sieht sie finster an.

»Und dich hat es auch gefreut, nicht wahr? Es stört dich nicht, dass ich auf einem anderen Kontinent lebe. Im Gegenteil. Es hat dich erleichtert. Endlich wäre ich aus deinem Leben verschwunden.«

»Ich habe mich für dich gefreut«, sagt Sophie hilflos. Es ist die Wahrheit. Aber wie soll sie ihm das beweisen?

»Wie selbstlos von dir«, ist seine zynische Antwort. »Aber ich fliege nicht nach Toronto. Planänderung. Ich verreise mit dir. Erst mal.«

»Das geht nicht. Bitte, Burkhard. Ich kann nicht mehr mit dir zusammen sein.«

»Weil du ihn wieder gesehen hast?«

»Nein, das hat mit Heiner nichts zu tun. Das musst du mir glauben. Burkhard, wir sind seit zwei Jahren getrennt. Was geht in dir vor? Bist du verrückt geworden?«

Die letzten Worte sind ihr herausgerutscht. Sophie bereut sie im gleichen Augenblick. Denn Burkhard stiert sie an, als hätte er wirklich den Verstand verloren.

»Vielleicht«, sagt er nachdenklich. »Ja vielleicht bin ich verrückt geworden. Vielleicht aber auch endlich vernünftig.«

Er packt sie an den Schultern und zieht sie aus dem Sessel. Dann zerrt er sie bis zu ihrem Zimmer und stößt sie unsanft in die Mitte des Raumes. »Frag nicht so viel! Pack!«

Sophie taumelt und versucht krampfhaft zu denken. Burkhard macht keine Spielchen. Er meint es ernst. Das ist ihr klar. Aber was hat er vor? Wo will er mit ihr hin? Er wirkt hart entschlossen und im nächsten Augenblick wieder völlig planlos. Will er sie womöglich …? Den Gedanken verbietet sie sich, zu Ende zu denken.

»Ich muss mal«, sagt sie.

Burkhard weist mit dem Kinn in Richtung Toilette.

»Dann geh.«

Sophie schlängelt sich an ihm vorbei. Sie hat im Gegensatz zu ihrem Sohn ihr Handy immer in der Hosentasche dabei. Im Bad setzt sie sich mit dem Mobiltelefon in der Hand auf den Toilettendeckel. Sollte sie gleich die Polizei anrufen? Nein, vielleicht würden die sie für hysterisch halten und abwimmeln oder gleich eine richtige Welle auslösen. Die würde vor allem Ben treffen. Es würde wieder in aller Öffentlichkeit schmutzige Wäsche gewaschen. Die letzte SMS kam von Anne. Sophie beginnt, mit zitternden Fingern zu schreiben.

›Hilfe. Burkhard bedroht mich. Er will mit mir weg. Kommt schnell.‹

Sie drückt auf Senden und dann die Klospülung.

Als sie aus dem Bad kommt, steht Burkhard vor ihr. Er streckt ihr seine geöffnete Hand entgegen.

»Was willst du?«

»Dein Handy. Sophie, ich kenne dich. Das ist der Unterschied. Denn du kennst mich nicht. Abfahrt. Das Packen kannst du dir sparen.«

Burkhard schaut auf die gesendete Nachricht und nickt zufrieden. »Deine neue Freundin, nicht wahr? Weißt du was, ich werde ihr unser Reiseziel verraten.«

KAPITEL 23

»Zeig mal!« Tomke nimmt Anne das Handy aus der Hand. Heiner ist aufgesprungen, schaut über ihre Schulter und liest mit.

»Wir müssen sofort nach Schillig«, stammelt Tomke erregt.

»Auf jeden Fall. Ich antworte ihr nur schnell«, sagt Anne und tippt hastig ›Wir kommen!‹ ein.

»Ich komme mit und ich fahre!«, sagt Heiner entschlossen. Anne und Tomke fügen sich widerspruchslos. Sie schnappen ihre Jacken. Es ist keine Zeit für Diskussionen. Da ist etwas passiert, und sie müssen helfen. Sophie ist nicht der Typ, der umsonst um Hilfe ruft. Sie eilen nach draußen zum Wagen.

»Wo wohnt sie?«, fragt Heiner und startet den Motor.

»In Schillig. Geradeaus. Dahinten dann links vom Deich ab und gleich wieder rechts.«

Heiner folgt Tomkes Anweisungen. Keine zehn Minuten später halten sie vor dem Mietshaus im Wangeroogeweg. Sie steigen alle drei fast gleichzeitig aus. Den Wagen lassen sie schlampig geparkt und unabgeschlossen zurück. Regensdorf. Erste Etage. Sie klingeln Sturm. Nichts. Heiner ruckelt an der Tür, was sinnlos erscheint. Aber da wird im Treppenhaus Licht angeschaltet und die Tür geöffnet. Eine füllige ältere Frau steht vor ihnen und blitzt sie empört an. Heiner ignoriert sie und rennt an ihr vorbei die Treppe hoch.

»He Sie! Wo wollen Sie überhaupt hin?«, ruft sie hinter ihm her.

»Wir wollen zu Sophie Regensdorf«, sagt Tomke bemüht höflich. Sie versucht sich ebenfalls an der Frau vorbeizuschlängeln.

»Dann sind Sie umsonst hier. Sophie Regensdorf ist gerade weggefahren.«

Die Frau versperrt Tomke den Weg.

»Sie da oben! Kommen Sie wieder runter. Bei Regensdorf ist niemand zu Hause.«

»Ist sie allein weggefahren?«, fragt Anne atemlos. Sie ist sich sicher, die wachsame Nachbarin weiß die Antwort. Die misst Anne mit einem abschätzenden Blick. Dann zieht sie die Schultern hoch, als wäre sie die personifizierte Unschuld vom Lande. Dabei genießt sie es sichtlich, eine Geheimnisträgerin zu sein.

Heiner kommt die Treppe heruntergelaufen.

»Scheint wirklich niemand da zu sein«, sagt er ratlos.

»Frau Regensdorf hat etwas Wichtiges vergessen. Sie würden uns sehr helfen«, wendet Tomke sich so ruhig wie möglich an die misstrauische Frau.

Die atmet tief durch, als ringe sie mit einer Entscheidung. »Sie ist mit ihrem Exmann unterwegs. Alte Liebe rostet eben doch nicht.«

Burkhard bedroht mich. Er will mit mir weg. Hilfe. Das hört sich nicht nach einem harmonischen Ausflug an. Ganz und gar nicht. Tomke sieht erst Heiner und dann Anne an. Sie kann in ihren Gesichtern lesen, sie denken dasselbe wie sie. Ohne sich weiter um die neugierige Nachbarin zu kümmern, laufen sie zum Auto zurück.

»Verdammt, wo kann er mit ihr hin sein?« Heiner schlägt mit der flachen Hand auf das Lenkrad. »Was hat Burkhard vor? Irgendetwas stimmt mit ihm nicht.«

»Sie kennen ihn von uns am besten. Haben Sie keine Idee? Ein Lieblingsplatz oder Ähnliches? Vielleicht ein Ort, der etwas mit ihrer gemeinsamen Vergangenheit zu tun hat«, überlegt Tomke.

»Am besten«, wiederholt Heiner. »Ich kannte ihn einmal gut, ja. Aber das ist lange her. Seitdem Burkhard Sophie geheiratet hat, wollte ich keinen Kontakt mehr. Das habe ich Ihnen schon erzählt. Um mich selbst zu schützen. Und damit die beiden eine Chance haben. An das Abkommen hat er sich gehalten. Bis gestern. Da ruft er mich aus heiterem Himmel an und erzählt mir, ich habe einen Sohn. Warum war ihm das wichtig? Und warum hat er jetzt Sophie mitgenommen?«

»Stimmt«, sagt Anne leise, »es bleibt die Frage: warum? Fast könnte man annehmen, es gehört alles zu einem Plan. Er wollte, dass Sie nach Horumersiel kommen. Er wollte, dass Sophie Ihnen über den Weg läuft.«

Tomke sieht sie aufgeschreckt an. »Wo du es sagst. Stimmt, das hört sich nach einem Plan an. Wir verstehen ihn nur noch nicht. Und Burkhard scheint noch mehr vorzuhaben. Wir müssen etwas unternehmen.«

Tomke fährt sich mit beiden Händen durch das Haar, als könnte sie sich die Lösung aus der Kopfhaut ziehen.

»Torben!«, ruft sie. »Torben weiß sicher, wo Ben steckt – und vielleicht hat Burkhard ihm gestern irgendwas erzählt, was uns weiterhilft.«

Aufgeregt fingert Tomke ihr Handy hervor und wählt Torbens Nummer. Er meldet sich sofort.

»Moin, Mama, schon wieder Sehnsucht nach deinem Lieblingssohn?«

»Torben, ich habe jetzt keine Zeit. Es ist ganz wichtig: Weißt du, wo Ben steckt?«

»Der sitzt direkt neben mir«, antwortet er irritiert. »Was ist denn …«

»Gib ihn mir! Bitte!«

Torben folgt wortlos, Ben meldet sich am anderen Ende.

»Moin, Frau Heinrich«, meldet der sich überrascht.

»Ben. Es ist schwer zu erklären und dauert auch zu lange. Du hast dich gestern mit deinem Vater getroffen. Was hat er dir erzählt?«

Keine Antwort. Kein Wunder. Tomke kann sich vorstellen, wie die beiden Männer gerade verständnislose Blicke miteinander tauschen. Statt Ben ist wieder Torben am Apparat. »Also Mama echt jetzt.«

»Nichts ›also Mama echt jetzt‹. Gut, dir kann ich es besser erzählen. Burkhard hat Sophie«, Tomke sucht kurz nach einem weniger dramatischen Ausdruck, aber ihr fällt nur ›entführt‹ ein.

»Entführt?«, echot Torben ungläubig. »Also echt jetzt, Mama. Fang nicht an zu tünen. In dem Alter bist du noch nicht.«

»Torben, ich bin nicht in der Stimmung, um Dönjes zu machen!« Tomkes Stimme ist messerscharf. Selbst wenn ihr Sohn dreißig Jahre alt ist, diese Stimmlage wirkt immer noch. Er ist still und hört zu.

»Ich weiß nicht, was in Burkhard gefahren ist. Ich weiß nur, dass Sophie eine Nachricht geschrieben hat. Sie hat Angst und braucht Hilfe. Sie fühlt sich von Burkhard bedroht. Eine Nachbarin hat gerade bestätigt, dass Burkhard mit Sophie weggefahren ist.Hat Ben eine Idee wohin?«

»Moment«, sagt Torben. Seine Stimme hat jeden Humor verloren und klingt sehr ernst. Er hält das Mikro zu.

»Was ist?«, fragt Heiner.

»Mein Sohn redet mit Ben.«

Sie warten ungeduldig. Was reden die so lange?

»Mama?«, meldet Torben sich endlich.

»Ja, und? Habt ihr eine Idee?«

»Ben hat keine Ahnung, , aber ich – mir ist was eingefallen. Ich habe gestern Abend Burkhards Jeep vor dem Haus im Hohenstiefersiel gesehen.«

»Ihrem alten Haus am Tief?«

»Ja.«

»Das könnte sein«, sagt Tomke nachdenklich. »Sicher. Ich hatte geglaubt, das Haus ist längst verkauft. Aber anscheinend nicht. Gut, dann danke, und bleib bei Ben. Ich melde mich.«

»Nee, nee. Wir sitzen schon fast im Wagen. Du glaubst ja wohl nicht, dass ich dich allein dahinfahren lasse. Bis gleich.«

»Ich bin nicht allein«, sagt Tomke, aber da hat Torben schon aufgelegt und geht danach nicht mehr ans Handy.

KAPITEL 24

Tomke dirigiert Heiner zurück nach Horumersiel. Sie biegen gerade in die Goldstraße ab, als ein Handy surrt.

»Das ist meins. Eine SMS von Sophie!«, ruft Anne aufgeregt. »Sind im Hohenstiefersiel.«

»Dann hat Torben recht«, sagt Tomke. »So heißt die Straße, die neben dem Tief zum Schöpfwerk führt. Dort haben Sophie und Burkhard bis vor zwei Jahren gewohnt.«

Heiner gibt Gas. Die Straße wird schmal und hat Schlaglöcher. Eine Schütteltour. Keiner protestiert. Und niemand nimmt die verwunschen aussehende Mondscheinlandschaft wahr. Es ist Vollmond. Er ist groß und wirkt wie zum Greifen nahe. Als ruhe er sich leise lächelnd auf dem Innendeich für einen Augenblick aus.

»Warum kommt Burkhard bloß auf die absurde Idee, Sophie zu verschleppen? Er hat immer einen anständigen Eindruck auf mich gemacht. Ein zurückhaltender und höflicher Mann«, überlegt Tomke.

»Manche Krankheiten verändern das Wesen eines Menschen komplett«, sagt Anne. »Das macht sie unberechenbar. Vielleicht will er Herrn Buddensieg und Sophie wieder zusammenbringen?«

Heiner lacht bitter auf. »Das kann ich nicht glauben. Aber wenn, dann kann er es nicht ungeschickter anstellen. Bislang spricht alles dafür, dass er Kleinholz hinterlassen will. Wir brauchen darüber aber nicht zu spekulieren. Ich habe so oder so keine Chance bei Sophie. Sie wird mir nie verzeihen. Niemals. Und Ben, ihm ist sicher nicht geholfen, wenn er weiß, wer sein richtiger Vater ist.«

Sie überqueren die kleine Brücke, die über das Tief führt.

»Jetzt gleich links in den Weg rein«, sagt Tomke. Sie werden von einem entgegenkommenden Wagen geblendet. Er biegt vor ihnen rechts ab.

»Das sind Torben und Ben! Wie schnell waren die denn?«, ruft Tomke aufgeregt. Torbens Einmischung ist ihr ganz und gar nicht recht. Er wäre allerdings nicht davon abzuhalten gewesen. Tomke kennt ihn und sie kennt sich. Aber er hat Ben im Schlepptau. Das beunruhigt sie weit mehr. Burkhard scheint eine Art Rosenkrieg nachzuholen. Tomke wirft Heiner einen flüchtigen Blick zu. Er ist Bens Vater. Was geht ihn ihm wohl vor? Gleich wird er zum ersten Mal seinem Sohn gegenüberstehen. Die Umstände dafür könnten nicht schlechter sein.

Torben hält den Wagen neben dem ersten Haus nach der Brücke an. Heiner stellt seinen gleich dahinter. Burkhards Jeep ist nicht zu entdecken.

Torben steigt als Erster aus. Er kommt um den Wagen herum und taxiert erst Heiner und dann Anne argwöhnisch.

»Seid ihr geflogen?«, fragt Tomke statt einer Begrüßung und steigt ebenfalls aus.

»Nee«, sagt er, »wir waren in der Nähe, im ›Anker‹ in Hooksiel.«

Sein Blick wandert wieder zu Heiner und Anne. »Wer ist das?«

»Ich bin nicht allein, wie du siehst«, antwortet Tomke

ausweichend. Dann senkt sie ihre Stimme. »Tue mir einen Gefallen. Fahr mit Ben wieder weg. Sophie wird nicht begeistert sein, wenn er hier auftaucht. Sie hat uns um Hilfe gebeten. Nicht euch.«

Torben bleibt stehen wie ein Baum und runzelt die Stirn. Tomke seufzt. Er wird nicht weggehen. Sie wendet sich von ihm ab und nimmt das Haus in Augenschein, in dem sie Sophie vermuten. Im Vorgarten wuchern Asternstauden und Hortensien. Sie leuchten im trügerischen Licht des Mondes wie frisch erblüht. Ein schöner Garten. Auf der anderen Seite des Hauses fließt das Tief. Das hier ist ein kleines Paradies zum Wohnen. Das Haus wäre sicher längst mit Leichtigkeit zu verkaufen gewesen. Anscheinend konnte Burkhard sich nicht trennen. Nicht von dem Haus und nicht von Sophie. Wenn die beiden wirklich in dem Haus sind, wie sollen sie vorgehen? Zumal nun Ben dabei ist. Sie können Burkhard nicht wie einen verbrecherischen Kidnapper behandeln. Sie haben bislang nur Sophies Nachricht. Und es besteht noch immer die Möglichkeit, dass sie überreagiert hat. Immerhin liegt kein normaler Tag hinter ihr. Und wo ist Burkhards Auto? Vielleicht hat er Sophie allein zurückgelassen? Oder sie sind schon weitergefahren.

»Warum behauptest du, Mama braucht Hilfe vor Papa? Er würde sie niemals bedrohen. Was soll der Unsinn?«

Tomke weicht instinktiv einen Schritt zurück. Ben ist unbemerkt neben sie getreten. Er dampft regelrecht vor mühsam unterdrückter Wut. Aber er will zu der Mutter seines Freundes nicht ausfallend werden.

»Das ist keine Behauptung«, sagt Tomke sanft. »Deine Mutter hat uns eine SMS geschrieben.«

»Uns?«, wiederholt Ben und sieht fragend zu Heiner und Anne.

Tomke folgt seinem Blick und hält innerlich den Atem an. Wenn man Ben und Heiner zusammen sieht, muss es doch jedem auffallen. Die Ähnlichkeit ist frappierend. Aber anscheinend nicht. Der Gedanke ist zu abstrakt.

»Wer ist das?«, fragt Ben. »Was haben die mit meinen Eltern zu tun?«

Heiner steht hilflos da. In seinem Gesicht zuckt es. Er versucht vergeblich etwas zu sagen. Anne streicht sich verlegen übers Haar. Sie schaut an Ben vorbei auf das Haus.

Tomke kommt ins Straucheln. Was soll sie antworten? Sie kann ihm unmöglich die Wahrheit sagen. Aber sie möchte Ben so wenig wie möglich belügen.

»Die beiden, das sind Bekannte. Sie waren zufällig bei mir, als deine Mutter gesimst hat«, erklärt Tomke. »Sie hat geschrieben, dass sie Hilfe braucht.« Die letzten Worte erinnern alle, warum sie hergekommen sind. Wie unter einem geheimen Kommando schauen sie zu dem Haus, in dem sie Sophie vermuten. Es brennt nirgendwo Licht. Aber bei genauerem Hinsehen erkennt man hinter einem der Fenster das unruhige Flackern einer Kerze. Eindeutig. Es muss jemand im Haus sein.

»Wir sollten nicht alle zusammen reingehen«, sagt Anne. Vielleicht …«

»Von euch geht überhaupt keiner rein!«, unterbricht Ben sie aufgebracht. Er stellt sich vor die kleine Gruppe. »Das ist doch völlig lächerlich. Wenn meine Mutter sich hier mit meinem Vater trifft, dann wird das seine Gründe haben. Er will nach Kanada. Sie haben noch was zu besprechen. Immerhin haben wir in diesem Haus lange gelebt. Damit hat niemand etwas zu tun. Außer mir.«

Er dreht sich um und geht entschlossen durch die kleine Gartenpforte zum Haus. Tomke und Anne lassen sich durch Bens Verbot nicht aufhalten. Heiner gibt sich einen Ruck und geht ihnen ebenfalls hinterher. Torben schüttelt den Kopf und folgt resigniert ihrem Beispiel. Kurz vor der Haustür dreht Ben sich erregt um.

»Nehmt ihr mich irgendwie nicht ernst? Ich habe gesagt, ich gehe allein rein! Schluss der Vorstellung!«

Bevor einer antworten kann, wird die Tür von innen geöffnet. Burkhard. In der Hand hält er etwas matt glänzendes. Eine Pistole.

»Nein, da irrst du dich«, sagt er so ruhig, als hätte Ben gerade über den Sternenhimmel gesprochen und den Kleinen mit dem Großen Bären verwechselt. »Die Vorstellung ist noch nicht beendet, und die ganze feine Gesellschaft ist eingeladen. Obwohl ich nicht mit so viel Besuch gerechnet habe. Ansonsten läuft alles nach Plan.«

Fünf Augenpaare starren ihn und die Waffe ungläubig an.

»Habt ihr nicht verstanden? Reinkommen. Alle!«

Burkhard greift hinter sich und knipst das Flurlicht an.

»Für die, die Angst im Dunkeln haben.«

»Papa, was soll das? Was willst du mit einer …«

»Reinkommen!«, brüllt Burkhard.

Tomke bewegt sich als Erste. In ihrem Kopf rauscht das Blut, als sie an Burkhard vorbei in den Hausflur huscht. Sie hat noch nie in die Mündung einer Pistole geblickt. Keine Ahnung, wie man sich verhalten soll. Außer keinen Widerstand zu leisten. Erst einmal. Auf dem Flur sieht Tomke sich hektisch nach einer Fluchtmöglichkeit um. Vier Türen. Alle sind geschlossen. Wahllos drückt sie eine der Klinken runter. Abgeschlossen. Burkhard hat sich vorbereitet. Er muss sie erwartet haben. Jedenfalls einige von ihnen.

Als Heiner, Torben, Ben und Anne im Flur stehen, verschließt Burkhard die Haustür und öffnet eine der Türen, die vom Flur abgeht.

»Hier herein«, kommandiert er knapp. »Und dass mir keiner von euch den Helden spielt. Das geht schief. Ich habe nämlich nichts mehr zu verlieren.«

»Ich habe auch nichts mehr zu verlieren«, sagt Heiner und sieht Burkhard traurig an. »Warum machst du das?«

»Da irrst du dich«, sagt Burkhard. »Du hast noch etwas zu verlieren. Eine verpasste Chance. Ich habe euch hierhergeholt, damit du und Sophie, ihr euer Leben lang hinterhertrauern könnt.«

»Lass uns miteinander reden«, versucht Heiner es erneut. »Ohne Waffe.«

Burkhard lacht bitter auf. »Dafür ist es zu spät.«

Tomke atmet tief durch. Was hat er mit ihnen vor? Auf jeden Fall sollten sie ihn nicht reizen. Sie sind zu fünft. Er wird sich eine Möglichkeit ergeben, ihn zu überwältigen. Tomke denkt das und merkt, wie die Angst Oberhand gewinnt und ihr nichts mehr einfällt, was einer Rettung dienlich sein könnte. Sie zieht den verstörten Ben und Torben mit sich.

»Bleibt bitte ganz ruhig. Wir müssen abwarten. Macht erst mal, was er sagt«, flüstert sie ihnen beschwörend zu.

In dem großen Raum brennen nur ein paar Teelichter. Sie sind auf dem Fußboden verteilt. Stühle sind das einzige Mobiliar. Auf einem sitzt jemand. Sophie. Anne ist mit wenigen Schritten bei ihr. »Sophie! Sind Sie in Ordnung?«

Sophie bekommt keinen Ton heraus. Dafür dröhnt Burkhards Stimme durch den hohlklingenden Raum.

»Das ist wirklich erstaunlich. Sie sehen nicht nur einer Freundin von uns täuschend ähnlich, Sie verhalten sich sogar wie sie. Die kleine Sophie muss beschützt werden. Sie sind ihrem Charme schon verfallen, nicht wahr?«

Anne steht stocksteif da und antwortet nicht. Seit Burkhard die Pistole auf sie gerichtet hat, erschien ihr alles unwirklich, irgendwie weit entfernt. Nun sieht sie Sophies verweintes Gesicht. Sie hört die gehässige Stimme von Burkhard, und in dem Augenblick greift die Angst mit Macht nach Anne.

Ben hat in seiner Verwirrung jetzt erst seine Mutter entdeckt. Er eilt zu ihr, kniet sich neben sie und umarmt sie.

»Hinsetzen!«, befiehlt Burkhard und macht eine knappe Geste mit der Pistole.

»Vorher legt ihr alle schön eure Handys auf den Fußboden.«

Als niemand sich rührt, schüttelt er bedauernd den Kopf.

»Ihr zwingt mich, dass ich böse werden muss.«

Tomke gibt sich einen Ruck und legt ihr Handy ab. Bevor sie sich auf einen Stuhl setzt, raunt sie ihrem Sohn mit zitternder Stimme zu: »Mach es.«

KAPITEL 25

Torben legt sein Handy ab und setzt sich. Die Lippen fest zusammengekniffen. Warum mussten sie unbedingt alle gleichzeitig ins Haus gehen? Weil niemand an eine echte Gefahr geglaubt hat. Die Hilferufstory war zu fantastisch, um über eine ernsthafte Vorgehensweise nachzudenken. Nun sitzen sie wie die Mäuse in der Falle.

Tomke hat sich lange nicht so hilflos gefühlt. Sie hat mit Beziehungsstress gerechnet. Ernsthaftem. Nach dem, was sie heute von Sophie und Heiner erfahren hat und nach der Notruf-SMS. Sicher. Auch mit Handgreiflichkeiten. Aber niemals mit einem Mann, der sie mit der Waffe bedroht und sich brutal und gefährlich entschlossen verhält.

Anne lässt sich auf einen Stuhl fallen. Sie muss gegen eine Welle aufkommender Panik anatmen. Wie verhält man sich, was macht man in so einer Situation? Ihr Blick streift Burkhard. Man müsste ihn in ein Gespräch verwickeln. Aber was sollte man mit ihm reden? Vielleicht bringen ihn abgedroschene Beschwichtigungen noch mehr auf. Sie wird schweigen und an Lisette denken. Und verdammt noch mal langsamer atmen.

Heiner wirft einen scheuen Blick zu Sophie und Ben. Beide sehen kreidebleich aus und leiden. Er muss etwas unternehmen, ihnen helfen. Er wird nicht wie ein Feigling hier rausgehen. Er dreht sich langsam um und macht einen Schritt auf Burkhard zu. Er hat keine Angst. Wovor auch?

»Der erste Schuss geht nicht an dich!«, schreit Burkhard und richtet die Waffe auf Sophie. Heiner bleibt stehen und hebt beschwörend seine Hände. »Ist gut Burkhard. Ist gut.« Er legt sein Handy zu den anderen auf den Fußboden und setzt sich. Er muss eine bessere Gelegenheit abwarten. Ben sitzt dicht neben seiner Mutter. Sie blickt ihn mit liebevoller Verzweiflung an. Was will sie ihm sagen? Hat sie eine Ahnung, warum sein Vater Amok läuft? Warum hat sie keine konkretere Nachricht geschrieben? Dann hätte man besser reagieren können. Zum Beispiel: Burkhard hat eine Waffe. Ben starrt seinen Vater an. Gestern hat er ihm noch gesagt, er würde ihn lieben und nun steht er mit einer Waffe in der Hand vor ihnen. Wütend, fremd, böse. Wahrscheinlich konnte das seine Mutter ebenso wenig einordnen und deshalb nicht reagieren.

»Papa«, Bens Stimme gehorcht ihm kaum. »Warum …«

»Moment«, unterbricht ihn Burkhard. Er bückt sich und sammelt die Handys in eine Plastiktüte. Dabei behält er besonders die Männer im Blick. Niemand rührt sich. Mittlerweile haben alle begriffen, Burkhard ist zu allem entschlossen. Sie müssen sich fürs Erste fügen. Warten, bis Burkhards Konzentration nachlässt. Er wirft die Tüte achtlos in den Flur und verschließt die Tür von innen. Für sich selbst holt er keinen Stuhl. Er bleibt stehen und sieht wortlos von einem zum anderen, als wollte er sich die Gesichter für immer einprägen. Nervenaufreibend lange. Als er Anne ansieht, huscht ein Lächeln über sein Gesicht. Es wirkt wie das eines Wahnsinnigen.

»Ich kann es immer noch nicht fassen. Gibt es solche Zufälle? Gerade jetzt kreuzen Sie hier auf. Eine ältere Kopie von Betty.«

Anne atmet viel zu schnell. Sein Blick fühlt sich für sie an, als würde er sie anfassen. Was hat dieser unberechenbare Mann vor? Will er sie etwa alle umbringen?

»Keine Sorge, Ihnen wird nichts geschehen«, sagt Burkhard übergangslos sanft, als könnte er ihre Gedanken lesen. »Ich wollte nur dafür sorgen, dass man mir zuhört. Aufmerksam zuhört. Unter Zeugen. Ich werde dafür sorgen, dass niemand so weiterleben kann, als wäre nichts geschehen.«

»Aber Papa, ich würde dir auch zuhören, wenn du keine Waffe in Hand hättest.«

Man hört die unterdrückten Tränen in Bens Stimme. »Und Mama mit Sicherheit auch. Bitte Papa.«

»Ich möchte, dass man mir aufmerksam zuhört«, wiederholt Burkhard streng, »und ich möchte nicht unterbrochen werden. Auch nicht von dir.«

Er sieht Ben eindringlich an.

»Du kannst nichts dafür, und bei dir möchte ich mich entschuldigen. Nur bei dir. Dich wollte ich nicht dabei haben. Und Torben ebenfalls nicht. Aber nun kann ich es nicht mehr ändern. Und ich kann auch dir zuliebe die Geschichte nicht schöner erzählen, als sie war. Du bist erwachsen.«

Er atmet tief durch.»Sophie, ich wollte übrigens wirklich nach Kanada«, sagt er. Seine Stimme klingt normal. »Ich wollte alles zurücklassen. Vergessen. Auch dich, Sophie. Aber ich kann nicht ohne dich leben.«

Sophie starrt ihn an. Sollte sie mit ihm gehen? Würde er dann diesen Spuk beenden? Sie öffnet die Lippen. Burkhard lächelt traurig.

»Zu spät, kleine Sophie. Zu spät. Du brauchst dich nicht ein zweites Mal zu opfern.«

»Burkhard, ich …«, bringt Sophie zitternd hervor.

Er unterbricht sie mit einer ungeduldigen Handbewegung.

»Schluss. Ich sage jetzt, was ich zu sagen habe.« Er sieht nun keinen der Anwesenden mehr an. Seinen Blick nach innen gerichtet beginnt er mit einer emotionslosen Stimme an zu erzählen.

»Wir waren zwei Freunde. Heiner und ich. Die besten Freunde. Seit wir im Sandkasten gespielt haben. Wir wollten immer zusammenbleiben. Ja, so was gibt es auch unter Jungen. Heiner wollte Tierarzt werden wie sein Vater. Die nächste Tierärztliche Hochschule gab es erst in Hannover. Ich bin mitgegangen, obwohl ich E-Technik hier im Norden hätte studieren können und obwohl ich ungern weggezogen bin. Aber ich bin. Für Heiner. Wir haben in der Nordstadt zusammen eine Wohnung gehabt, und wir hatten eine gute Zeit und viel Spaß.

Bis Sophie in unser Leben kam. Heiner hatte sich verliebt und mir von der kleinen Sophie vorgeschwärmt. In den Semesterferien habe ich sie kennengelernt. Und mich vom ersten Augenblick an in sie verliebt. Nein, es war mehr. Es war Liebe. Ich hätte alles für sie getan. Aber sie wollte Heiner, und ich habe meine Gefühle vergraben. So tief ich konnte.

Da gab es noch Betty. Sie war Sophies beste Freundin. Ihre Herzensfreundin. Betty war eine große Frau und ein echter Kumpel. Sie hat Sophie ebenfalls geliebt. Aber das war eine andere Liebe als zwischen Heiner und mir. Betty hat Sophie als Frau begehrt und sie hat genau wie ich gelitten. Still gelitten.«

Burkhard richtet seine Aufmerksamkeit an Sophie und

Heiner: »Das habt ihr in eurem egoistischen Rausch überhaupt nicht bemerkt. Ihr habt geglaubt, die Welt dreht sich um eure Liebe und jeder freut sich mit euch. Wahrscheinlich wären die Rollen so verteilt geblieben, wenn es diesen Abend, diese verfluchte Nacht nicht gegeben hätte. In der wir vier wie die Kinder im Garten gespielt haben. Aber wir waren keine Kinder mehr.

Ich habe Sophie auf die Schulter genommen, weil Betty zu groß für mich war. Ihr könnt euch sicher erinnern. Ich auch. Ich bin vor Erregung fast verrückt geworden. Ich habe Sophies Hitze in meinem Nacken gespürt. Ihre Bewegungen, wenn sich ihre Schenkel bei mir festklammerten. Ich konnte nicht mehr denken.«

»Es reicht!«, ruft Heiner. »Warum …«

»Halt deinen Mund! Ihr sollt zuhören!«

Burkhard fährt sich mit einer Hand über die Stirn, dann redet er weiter.

»Ich war erregt und verwirrt, aber dann war Sophie weg. Müde. Im Bett. Heiner nicht viel später. Ich bin mit Betty allein übriggeblieben. Mit Betty und meiner hochgepeitschten Begierde. Ich wollte die Nähe einer Frau. Ihre Wärme spüren. Warum nicht Betty? Wir beide waren Vertraute, Verbündete. Wir könnten uns trösten. Aber sie wollte nicht. Sie war unglaublich wütend über mein Ansinnen und hat sich gleich wie eine Verrückte gewehrt, als wäre ich ein Monster. Bei dem Gerangel ist sie gestürzt und rückwärts auf den Behandlungstisch geknallt. Die Halterung für Infusionen war am Oberteil befestigt und ihr wisst, was passiert ist. Sie war tot. Betty war tot. Ich habe sie gern gehabt. Wirklich gern. Und ich wollte ihr nichts antun. Niemals. Ich habe neben ihr gestanden und wie ein Kind geweint.

Irgendwann kamen meine Gedanken zurück. Ich begann zu überlegen. Wie sollte es für mich weitergehen? Was für Möglichkeiten hatte ich? Weglaufen? Keine gute Idee. Heiner und Sophie wussten, ich war der Letzte, der mit Betty zusammen war. Sie würden mich überführen. Der Gedanke, im Gefängnis zu landen, war grauenvoll. Aber eine andere Vorstellung war schier unerträglich: Sophie würde mich hassen. Ich hatte ihre Herzensfreundin getötet. Ohne Absicht, doch das wäre nicht von Bedeutung. Ich würde Sophie nie wiedersehen. Sie würde mich sicher nicht besuchen, sondern wie einen Aussätzigen meiden. Die Vorstellung machte mich hellwach und skrupellos.

Heiner. Er schlief längst tief und fest. Aber ich wusste von seinem nächtlichen Geheimnis. Er war ein Schlafwandler. Heiner könnte mein Ausweg sein. Vielleicht. Hoffentlich. Ich musste es versuchen und habe nicht lange das Für und Wider abgewogen. Es war meine einzige Chance. Ich habe Handschuhe angezogen. Bettys Bluse zerrissen, ihre Hose halb heruntergezerrt. Dann habe ich mir Nachtzeug angezogen und bin zu Heiner gegangen. Ich hatte nachts schon einige Schoten mit ihm erlebt. Ihn aus dem Garten geholt und wieder ins Bett geführt. Am nächsten Morgen konnte sich Heiner an nichts erinnern. Warum sollte es nicht umgekehrt funktionieren? Ich konnte es im Nachhinein kaum glauben, aber es hat funktioniert. Ich habe Heiner behutsam im Bett aufgesetzt, ihn an die Hand genommen und ins Behandlungszimmer geführt. Dort habe ich ihn wach geschüttelt. Ich habe fassungslos herumgeschrien: Was hast du getan?

Noch ein wichtiger Fakt. Die Frage würde früher oder später von euch kommen. Deshalb gleich die Antwort.

Heiners Blut unter Bettys Fingernägeln. Da hat mir der Zufall geholfen. Die stammten von keinem Kampf, sondern von unserem Spiel vorher im Garten. Heiner hatte Betty auf den Schultern, und sie wäre einmal fast heruntergefallen. Da hat sie sich bei ihm festgeklammert und gekratzt. Das haben beide im Spielrausch nicht bemerkt.«

Burkhard schüttelt abfällig den Kopf.

»Ihr seid so kleingeistig. Vor allem du, liebe Sophie. Du hast geglaubt, Heiner könnte sich an Betty vergehen. Im Schlaf, aber immerhin. Dabei hast du ihn angeblich geliebt. Eine traurige Liebe. Sie hat die Feuertaufe nicht bestanden. Und noch eins, ich hätte Betty nicht vergewaltigt. Niemals. Egal wie viel Hormone in meinem Blut waren. Ihre Gegenwehr war maßlos übertrieben.«

Es folgt eine atemlose Stille. Burkhard sieht zu Heiner. Dem ist keine Regung anzumerken. Die Fassungslosigkeit lässt noch kein Gefühl zu. Burkhards Blick wandert weiter zu Sophie. Sie weint nicht. Sie sieht wie betäubt an ihm vorbei. Burkhard nickt befriedigt. Er wirkt wie ein Regisseur, der nach einem Theaterstück sein Publikum betrachtet und feststellt: Die Vorstellung war ein Erfolg.

»Siehst du Heiner, ich hatte recht. Du und unsere Sophie, ihr hattet noch etwas zu verlieren. Ihr habt gerade über zwei Jahrzehnte verloren. Die ihr gemeinsam hättet leben können. Mit Ben und noch mehr Kindern. Die wolltet ihr doch immer. Eine große Familie. Aber ihr habt nicht aneinander geglaubt. Noch nicht einmal an euch selbst. Ihr habt nur gesehen, was man euch an Fakten vorgegeben hat. Nicht hinterfragt. Und an ein Verzeihen war überhaupt nicht zu denken, nicht wahr Sophie?

Und nun? Heiner hat unschuldig im Gefängnis gesessen. Und du musstest mit mir leben.«

Er macht eine kleine Pause.

»Das tut weh, nicht wahr. Euer Verzicht, euer Schmerz und all die Scham über eure Kleingläubigkeit. Wenn es euch ein Trost ist, ich habe auch gelitten. Die ganze Zeit. Ich habe meinen Freund verraten. Die Schuld habe ich immer gespürt. Und Sophie, für die ich alles getan habe? Sie hat mich nicht geliebt, und wir haben kein gemeinsames Kind bekommen.«

Burkhard macht eine Pause. Er kämpft sichtlich mit den Tränen. Dann streckt er sich und hebt sein Kinn. »Aber immerhin, Sophie war zwanzig Jahre lang meine Frau. Sie hat an meiner Seite gelebt, in meinem Bett gelegen. Das ist meine Zeit gewesen, und die gebe ich euch nicht wieder zurück. Ich lasse euch jetzt allein. Ihr habt euch sicher eine Menge zu erzählen.«

KAPITEL 26

Ohne jemanden einen letzten Blick zu gönnen, dreht Burkhard sich um und verlässt den Raum. Der Schlüssel wird von außen herumgedreht. Er hat sie eingeschlossen. Die Haustür wird heftig zugeschlagen. Schritte auf dem Kiesweg am Haus entlang. Er geht. Alle zucken zusammen, als die schweren Holzfensterläden von außen geschlossen werden. Wieder Schritte. Sie entfernen sich. Kurze Zeit später hören sie einen Motor anspringen. Ganz in der Nähe. Burkhard muss seinen Jeep hinter der Buchsbaumhecke versteckt haben.

Er hat die Kerzen im Zimmer brennen lassen. Alle haben sich längst an das Schummerlicht gewöhnt. Doch niemand wagt den Blick zu heben. Geschweige denn ein Wort zu sagen. Die Stille im Raum ist lähmend und erinnert an eine Beerdigung. Sie bleiben auf ihren Stühlen sitzen, als hätte man sie festgebunden. Das Entsetzen hat sie gelähmt. Sie sitzen ganz nah und gleichzeitig Lichtjahre voneinander entfernt, gefangen in eigenen schmerzlichen Gedanken. Ohne Zeitgefühl.

Er hat erreicht, was er wollte, denkt Tomke. Er wollte ihnen wehtun, sie leiden lassen. Er wollte sie bestrafen. Bestrafen. Wie paradox. Denn Burkhard war und ist der Schuldige. Er hat seinen Freund geopfert. Er hat viele Menschen unglücklich gemacht und einen getötet. Und nun hat er endlich begriffen, dass Sophie für ihn verloren ist. Für immer. Was ist das für eine Liebe, die so viel zerstört? Warum ist er nicht nach Kanada gegangen? Nein, das konnte er nicht. Er musste sich für seine verschmähte Liebe rächen. Er wollte sie noch mehr leiden lassen. Burkhards Verhalten ist krank. Richtig krank. Von Anfang an. Und seine Gefühle haben nichts mit Liebe zu tun.

Tomke mag sich kaum vorstellen, welches Chaos nun in Bens Kopf herrscht. Der arme Junge.

Tomke unterbricht ihre Gedankengänge. Erst mal müssen sie hier raus. Und zwar so schnell wie möglich. Tomke sieht vorsichtig zur Seite. Neben ihr sitzt Anne. Sie hat ein tränennasses Gesicht. Wie hat sie das gemacht? Man hat von ihr nicht den leisesten Schluchzer gehört. Tomkes Blick wandert weiter zu Ben. Der sitzt in sich zusammengesunken. Sophies Gesicht ist vollkommen ausdruckslos. Heiner ist ebenfalls in eine unheimliche Starre verfallen. Von ihm ist keine Hilfe zu erwarten. Daneben Torben. Er erwidert den suchenden Blick seiner Mutter und versteht ohne Worte. Er steht auf, geht an die Tür und ruckelt an der Klinke. Dabei weiß er, dass die Tür verschlossen ist. Aber er muss etwas unternehmen. Tomke ist ihm gefolgt.

»Da ist ohne Werkzeug nichts zu machen«, sagt sie.

Es sind die ersten gesprochenen Worte, seit Burkhard den Raum verlassen hat. Sie lösen Anne aus ihrer Erstarrung. Sie steht auf und öffnet ein Fenster. Die schweren Holzaußenläden lassen sie resigniert mit den Schultern zucken. Sie sieht sich hilfesuchend um.

Sophie, Ben und Heiner sitzen teilnahmelos auf den Stühlen, als hätten sie nicht das geringste Bedürfnis sich zu befreien.

Torben schnappt sich einen Stuhl, nimmt Anlauf und schmettert ihn mit Kraft gegen die Außenläden. Holz splittert. Torben holt erneut aus.

In dem Augenblick hören sie draußen ein Auto vorfahren. Torben hält in der Bewegung inne. Schritte auf dem Gartenweg. Die Haustür wird aufgeschlossen. Das kann nur Burkhard sein. Was will er noch? Auf die Frage fällt Tomke keine beruhigende Antwort ein. Torben stellt sich mit dem Stuhl hinter die Zimmertür. Er ist bereit. Noch einmal lässt er sich nicht bedrohen. Heiner gibt sich endlich einen Ruck. Er steht auf und stellt sich neben Torben. Die Tür wird aufgeschlossen. Alle halten den Atem an. Aber es ist nicht Burkhard, sondern Imke Krar aus dem ›Leuchtfeuer‹.

Torben lässt den Stuhl achtlos fallen.

»Mein Gott«, ruft Imke entsetzt und springt intuitiv zur Seite.

»Dich schickt der Himmel«, sagt Tomke mit vor Erleichterung zitternder Stimme.

»Weniger. Das war Burkhard. Er hat mich angerufen.«

»Wieso hat Burkhard dich angerufen?«, fragt Tomke.

»Keine Ahnung«, sagt Imke. »Erst bringt er mir ein Bund Schlüssel zum Aufheben vorbei. Ohne Kommentar. Ganz eigenartig. Und keine halbe Stunde später schreibt er, ihr seid hier im Haus, und ich soll euch befreien. Erst dachte ich, der ist vollkommen dun. Ein schlechter Witz. Ich habe versucht ihn anzurufen. Aber er hat sein Handy abgestellt. Da bin ich unruhig geworden, weil er sich auch so sonderbar verhalten hat, als er in die Gaststube kam. Das hat mir keine Ruhe gelassen, und ich wollte wenigstens schnell nachsehen. Aber ich hätte nie geglaubt, dass ihr wirklich hier seid.«

Sophie und Ben sind auch endlich aufgestanden. Sie bleiben hilflos im Raum stehen, als hätten sie vergessen, wo sie hingehören. Sophie hebt eine Hand, legt sie zaghaft auf Bens Arm. Für einen Moment sieht es aus, als wolle er ihre Hand abwehren. Dann zieht er seine Mutter in seine Arme.

»Was wollt ihr jetzt unternehmen? Die Polizei verständigen?«, fragt Imke.

»Keine Polizei! Bitte.«

Das war Sophie. Torben sieht seine Mutter auffordernd an. Er ist eindeutig der Meinung, dass man etwas unternehmen muss. Tomke zögert. Wenn sie nicht selbst schon genug erlebt hätte, würde sie darauf bestehen, die Polizei einzuschalten. Tomke ahnt, warum Sophie das nicht will. Aber es ist keine Lösung. Höchstens für eine Nacht. Sonst wird Sophie immer Angst vor Burkhard haben müssen.

»Nein, keine Polizei«, wiederholt Heiner Sophies Bitte mit heiserer Stimme.

Imke nickt verwirrt, aber sie stellt keine Fragen nach dem Warum und Wieso. Tomke sieht Heiner eindringlich an. Warum will auch er keine Polizei? Will er Sophie helfen oder plant er Rache auf eigene Faust? Heiner hält ihrem Blick stand. In seinen Augen erkennt sie keine Wut, nur unglaublich viel Traurigkeit.

»Gut«, sagt Tomke. Sie wendet sich Sophie zu.»Du gehst heute Nacht nicht in deine Wohnung. Anne und ich nehmen dich mit. Die kleine Stube ist ein guter Schlafplatz.«

»Ich bleibe bei Ben«, sagt Sophie leise, aber mit fester Stimme.

»Dann kommt ihr beide mit zu mir«, bestimmt Torben resolut. »Mama hat recht. In eure Wohnung lasse ich euch heute Nacht ganz bestimmt nicht.«

Er braucht nicht auszusprechen, weshalb. Es denken alle das Gleiche: Burkhard irrt da draußen herum und ist ein unberechenbares Pulverfass.

Anne geht auf Sophie zu und legt ihren Arm um ihre Schulter. »Ich bringe dich zum Auto«, sagt sie weich. Das Du ist ihr ohne Absicht ganz natürlich über die Lippen gekommen.

Torben nimmt Ben unter seine Fittiche. Der lässt sich von ihm willenlos mitziehen.

»Wir fahren mit Imke«, sagt Tomke zu Heiner. »Versprechen Sie mir, nur bis zum ›Leuchtfeuer‹ zu fahren. Auf keinen Fall fahren Sie in Ihrem Gemütszustand ganz nach Hause.« Und keine Alleingänge, um Burkhard zu finden. Den Gedanken spricht sie nicht aus.

Heiner nickt. Sein Blick sucht Sophies. Sie weicht ihm aus und lehnt sich an Anne.

»Ich – ich werde – ich möchte mich bei dir, bei euch melden«, sagt er rau.

»Wenn du das noch willst«, antwortet Sophie kaum hörbar und hebt den Blick. Sie schafft ihn nur bis zu seiner Kinnhöhe und starrt auf seinen Mund.

»Ja, das will ich«, sagt er schlicht. Dann dreht er sich um und geht zum Wagen.

Geschlafen hat in der Nacht niemand von ihnen.

KAPITEL 27

Am nächsten Morgen

Imke hat es als Erste erfahren. Sie hat Tomke angerufen. Tomke ihren Sohn, damit er mit Sophie und Ben spricht.

Burkhard ist mit an Sicherheit grenzender Wahrscheinlichkeit tot. Er ist, nachdem er das Haus im Hohenstiefersiel verlassen hat, zum ›Leuchtfeuer‹ gefahren. Er hat bei Imke den Schlüsselbund abgegeben und ist gleich wieder gegangen. Aber ist nicht nach Hohenkirchen in sein Appartement, sondern zum Hafen in Horumersiel. Dort lag sein Motorboot. Der helle Mondschein war auf Burkhards Seite. Der einzige Verbündete auf dieser nächtlichen Fahrt. Vor Schillig lag der Tanker ›Nautilus‹ auf Reede. Nordnordost davon steht der alte Leuchtturm Mellumplate in der Nordsee. Der ist schon lange außer Betrieb. Aber Burkhard konnte ihn nicht verfehlen. Der Mond beleuchtete den schroffen Bau.

Eine Ankerwache auf der ›Nautilus‹ hat den Aufprall gehört. Sie haben Scheinwerfer angeworfen und ein Motorboot ausgemacht. Es hatte Schlagseite, die rote Backbordbeleuchtung oben. Sie haben den Seenotrettungskreuzer ›Baltrum‹ aus Horumersiel gerufen. Die Rettungsmannschaft konnte nur das Wrack bergen. Von Burkhard fehlte jede Spur.

Ein paar Tage später nachmittags

Tomke und Anne sitzen im Wagen. Sie atmen beide durch. Das lange intensive Gespräch mit Sophie ist ihnen an die Nieren gegangen.

»Ich will noch just nach Hooksiel fahren und den neuen Wangerlandkalender abholen«, sagt Tomke. »Und ein bisschen Wind um die Nase brauche ich auch.«

»Gute Idee«, sagt Anne. »Lass uns zum Außenhafen fahren und eine Runde laufen.«

»Hört hört. Außenhafen. Da kennt sich langsam eine im Wangerland aus«, lächelt Tomke und startet den Motor.

»Ich bin so erleichtert, dass sie Burkhards Leiche gefunden haben«, sagt Anne.

»Das kannst du laut sagen«, antwortet Tomke. »Auch wenn es noch so unwahrscheinlich ist, Sophie hätte ja nie den Gedanken ganz an die Seite legen können.«

»Glaubst du, Sophie wird Heiner besuchen?«, fragt Anne.

»Ja, ich denke, schon. Sie braucht noch Zeit, aber sie wird sich mit ihm treffen. Oben in Kappeln. Das ist sozusagen neutraler Boden. Dort verbindet sie keine gemeinsame Vergangenheit.«

»Mir gefällt es, dass Heiner sein Verfahren nicht neu aufrollen lässt«, sagt Anne.

»Mir auch. Um seine Unschuld zu beweisen, hätte er uns alle als Zeugen benennen müssen. Denn mehr Beweismaterial hat er nicht. Das wäre für Sophie und Ben unnötige Quälerei gewesen. Davon abgesehen zeigt sein Verzicht, er ist mit sich und der Vergangenheit im Reinen. Er braucht keine öffentliche Absolution. Das macht Hoffnung auf Zukunft.«

»Stimmt. Aber so weit ist Sophie noch lange nicht. Sie

macht sich bittere Vorwürfe, Heiner nicht vertraut zu haben. Ganz egal, welche Fakten gegen ihn gesprochen haben. Sie schämt sich, weil sie in Burkhards Armen gelandet ist und Heiner im Stich gelassen hat.«

»Ich weiß. Aber wie hätte sie Heiner vertrauen sollen? Er hat es selbst nicht getan. Er hat die Tat gestanden, vergiss das nicht.«

»Es wird auf jeden Fall keine leichte Annäherung. Beide sind nicht mehr die, die sie vor zwanzig Jahren waren. Wenn sie nicht aufhören zu fragen, was haben wir in den Jahren an gemeinsamem Leben verloren, warum war ich nicht mutiger, wieso war ich so kleingläubig, dann werden sie sich aufreiben, und Burkhard hat erreicht, was er wollte. Aus dem Grund werde ich den Karton mit Sophies Briefen endgültig entsorgen. Das ist Vergangenheit.«

»Richtig. Sie haben nur eine zweite Chance, wenn sie denken: Was haben wir vor uns und was für ein Glück, dass wir uns wiedergefunden haben.«

Anne lächelt. »Hört sich nach Happy End an?«

»Hm, vielleicht. Aber sicher nicht in Schweinchenrosa.«

»Und Ben?«, fragt Anne. »Wie geht es ihm? Hat Torben was erzählt?«

»Hat er. Für Ben ist es sehr schwer. Er hat Burkhard geliebt. Und er musste sich den ganzen Schmutz mit anhören. Aber wenn Sophie nach Kappeln fährt, will er mit, um Heiner kennenzulernen. Jedenfalls ein bisschen. Braucht auch Zeit und wird nicht auf Knopfdruck funktionieren.«

»Ja, Väter kennenlernen geht nicht von heute auf morgen.« Anne schaut zur Seite aus dem Fenster.

»Du denkst an deine Tochter. Warum rufst du sie nicht mal an?«

Anne zuckt mit den Schultern. »Ich wollte auf ihren Anruf warten.«

»Was soll das? Es geht doch nicht um Spielregeln: Wer meldet sich zuerst. Ruf sie an.«

Anne zieht gehorsam ihr Handy aus der Tasche. Im Grunde hat sie nur auf so einen Anschubser gewartet. Lisette geht schon beim zweiten Ton an den Apparat.

»Hi Mama, das ist Gedankenübertragung. Ich wollte dich auch anrufen. Geht es dir gut?«

Anne muss lächeln. Das sollte ihre Frage gewesen sein.

»Ja, mir geht es gut. Ich bin an der Nordsee.«

»Bei deiner supernetten Pensionswirtin?«

»Ja«, lacht Anne. »Und du? Kommst du in der Schule zurecht? Hast du schon Freunde gefunden?«

»Was heißt Freunde? Ein paar nette Leute. Ja. Aber so richtig zum Reden noch nicht. Sag mal, mich beschäftigt gerade ein Thema. Kann ich dich was fragen?«

»Sicher.«

»Lohnt es sich, Kinder zu bekommen?«

Anne richtet sich unwillkürlich in dem Autopolster auf.

»Wieso fragst du das?«

»Nur so, keine Panik.« Lisette muss lachen. »Ich bin nicht schwanger. Das ist gerade mein Nachdenkthema. Du kennst mich doch. Warum bekommt man Kinder? Im Grunde kosten sie nur viel Geld und man muss persönliche Abstriche machen. Kann nicht mehr ausgehen, wann man will. Muss Nahrung beschaffen und so weiter. Und irgendwann gehen sie ihre eigenen Wege. Wenn man Glück hat, kommen sie zu Besuch. Trotzdem sind Kinder für die meisten Menschen ein zentrales Lebensziel. Ist das genetisch angelegt?«

Lisette macht eine kleine Pause. »Na ja, ist ja auch komisch, das die eigene Mutter zu fragen. Aber Papa nervt das. Nicht nur das. Eben meine Art zu diskutieren. Eigentlich kann man mit ihm nie wirklich reden. Nicht so wie mit dir. Er ist immer in Gedanken, irgendwie weit weg und mit sich und seiner Kunst beschäftigt.«

Anne schluckt. Ihre kluge Lisette. Sie diskutiert gern, und manchmal ist das anstrengend gewesen. Aber meistens hat Anne sich darauf eingelassen. Das waren gute Augenblicke am Küchentisch. Und Lisette hat sie nicht vergessen. Anne wird ganz warm ums Herz.

»Man hat durch Kinder die Chance, das Leben aus ihrer Perspektive zu betrachten. Das ist, als könnte man seine eigene Kindheit noch einmal bewusster durchleben.«

»Ich vermisse dich, Mama«, sagt Lisette leise.

»Ich dich auch. Wir sehen uns in den Weihnachtsferien«, sagt Anne heiser.

»Ja, auf jeden Fall. Ich muss jetzt los.«

»Gut, dann geh. Bis bald.«

Tomke lässt Anne Zeit. Dann tippt sie ihr neckend an den Oberarm. »Na, manchmal lohnt es sich, über seinen Schatten zu springen.«

Anne kann nur heftig nicken. Sie hat einen dicken Kloß im Hals.

Als sie am Außenhafen ankommen, beginnt es zu regnen.

»Hast du Regensachen dabei?«, fragt Tomke.

»Nein, habe ich nicht.«

Tomke schaltet die Scheibenwischer an und betrachtet die dichte Wolkendecke.

»Dann lassen wir den Spaziergang ausfallen. Ich hole nur schnell den Kalender raus, und dann machen wir es uns zu Hause gemütlich.«

Auf dem Rückweg kommen sie an ›Lilli's Blumenwerkstatt‹ vorbei.

»Wollen wir einen Strauß Blumen kaufen?«, fragt Anne.

»Für wen?«

»Für uns selbst«, lacht Anne »Für jede einen Strauß.«

Tomke hält an.

»Wunderbar«, sagt Anne begeistert, als sie in den Laden kommen. Sie dreht sich zwischen den vielen unterschiedlichen Blumen im Kreis.

»Ich möchte zwei Sträuße, der erste ist für dich, Tomke. Ich möchte Strandflieder, Hagebutten, rosa Lilien und in der Mitte eine Artischocke.«

Der Verkäuferin macht es sichtlich Freude, das Arrangement nach Annes Anleitung zusammenzustellen.

»Den Strauß nennen wir Sommererinnerung«, sagt Anne. »Dein Sommer war doch schön?«

»War er«, bestätigt Tomke.

»Und für mich«, überlegt Anne. »Haben Sie schon Christrosen?«

»Haben wir.«

»Dann möchte ich davon welche und die blauen Hortensien und ein paar Nelken. Ich freue mich nämlich gerade auf Weihnachten.«

Die Verkäuferin sieht Anne lächelnd an. »Schade, dass Sie nicht hier wohnen. Sonst würde ich Ihnen eine Urlaubsvertretung anbieten. Unsere Chefin sucht händeringend eine gute.«

Die Verkäuferin widmet sich wieder dem Arrangieren der Blumen. Sie erwartet offensichtlich keine Antwort.

»Für wann und wie lange?«, fragt Anne.

»Übernächsten Montag für drei Wochen«, sagt die Blumenfrau überrumpelt. Sie sieht Anne prüfend an. »Sie meinen das ernst?«

»Ja.«

»Das wäre wunderbar, aber ich sage Ihnen gleich, das wird eine stressige Zeit. Totenwoche und dann gleich Advent.«

»Wann kann ich Ihre Chefin sprechen?«, fragt Anne unbeeindruckt.

»Morgen Vormittag.«

»Gut, dann bis morgen Vormittag.«

»Du kannst echt überraschen«, sagt Tomke, als sie aus den Laden gehen. »Woher hast du so viel Ahnung von Blumen?«

»Ich liebe Blumen. Und das Wissen habe ich von meinem Vater. Er ist ein begeisterter Gärtner.«

»Und du willst wirklich hier arbeiten? Hast ja gehört, wird anstrengend. Zum Schreiben kommst du sicher nicht.«

»Das ist gut so. Ich werde in die Farben der Blumen tauchen und entdecke vielleicht danach wieder die Worte.«

Bevor Tomke darauf etwas erwidern kann, ertönt das Nebelhorn auf ihrem Handy. Eine SMS von Paul.

›Meine Frau liegt im Krankenhaus. Ich werde mich in nächster Zeit nicht melden können. Vergiss mich nicht. In Liebe, Paul.‹

Tomke atmet tief durch und reicht Anne wortlos das Handy. Die liest den Text und schnaubt verächtlich.

»Vergiss mich nicht. Was glaubt der, was er mit dir machen kann? Schublade auf und Tomke raus und Schublade zu und Tomke verschwunden. Wie es gerade in sein Leben passt.«

Tomke vergräbt ihr Gesicht in ihrem wunderschönen Sommer-Nachglüherstrauß.

»Ich weiß nicht, was er glaubt. Er weiß es wahrscheinlich selbst nicht. Ich denke, ich werde allein die Verantwortung übernehmen müssen, ob die Schublade für ihn geschlossen bleibt.«

Tomke streckt sich. »Auf jeden Fall brauche ich in der nächsten Zeit nicht das Telefon zu umkreisen. Ich brauche nicht unnötig zu warten. Das ist schon mal was.«

Anne vermeidet es, Tomke in die Augen zu sehen. Mitleid kann Tomke nicht gebrauchen. Sie will nicht weiter über das Thema Paul sprechen.

»Wollten wir es uns nicht zu Hause gemütlich machen?«, fragt Anne und hakt sich bei Tomke ein. Dafür muss sie sich leicht bücken.

»Das wollten wir und das machen wir auch. Mit einem steifen Grog und einem Stück Eierlikörkuchen.«

NACHWORT UND DANKSAGUNG

Das Restaurant *Leuchtfeuer* findet man im Herzen von Horumersiel. Imke Krar ist die Inhaberin und man trifft dort auch den Oberkellner Jörg. Er hat immer einen passenden Spruch parat. Genauso sind Barmann Jens und Küchenchef Thorsten nicht erfunden.

Alle anderen Personen und vor allem die Handlung von »Zweite Chance am Deich« sind nur Blüten meiner Fantasie.

Obwohl ich viel Zeit im Wangerland verbringe, brauche ich ortskundige Beratung. Claudia Rabenstein hat mir wie immer bei lokalen Fragen zur Seite gestanden. Natürlich habe ich manchmal mit den Örtlichkeiten geschummelt, wenn es für den Verlauf der Geschichte wichtig war.

Tierärztliche Beratung hatte ich von Carolin und Kerstin.

Die ersten Kapitel des Romans habe ich in Steffis *Friesenkate* in St. Joostergroden geschrieben.

Ein dickes Dankeschön geht einmal wieder an Annette Petersen aus dem Wilden Westen. Sie ist eine wichtige Erst-Gegenleserin für mich.

Danke an Natascha Hohnstein aus der *Bücherinsel* Horumersiel. Sie gestaltet jeden Sommer ein wunderschönes Schaufenster mit Tomke-Romanen.

Zu guter Letzt ist das Manuskript in Claudia Senghaas Obhut gekommen. Ein herzliches Danke für die einfühlenden Gedankenanstöße, Änderungsvorschläge und manche Mail während des Schreibens.

Das Rezept für die *Friesische Birnensuppe* konnte ich Küchenchef Thorsten leider nicht entlocken. Dafür verrate ich Ihnen das von der *Schönen Melusine* aus meinem Hauswirtschaftsunterricht und *Tomkes Eierlikörkuchen*.

SCHÖNE MELUSINE

Einen Kopf Blumenkohl fast gar kochen.

300 g Hackfleisch mit einem Ei, einer kleingeschnittenen Zwiebel, einem Esslöffel Paniermehl und einem Bund kleingehackter Petersilie verkneten. Pfeffer und Salz nach Geschmack.

Aus 40 g Fett, 40 g Mehl und einem halben Liter Blumenkohlwasser eine helle Grundsoße zubereiten. Mit Pfeffer, Salz und etwas Muskat würzen.

250 g Tomaten in dünne Scheiben schneiden.

Den Blumenkohl in eine gefettete Auflaufform legen und mit dem Fleischteig umranden. Alles mit Tomatenscheiben bedecken und eventuell noch einmal würzen. Die helle Grundsoße über die Oberfläche verteilen und über das ganze Gericht großzügig geriebenen Käse streuen.

Bei 180° Umluft ca. 30 - 40 Minuten backen lassen.

Dazu reicht man Salzkartoffeln.

TOMKES EIERLIKÖRKUCHEN

Sechs Eier mit 200 g Zucker und einem Vanillinzucker mit dem Mixer so lange schaumig rühren, bis eine Creme entsteht.

200 ml Sonnenblumenöl und 300 ml Eierlikör langsam, unter ständigem Rühren, unter die Creme mischen.

Anschließend 200 g Mehl, 3 Esslöffel Stärkemehl und 1 ½ Päckchen Backpulver unter die Masse heben.

Eine Springform fetten, mit Semmelbrösel ausstreuen und den Teig einlaufen lassen.

Bei 160° Umluft ca. 60 Minuten backen. Der Kuchen sollte gut hochgegangen, aber nicht zu braun sein.

SIGRID HUNOLD-REIME
Liebesinsel am Deich

978-3-8392-1568-5 (Paperback)
978-3-8392-4425-8 (pdf)
978-3-8392-4424-1 (epub)

»Mit viel Flair und Einfühlungsvermögen kommt sie der wahren Liebe auf die Spur und fesselt ihre Leser.«
Deutsche-Krimiautoren.de

September und Schietwetter an der Nordseeküste. Tomke Heinrich landet mit Karl, ihrer Sommerbekanntschaft, im Bett. Ein Fiasko. Tomke flüchtet in ihre Pension, doch der Tag hält eine weitere Überraschung für sie bereit: Tomkes Jugendfreundin Dörte steht vor der Tür und braucht Hilfe. Und da gibt es noch Dagmar, Dörtes jugendliche, lebenshungrige Mutter, die durch einen harmlosen Freundschaftsdienst ein Karussell aus Missverständnissen, Betrug, viel Geld und Liebe in Bewegung bringt …

SIGRID HUNOLD-REIME
Hab keine Angst, mein Mädchen

978-3-8392-1347-6 (Paperback)
978-3-8392-4019-9 (pdf)
978-3-8392-4018-2 (epub)

»Mit humorvollen Untertönen und authentischen Interviews!«

Michelle kommt nicht über den Tod ihrer Schwester hinweg und überlässt nichts mehr dem Zufall. Sie plant ihr Leben bis hin zur Partnerwahl und der Geburt der zwei Kinder. Um sie zur Besinnung zu bringen, verzaubert sie die Freundin ihrer Mutter: Im Körper einer alten Frau wird sie zur Ruhe gezwungen. Aber der Zauber hat seine Tücken. Michelle landet in einem Pflegeheim für Demenzkranke. Dort lernt sie die 82-jährige Magdalene kennen. Die will den Mörder ihres Mannes stellen. Michelle flüchtet mit ihr …

GMEINER SPANNUNG

SIGRID HUNOLD-REIME
Die Pension am Deich

978-3-8392-1274-5 (Paperback)
978-3-8392-3877-6 (pdf)
978-3-8392-3876-9 (epub)

»Begleiten Sie drei grundverschiedene Frauen auf der Suche nach ihrem ganz persönlichen Glück.«

Tomke ist wieder allein. Paul hat sich nun doch für seine Frau entschieden. Frustriert stürzt sich Tomke in die Arbeit in ihrer Frühstückspension, doch am liebsten würde sie auf ihre Homepage schreiben »Paare unerwünscht, Singles bevorzugt.« Zu ihren Gästen gehört die verträumte Liebesromanautorin Anne, die gedrängt wird, endlich realitätsnahe Geschichten zu schreiben. Außerdem ist da Monika, perfekt organisierte Ehefrau und Mutter von Zwillingen. Als ihre Kinder sich entschließen fernab der Heimat zu studieren, fehlt Monika eine Aufgabe und auch in ihrer Ehe beginnt es zu kriseln …

SIGRID HUNOLD-REIME
Janssenhaus

978-3-8392-1123-6 (Paperback)
978-3-8392-3615-4 (pdf)
978-3-8392-3614-7 (epub)

»So facettenreich wie das Leben!«
Nordwest-Zeitung

Emma von Odenwald, 31-jährige Köchin aus Hannover und immer noch Single, fühlt sich gegenüber ihren erfolgreichen, glücklich verheirateten Eltern als Versagerin. Auch äußerlich hat sie mit ihnen keinerlei Ähnlichkeit. »Manchmal denke ich, dass ich ihnen ins Nest gelegt worden bin!«

Wie Recht Emma mit ihrer Vermutung hat, bringt kurze Zeit später ein Gentest zu Tage. Als sie ihre Eltern damit konfrontiert, nennen diese ihr widerstrebend eine Adresse in Ostfriesland und gestehen, dass es keine legale Adoption war. Emma macht sich auf die Suche nach ihrer Herkunft und stößt dabei auf ein Meer aus Lügen und Verstrickungen …

SIGRID HUNOLD-REIME
Schattenmorellen

978-3-8392-1021-5 (Paperback)
978-3-8392-3409-9 (pdf)
978-3-8392-3408-2 (epub)

»Spannend!« *HNA*

Die 71-jährige Martha will frühmorgens die reifen Schattenmorellen in ihrem Garten im Cuxhavener Stadtteil Stickenbüttel ernten. Sie wird von einem Gewitter überrascht und fällt vom Baum. Mit gebrochenem Arm und einer Gehirnerschütterung wird Martha ins Krankenhaus eingeliefert. An den Unfall kann sie sich nicht mehr erinnern. Dafür umso besser an eine schicksalhafte Sommernacht vor 54 Jahren. Damals wütete auch ein Gewitter und es gab unter der Schattenmorelle einen Toten. Im Krankenhaus trifft sie die 48-jährige Eva, die als junges Mädchen ihre Nachbarin war. Für beide Frauen wird der Krankenhausaufenthalt eine harte Auseinandersetzung mit der Vergangenheit. Dabei übersehen sie fast die tödlichen Gefahren der Gegenwart …

SIGRID HUNOLD-REIME
Frühstückspension

978-3-89977-771-0 (Paperback)
978-3-8392-3057-2 (pdf)
978-3-8392-3056-5 (epub)

»Immer wieder blitzt intelligenter Humor durch.«
Nordwest-Zeitung

Ein milder Tag Ende November. Nach dreißig Jahren Ehe verlässt Teresa Garbers Hals über Kopf ihren Mann Reinhard und Hannover.

Auf dem Weg an die Nordseeküste hat sie in der Nähe von Wilhelmshaven einen schweren Unfall. Sie kommt mit einem Schock davon und sucht sich ein Zimmer mit Frühstück. Das findet sie bei der gleichaltrigen Tomke Heinrich in Horumersiel. Die lebhafte Frau hat offenbar ein Geheimnis zu verbergen. Doch an ihrer Seite hat Teresa endlich den nötigen Abstand und Mut für ein neues Leben. Und leider bald auch eine Leiche zu viel …

GMEINER SPANNUNG

WWW.GMEINER-VERLAG.DE
Wir machen's spannend

Das Neueste aus der Gmeiner-Bibliothek

Unsere Lesermagazine

Bestellen Sie das kostenlose KrimiJournal in Ihrer Buchhandlung oder unter www.gmeiner-verlag.de

Informieren Sie sich ...

www ... auf unserer Homepage:
www.gmeiner-verlag.de

@ ... über unseren Newsletter:
Melden Sie sich für unseren Newsletter an unter www.gmeiner-verlag.de/newsletter

f ... werden Sie Fan auf Facebook:
www.facebook.com/gmeiner.verlag

Mitmachen und gewinnen!

Schicken Sie uns Ihre Meinung zu unseren Büchern per Mail an gewinnspiel@gmeiner-verlag.de und nehmen Sie automatisch an unserem Jahresgewinnspiel mit »mörderisch guten« Preisen teil!